（ワイド版）

落語百選 春

麻生芳伸 編

筑摩書房

本文中、「解説」内のゴシック体は、ちくま文庫版『落語百選』全四巻、または『落語特選』上・下に収録されている落語作品名です。

（編集部）

目次

編集付記

今日の人権意識に照らして不当・不適切と思われる語句や表現については、時代的背景と古典落語としての作品の価値とにかんがみ、そのままにしました。

落語百選　春

本文さし絵　十代目金原亭馬生

まえがき

身近に、面白い、楽しいことがあると、人は「落語みたい」だと、よく言う。「落語みたい」という表現のなかに、「ばかばかしい」「他愛ない」「呆れた」「尋常《じんじょう》ではない」……等々の意味も含まれている。

つまり、今日、われわれの社会、日常は、この「落語みたい」なことによって成り立ち、支えられていることのほうが多いのではないか。……時代が移り、人間が知恵を積み機械がすべてを可能にしても、人間は、面白い、楽しいことが好きであり、それを貪欲に追い求め、「ばかばかしい」「他愛ない」……ことを含めて、それが心の糧《かて》となり、日常を支える力《エネルギー》になっていることに、変わりはない。

まえがきがながくなったが、面白い、楽しいということは、その事柄と交渉《かかわり》をもつことによって生じる、人間の感性の営為《いとなみ》であり、その面白く、楽しいことは、より多くの人びとが共有することで、いっそう精彩を放つ。――大衆の娯楽《エンターテインメント》としての「落語」が、今日なお、そうした人びとの想いを反映しているところに、普遍性がある。

ほんらい、話芸である「落語」は噺家《はなしか》の芸の媒介によって演じられ、伝えられるという性格を持っている。事実、今日まで「落語」は噺家によってつくられ、つくり変えられ、その時代時代の風潮、また噺家自身の個性によって練達され淘汰《とうた》され、融通《ゆうずう》無礙《むげ》な演出によって、命脈を保ってきた。また将来もそのように伝えられていくだろう。「落語」と「噺家」は表裏一体、切り離すことのできない関係にある。

しかし、高座の噺家の身ぶり、手ぶりの面白さ、可笑《おか》しさだけにとらわれて、今日、「落語」の奥行である人間の生態を嚙みしめることが希薄になりつつあるようだ。そこで、「落語」の素型を損なうことなく、噺家の芸を通さずに、「落語」のなかに溜めこまれた人間の想い、実感を写し取ろうと試みた。なにぶん噺家の芸――肉体を取り去って、文章化《リライト》することは自ら限界があるので、その点お馴染みがいでご容赦願いたい。

「落語」とは、大衆の立場から捉えられた、人間の魂をぶっつけあい、もてあそび、ねじまげようとするあますことのない人間群のオムニバスである。彼らはことごとく、今日のわれわれの尺度《ものさし》で量《はか》ろうとしても、弾力のある、あざやかな身動《フット・ワーク》きを見せ、たくましく、強烈な自己主張で切り返してくる。――「落語」のまえには理屈が通用しない。それが、面白く、楽しく、われわれの日常のなかに、なんらかの変革を齎《もたら》す。

「落語」は、ふと人間の「生き方」を振り返るとき、人間ほんらいの存在、有様《ありよう》の、規範を思い起こさせてくれる。そうした意味で、「落語」を断じて〈古典〉にしたくない、と思う。

今日伝えられている「落語」のおよそ五〇〇種のうちから、よく知られている噺、好きな噺を、内容・形式・人物・場景・風俗・行事などを配慮して百編、選出し、「落語」の感覚に欠くことのできない「季節」に分けて全四巻に配列した。（なお、「上方落語」は編者と馴染みがなく、発想・ニュアンスなどまた異なるので除外した）

また、友情厚い十代目金原亭馬生さんの挿絵《さしえ》で飾れたことも、幸せで、うれしさこの上なしである。どうぞ、お娯《たの》しみください。

編　者

猫《ね》《こ》久《きゅう》

長屋に久六という八百屋さん、ごく人の好い、おとなしい人で、他人《ひと》といさかいをするなんてえことはなく、他人《ひと》からなにを言われてもニコニコ笑っている。それで、だれ言うともなく、猫みたいなやつだ、猫の久さん、猫久……猫久なんていう綽名《あだな》で呼びますが、本人もいたって平気なもの、近所では久なんて言わないで、猫、猫で通っている。

このおとなしい猫久が、ある日のこと、どこでどうまちがいを起こしたのか、まっ青な顔をして、長屋へ飛んで帰ってきた。

「さあ、きょうというきょうは勘弁できねえ、相手のやつを殺しちまうんだから、おっかあ、刀ァ出せ、脇差《わきざし》を出せえ」

と、どなり立っている。

ところがこの猫久のおかみさんというのが、ふだんからしっかりした女で、止めるかとおもうと大ちがい、簞笥《たんす》の抽出《ひきだ》しから脇差を取り出し、神棚の前へピタリと座って、しばらく口のなかで何か唱えておりましたが、やがてその脇差を袖《そで》にあてがって、三べん頂いて、

「さあ、お持ちなさい」

と渡した。猫久は脇差をもぎ取るようにして表へ飛び出して行った。

それを向こうの長屋で見ていたのが熊さん、大きな声で、

「おい、おみつ、見ろ見ろ、早くよ」

「なんだね、みっともない、どうしたんだい？」

「どうもこうもねえやな、ええ？ 止めるがいいじゃねえか、狂人《きちがい》に刃物なんて言うけども、猫に脇差渡しちめえやがって、だけど向こうのかかあは変わり者だなあ」

「猫のかみさんの変わり者に今はじめて気がついたのかえ」

「へえ、そんなに変わってんのか？」

「ああ、あの女は長屋じゅうきっての変わり者だよ。なにしろ長屋でもいちばん早く起きるんだよ」

「それが変わってんのか？」

「あたりまえじゃないか。女房のくせに亭主より先に起きるのは女の恥だよ」

「うそォつきやがれ、亭主に寝顔を見せるのが女の恥てえなあ聞いてらあ。そんなわからないいやつがあるけえ」

「だいいち生意気だよ。朝、井戸端で会ってごらん、おはようございます、なんて言やがるんだよ……いやんなっちゃう」

「ふん、こっちがいやんなっちまわァ。あたりめえじゃねえか。てめえのほうがよっぽど変わってるんだよ、いやだいやだ……さあおれは髪結床《かみいどこ》へ行ってこよう」

「だめだよ、もうお昼じゃないか……お菜《かず》は、鰯《いわし》のぬただよ、ねえ、味噌をあたしがこしらえといたんだから、鰯こしらいとくれ、鰯を。南風《みなみ》が吹いてるんだよ。ぽかときてるんだよ、腐っちまうよ、い、わ、しッ」

「畜生、大きな声で鰯ィ鰯ッてやがら、お昼のお菜が鰯だってえことが、長屋じゅうみんなにわかっちまうじゃねえか」

「あら、わかったっていいじゃあないか、わかっちゃあいけないのかい、ええ？　こしらいとくれよゥ、い、わ、しッ」

「畜生ほんとうに……捨てちめえッ、そんなものァ……行ってくらあ、おらあ……いやだいやだ、かかあの悪いのをもらうと、六十年の不作だってえがまったくだい、一生の不作だね。あのかかあてえものは、生涯うちにいるつもりかなあ、ああいうのはどうしたら離れるだろうな、煮え湯かなんかぶっかけてやろうか。うふッ、しらみだよ、まるで……こんちわァ」

「あ、熊さん、おいで」

「親方、すぐやってもらえるかな」

「急ぐのかい？」

「いやあ、ちょいと鰯の一件があるもんだからね」

「なんだい、鰯の一件てな」

「えへへ……なんでもねんだよ」

「あ、そうだ、いい人が来た。おい、熊さん、あのう……とうとう猫が暴れだしたってじゃねえかい」

「あれ、もうかい？　ああ、悪事千里なんてえことをいうけどまったくだよ、悪いことァできねえ、……さすがに親方んところは早耳だねえ。いえね、もうほんとうに今日ぐれえびっくりしたことァないよ。猫は魔物だってえけど、まったくだよ、あんな野郎でも怒ることがあるんだねえ。あの、なにしろ顔の色からしてちがうからねえ、ああおめえねえ……目なんかこんな大きくなっちまって、ぴかッと光ったよ。口が耳まで裂けたかと思うようだからねえ」

「うそだい」

「うそじゃない。おれんとこの真向けえなんだ、たったいま現場ァ見てきたんだから、おどろいたねえほんとうに、もうね、口からぴゅうッと火焔を吹いて飛び出したときなんざ、おらあもうぞうッとしちゃったなあ……あの勢いじゃあおらあ、どんなことしたって怪我人の五、六人は請けあうよ。人死《ひとじ》にがでなきゃあおれァいいと思ってんだがね」


この話をかたわらで聞いていたのが、でっぷりとした赤ら顔の五十前後の武士《さむらい》、

「あいや町人ッ」

「へえい……おれ？　おい、いやだよ、親方ァ、お客さんじゃあねえか、それもいいけどお侍じゃあねえか。……どうもすみませんです、旦那《だんな》がそこへおいでんなるてえのァちっとも知らなかったもんですからねえ、そいから大きな声でどなっちまいまして……勘弁してください」

「いやいや大声《たいせい》をとがめておるでない。最前からこれにてうけたまわれば、猫又の変化《へんげ》が現われ、諸民を悩まし、人畜を傷つけるとか、おだやかならんこと、身ども年齢《とし》をとっても腕に年齢《とし》はとらせん、その猫を退治してくれよう、案内いたせ」

「いえ……旦那ちょいとねえ、まあ気の早い旦那だ。いえ、あの、いまここで猫々ッて話してましたけどもね、ほんとの猫じゃねえんでござんす」

「うん？　なに？　しからば豚か」

「いえいえ、じつはわっしの長屋の真向けえに久六という八百屋がおりまして、こいつがおとなしくって、猫みたいな野郎だってんで、猫の久さんだ、猫久だってんで、あっしだの、仲間だのはもう久の字ィ取っぱらっちゃって猫々ってんで、ええ、ほんとの猫じゃねえんですから……。なにしろ、足だって二本しかねえんですから、かみさんもちゃんとあるから大丈夫です。その猫が、どこかでまちがいを起こしたのか、まっ青な顔して外から飛んで帰ってきて、相手を殺しちまうんだから脇差を出せ、とどなると、かみさんがまた変わり者で、止めもしねえで、脇差を抽出しから出し、神棚の前へ座って何だか口のなかで世迷言を唱えて、それからその脇差をぴょこぴょこと三度ばかり頂いて渡してやりやがったんで、狂人に刃物を渡すなんて呆《あき》れ返ったもんだと言って、さんざっぱら笑っちまったんで、ま、旦那、話てえのはまあこういうおかしな話なんで……」

「ううむ、さようであるか、それは身どもとしたことが粗忽《そこつ》千万であった。しからばなにか、その久六と申すものは、そのほうの朋友《ほうゆう》であるか」

「へえ、あのう……ありがとうござんす」

「いや、ありがたくない、久六と申す者はそのほうの朋友であるか」

「……いい塩梅《あんばい》のお天気でござんす」

「いや、天気を聞いておらん、久六なる者はそのほうの朋友であるか」

「いえ、あの、なんです、あいつの商売は八百屋でござんす」

「いや、商売を聞いてはおらん、そのほうの朋友であるか」

「いえいえ、まるっきりちがうんですから、あっしは大工でござんす」

「わからんやつだな、久六なる者は、そのほうの朋友であるかッ」

「いえ、あの旦那、まああのお腹も立ちましょうが……」

「なにを申しとる、久六はそのほうの友だちであるか」

「うふッ……さようですか、どうも……旦那がほうゆうかほうゆうかとおっしゃるもんですから……へへ……友だちであるか、ですか」

「はっきりせんやつだな。ではなにか、その久六なる者の妻が、神前に三べん頂いて剣《つるぎ》をつかわしたるを見て、そのほうはおかしいと申して笑うたのか」

「えええええ、そうなんです。ええ、世の中にはずいぶん変わったかかあがあるもんだてんでね、さんざっぱら笑っちゃったんで」

「しかとさようか」

「へ？　へえ、あのう、鹿だか馬だか知りませんけども、おかしいから笑ったんで」

「それに相違ないな」

「え、ええ……あのう、相違ありません」

「おかしいと申して笑う貴様がおかしいぞ」

「はあ……さようですかな」

「その趣意《しゅい》を解せぬとあらば聞かしてとらす、もそっとこれへ……これへ出い……これへ出い」

「ちょいと、親方ァ……あの、なんとか言ってくれねえかな、おい。えれえことンなっちまって……どうも旦那すいません。いえあの、旦那がねえ、猫のご親戚だってことをちっとも知らなかったもんですから……へえ、いえ、わざわざ笑ったわけじゃねえんですから、ほんのちょいとなんで、旦那勘弁してくんねえな」

「汝《なんじ》人間の性《しょう》あらば魂を臍下《さいか》に落ち着けて、よおッく承《うけたまわ》れ。日ごろ猫と綽名《あだな》さるるほど人の好い男が、血相を変えて我が家に立ち帰り、剣を出せいとは男子の本分よくよく逃《のが》れざる場合朋友の信義として、かたわら推察いたしてつかわさんければならんに、笑うというたわけがあるか。また、日ごろ妻なるものは、夫の心中《しんちゅう》をよくはかり、否とは言わず渡すのみならず、これを神前に三べん頂いてつかわしたるは、先方に怪我のあらざるよう、夫に怪我のなきよう神に祈り夫を思う心底、天晴《あっぱれ》女丈夫ともいうべき賢夫人である。身どもにも二十五になる倅《せがれ》があるが、ゆくゆくはさような女をめとらしてやりたいものであるな。後世おそるべし。世のことわざに、外《げ》面如菩薩《めんにょぼ》内心如夜叉《さつないしんにょやしゃ》なぞと申すが、その女こそさにあらず、貞女なり孝女なり烈女なり賢女なり、あっぱれあっぱれ、じつに感服つかまつったな」

「うふッ……えへへへ……按腹《あんぷく》でござんすかねえ、なんだかちんぷんかんぷんだが、さにあらずだよ、べらぼうめ」

「なにを言っている」

「つまり、ま、旦那のおっしゃることは、よくわかりませんけれども、こう頂くかかあと、頂かねえかかあとどっちが本物だってえと、頂くほうが本物だてえんで、へえ、ごもっともでござんす。ええ、そう言われますと、うちのかかあなんてものァもう、場違《ばちげ》えでござんすから、ええ、とても頂けっこありません。……おいおい親方、聞いてみなくちゃわからねえなあ、笑う貴様が、さにあらずだぜえ」

「おい……なんだ、なんだい、おい……どうするんだい熊さん、帰《けえ》っちまうのかい？　頭ァどうするんだい」

「いいよ、また出直すよ、いいこと聞いた、さっそくかかあに教えてやろう」


「なにしてるんだい、この人ァ、まだそんな頭でうろうろしてやがら。またなんだろう、途中でへぼ将棋かなんか、ひっかかってやがったんだろう、どうするつもりだよ、お昼のお菜《かず》を……い、わ、しッ」

「おゥ？　この野郎、亭主が敷居をまたぐかまたがねえうちに、もう鰯ンなってやがら、そんな了見《りようけん》じゃとてもてめえなんぞには頂けめえ」

「なにを言ってるんだね、なかへお入りな」

「てめえの家へ入るのにかかあに遠慮なぞしやあしねえ、てめえに言って聞かせることがあるんだ」

「あらッ、いやだようこの人ァ、座ったんだねえ……わたしゃおまえさんと一緒になって三年になるが、おまえさんの座ったの初めて見たよ」

「てやんでえ、こん畜生、ふざけるない、えへん、もそっとこれへ」

「なに？」

「もそっとこれへ」

「お飯《まんま》かい？」

「この野郎、よそってくれてんじゃねえやい、もそっとこれへだよォ、もっと前のほうへ出ろってんだッ」

「なんだい？」

「だから、これへでえ……でえ、でえ……でえ」

「なに？」

「出え、てんだよ」

「なんだよ、でえでえって、雪駄《せった》直し屋だよ、まるで」

「おめえ、なんだな、さっき前の猫ンとこのかみさんが刀ァこう三べん頂いたのを見て、笑ったろう？」

「なにを言ってるんだね、笑ったなあおまえが笑ったんじゃないか、おまえが笑いながらあたしに教えたんだよ、笑ったのァおまえだい」

「そりゃ、おれァ亭主だから先に笑うのが、あたりまえ」

「だれだっておかしきゃ笑うよ」

「うん、しかとさようか」

「なにを言ってるんだねえ、笑ったのがそんなにわるいのかい？」

「それに相違ないか」

「ああ、相違ないねえ」

「おかしいと申して笑う貴様がおかしい」

「なにを言ってるんだい、どうしたんだい」

「いや、その趣意を解せぬとあらば聞かせてとらす」

「たいへん改まっちまったんだね」

「汝《なんじ》……人間か」

「やだね、この人ァ。見たらわかるだろう、人間だよう、だからおまえのおかみさんになってらあね」

「よけいなことを言うない……汝人間なれば、魂はさいかちの木にぶらさがる」

「なんだい、それは」

「なんだかわからねえ……日ごろ猫久なるものは……久六で八百屋で、どうもしようがねえ……」

「なんだねえ」

「……ああ、朋友であるかてんだ」

「なんだい？」

「なんだじゃねえやいほんとうに……日ごろ猫久なるもの……ああそうだ、だ、だ、だッ、男子、男子だ。猫久は、男子であってみればよくよく……よくよくのがれ、のがれざるやと喧嘩《けんか》をすれば……」

「そうかい、ちっとも知らなかったよ。じゃあ あの、笊屋《ざるや》さんと喧嘩したのかい？」

「そうじゃあないよ、のがれざるやッ」

「なんだいその、のがれざるやてえのは」

「だからここらへくる笊屋と、わけがちがうんだよ。のがれざるやのほうだ、のがれざるや……のがれざるやと喧嘩をすれば、夫は薤《らっきょう》食って我が家へ立ち帰り……日ごろ妻なる者は、女でおかみさんで年増《としま》だ」

「なにを言ってるんだい、ばかばかしい」

「てやんでえ……日ごろ妻なる者は……あ、夫の……夫の真鍮《しんちゅう》磨きの粉をはかりよ。ここはいいとこだぞ、おい……神前に三べん頂いたるは、遠方に……遠方に怪我のあらざら……怪我のあらざら……あらざら、あらざら……あらざら、ざらざらざらのざらざらよ……夫に怪我のないように、祈る神さま仏さま……とくらあ」

「いやだよこの人ァ、変な声するんじゃないよ」

「身どもに二十五になる伜《せがれ》があるが……」

「およしよゥこの人ァ、おまえさん二十七じゃあないか、二十五ンなる伜があるわけないだろう」

「あればって話だよう……こういう女をかかあにしてやりてえと、あーあ豪勢おどろいた」

「おどろくのかい?」

「ああ、ここんとこはずうッとおどろくとこだ、なあ……ああおどろいたおどろいた。世のことわざが外道の面、庄さんひょっとこ般若《はんにゃ》の面、てんてんてれつく天狗の面」

「いやだよこの人ァ、浮かれてるよ、ほんとうに」

「いや、その女こそさにあらず、とくらあ。いいかおい、なあ、貞女や孝女、千艘《せんぞ》や万艘《まんぞ》、あっぱれあっぱれ甘茶でかっぽれ、按腹《あんぷく》つかまつったとくらあ……どうだ」

「なにを言ってるんだい、この人ァ」

「てめえだってそうだよォ、いいか、おれがなにか持って来いったらなあ、なんでもかまわず猫ンとこのかみさんみてえに、ちゃんとてめえ、頂いて持ってこられるか、わかったか」

「なにを言ってるんだい、なんだと思やあ頂くのかい。そんなことァわけないよ、すぐ頂けるよゥ」

熊さんがわけのわからない講釈をしている間に、台所の鰯を猫が咬《くわ》えて飛び出した。

「やいこん畜生っ、泥棒《どろぼう》猫めッ、おう、おっかあおっかあ、なんか持ってこい。おう、早くしろッ」

おかみさんは、擂鉢《すりばち》のなかにあった擂粉木《すりこぎ》を手に持って、神棚の前にぴたりと座り、丁寧《ていねい》に三べん頂いて、熊さんに渡した。


《解説》「おかしいと申して笑う貴様がおかしいぞ」――髪結床での武士のこのセリフは、はからずも落語の〈本質〉を言い当てている。つまり、落語をおかしいと感ずるのは、受け手――鑑賞者のほうの理屈であって、落語の中に登場する人物は、ほとんど、まっとうで、真摯《しんし》で、一所懸命に生きている。当人はおかしいなどと少しも思っていない。猫久の行為に感嘆し、その心中《しんちゅう》を諄々《じゅんじゅん》と熊に聞かせる武士は生真面目な正義漢であり、それを聞いた熊はまず女房に教えようと出直す愛妻家であり、また夫に言われたとおり擂粉木を神前で三べん頂く女房は従順で、可憐な女である。この女房——長屋のおかみさんというと、たいていしっかり者で、男勝りと相場がきまっているが、この夫婦「世帯をもって三年」という但《ただ》し書が付く。筋立ては「青菜」「道灌」「ふだんの袴」等々、人真似をし、まぜっ返す落語の典型的なパターン。二代目小さん（禽語楼）以来、柳家のお家芸である。

たらちね

「おお、八っつぁんかい。さあ、こっちへお上がり、いま仕事から帰ったのかい」

「へえ、家主《おおや》さん。今日は仕事のほうは早じまいで……。家へ帰ると、となりの糊屋のばばあが家主さんから呼びに来ているから行ったほうがいいってんですが……これからひと風呂、湯へ行こうとおもうんで……ひとつ手っとり早く片付けてもらいたいもんで……」

「片付けろとは……なんということだ。他でもないが、今日はおまえに耳寄りな話を聞かせようとおもってな」

「へえ、なんで」

「おまえ、どうだ身を固めないか？」

「なんです、身を固めるってえのは」

「女房を持ったらどうだ。この長屋じゅうに、ひとり者も何人かあるが、どうもひとりでいるやつはろくな行ないをしねえ。おめえは、言うとおかしいが、ひとに満足にあいさつもできないような人間だが、仕事はよくやるし、若い者に似合わず堅《かて》え。ところが若い者の堅えは当てになららねえ。家をやりくりする女房がなくてはならぬ。むかしからよく言うように、ひとり口は食えないが、ふたり口は食えるというたとえもある。おまえ、女房を持つ気はねえか」

「ええ、そりゃまあ、持ちてえのは持ちてえんだが、あっしのような貧乏なところへ来るのがありますかねえ」

「おまえにその気があれば、ないことはない。あたしが世話をしよう。どうだ」

「どうもありがとうございます。やっぱり女でしょうな？」

「ばか言っちゃいけない。むろん女にきまってるさ」

「どんな女なんで」

「二十……たしか二だったな、婆さん。……生まれは京都で、両親はとうのむかしに亡くなって、屋敷奉公をしていたんだが、縁がなくって、嫁に行かないでいるんだ……横町に長役《ちょうえき》さんてえ医者があるだろう？」

「へえ」

「あそこが叔父さんなんだ。あそこへ先月、屋敷奉公の暇をもらって、身を寄せているんだが、それ、この間、家《うち》へ使いに来た女をおぼえてないかい？」

「いいえ」

「もっともあのときはうす暗かったが、むこうではおまえのことを知っていて、先方の言うには、長い間きゅうくつなところへ奉公していたから、嫁に行く先は、舅《しゅうと》や小舅《こじゅうと》のない、気楽なところへ行きたい、と当人の望みで、おまえなら気心も知れているからいいと思うんだ」

「へえー、結構ですねえ」

「どうだ、おまえさえよければ、世話をする。八っつぁんには過ぎものだよ。針仕事もできるし、読み書きもできる。それにおとなしくって、器量も十人並みだ。どうだ、もらう気はないか？」

「へえ、けれども、まあ、食うだけがやっとで、着せることもできませんからね」

「その心配はない。まあ、たいしたことはないが、夏冬の道具一揃《ひとそろ》いぐらいは持ってくる」

「夏冬のもの一揃いっていうと、行火《あんか》に渋団扇《うちわ》？」

「ばかなことを言うな。茶番の狂言じゃあるまいし、ただ、ついては八っつぁん、ちょいと疵《きず》がある」

「そうでしょう。どうも話がうますぎるとおもった。そんなにいいことずくめの女があっしのような者のところへ来るはずがねえ。疵っていうと、横っ腹にひびがはいって、水がもるとかなんとかいうんですかい？」

「こわれた水瓶《みずがめ》じゃあるまいし。……つまり疵というのはな……」

「じゃ、寝小便？」

「ばか言いなさい。そんなんじゃない。疵というのは、言葉だ。ながい屋敷奉公とおとっつぁんが漢学者で、どうもたいへん厳格な育て方をしたんで、言葉が丁寧すぎる、それが疵だ」

「なんだ、そんなことなんですか。結構じゃありませんか。それに引きかえてあっしなんかはぞんざいすぎていつもお店《たな》の旦那に叱言《こごと》を言われるんで、丁寧結構、ちっとその丁寧を教わろうじゃありませんか」

「なるほどな、おまえのところへ行けば、じきに悪くはなろうが、なにしろときどきむずかしいことを言い出すんで困るよ。この間もな、表で逢うと、いきなり『今朝《こんちょう》は土風《どふう》激《はげ》しゅうて、小砂《しょうしゃ》眼入《がんにゅう》す』と言ったな」

「へえ、たいしたことを言うもんですねえ」

「おまえにわかるか？」

「わかりゃあしませんが、そんなえらいことを言うなあ、感心だ」

「わからないで感心するやつがあるもんか。よくよく後で考えてみたら、今朝《けさ》はひどい風で砂が眼に入る、という意味なんだ」

「なるほど」

「おれも即答に困った」

「へえ、石塔に困ったんで？　墓場へでも行きましたか？」

「石塔じゃないよ。即答、おれもなんにも言わないのはくやしいから、スタンブビョーでございと言ったね」

「なんのことで……」

「ひょいと前の道具屋を見たら、箪笥《たんす》と屏風《びょうぶ》があったから、それを逆さにして言ったんだ」

「家主さんまずいことを言ったね、あっしなら、リンシチリトクと言いますね」

「なんのことだい？　それは……」

「七輪と徳利を逆さにしたんで」

「ばかなことを言うな。そんなことはどうでも、嫁の一件はどうするんだってえことよ」

「どうか、ひとつ、よろしくおねがい申します」

「そうか、それなら、いま呼びにやるからここで見合いをしちまいな。むろん、むこうはおまえを知ってるんだから、おまえさえ見合いをすりゃいいんだ」

「なんです。見合いってえのは？　見合わなくたってようがしょ。いますぐ連れてきておくんなさい。あっしはもらうことに決めましたから」

「そうか、そうと決まりゃ、吉日を選んで婚礼ということになるが、……婆さん、暦を出しなさい。ひとつ、いい日を見てやろう。……これは困ったな、当分いい日がないな」

「ようがす、家《うち》の暦がいけねえのなら、隣へ行って、別のやつを借りてきましょう」

「ばかなことを言うな、暦はどこへ行っても同じだ」

「へえー、不都合なもんですね」

「なにが不都合なものか……おっと、あった、今日がいい日だ」

「そいつはありがてえ、じゃ今夜に決めちゃいましょう」

「今夜はちっと短兵急すぎるが、善は急げだ、おまえがいいって言うんなら、今晩輿《こし》いれということにするか」

「え？　腰……いれ？　そんなけちけちして、腰だけもらってもしょうがありませんよ。体ごとそっくり、おくんなさい」

「そうか、それじゃ、これから向こうへ話をして、相手は女だ、いろいろ支度があるだろうから、おまえはこれから湯へでも行って身ぎれいにしておけ、隣の糊屋の婆さんに万事頼むといいや、あれでなかなか親切なんだから。お頭《かしら》つきに蛤《はまぐり》の吸物でも用意しておきな。それに酒は少し、たくさんはいらないよ。おれは下戸、おまえが下戸、嫁さんは飲まないからそのつもりで……。それから、長屋へは月番へだけ届けておけばいい。おっと、これは、少ないけど、あたしのほんの心祝いだ。とっておくれ」

「へえー、あっしに？　すみません。やっぱり家主さんは、どこか見どころがあると思ってました」

「おだてるんじゃないよ。おまえも早く帰って、支度でもしな。晩方には連れ込むからな」

八っつぁんは、ひとっ風呂浴びて、

「あー、いい気持ちだなあー、嫁さんが来るとなりゃあ、いいもんだろうなあー。だいいち家へ帰って飯を食うにしても、ひとりでパクパク食ったんじゃうまくもなんともありゃしねえや。おや、お帰りかい、さっきから待っていたんだよ。なんだこれっきりか、今月はこれで我慢おしよ。冗談言うねえ、百姓じゃあるめえし、ニンジンにゴボウで飯が食えるけえ、刺身でもそう言ってきねえ。よしてくださいよ、八っつぁんはおかみさんが来てから、つきあいもしないで家でぜいたくばっかりしていると言われるのが辛いからさ。いいからそう言ってきねえってことよ。たまには女房の言うことも聞くもんですよ。これで食べておしまいッ」

「おやっ、八っつぁん。どうしたんだい？　うれしそうな顔してさ」

「おっ、糊屋の婆さんかい、なーに、今晩、この長屋に婚礼があるんだ」

「この長屋でひとり者は、羅宇屋《らおや》の多助さんとおまえさんだけじゃないか。羅宇屋の多助さんは、たしか七十八になったんだから、まさかお嫁さんも来やあしまいがね。あとはおまえさんのところだけだよ」

「そうだ、そのおまえさんのところへ来るんだ」

「へえー、そりゃ、ちっとも知らなかったよ。よかったね。おめでとう。そうだったのかえ、…

…いま酒屋から酒が来て、魚屋から肴《さかな》が届いたので預かってあるよ」

「どうも、すいません。……しめしめ、ありがてえ、まず灯りをつけて、うん……酒屋は来たし、魚屋は来たし、あとこれで嫁せえ来りゃあいいんだ。……ああ、ありがてえ。足音がする。ちゃらこん、ちゃらこん、ちゃらこんと来やがら、ああァ、家主《おおや》が雪駄《せった》を履《は》いて嫁さんが駒下駄を履いて来やがった、……なんだい、ありゃ洗濯屋のかかあじゃねえか、草履《ぞうり》と駒下駄と履いていやがる。どうもあのかかあてえのはいけぞんざいなもんだな、ええ？　おや、また足音がする」

「ごめんなさい」

「へえ、おいでなさい」

「ながなが亭主にわずらわれまして、難渋の者でございます。どうぞ一文めぐんでやってください」

「なぐるよ、冗談じゃない。婚礼の晩に女乞食に飛びこまれてたまるもんか。銭はやるから、さっさと帰れッ」

「おっおっ、八っつぁん、えらい勢いだね。……さあ、こっちへお入り。待たせたね。ときに八っつぁん、この女だよ」

「あ、家主さん、どうも……」

「まあ、かしこまらなくたっていいよ。……さあさあ、こっちへお入り。ほかにだれもいやあしないから、遠慮なんかしないでさ。今日からおまえさんの家なんだから……おい、八っつぁん、どうしてうしろを向いてるんだ」

「へえ」

「さあさあ、ふたりともこっちへならんで、なにをもじもじしてるんだ。この男は職人だから口のききようが荒っぽいが、けっして悪気のある男ではない。そこは勘弁して……お互いに仲よくしておくれ。けっして、ふたりして争いをしてはならん。……いいか、万事略式だ。……盃を早くしなくっちゃいけねえ。じゃあ、おれがこれで納めにする。……いや、おめでとう。あとは、ゆっくりとふたりで飯にするんだ。長屋の近づきは、あした、うちの婆さんに連れて歩かせるからな。媒酌人《なこうど》は宵の口、これでお開きにするよ。はい、ごめん」

「家主さん、ちょっと待ってくださいよ」

「おれがいつまでいたってしょうがない。また、あしたくるからな」

「ああ、行っちまった、弱ったなあ、……へへへ、こんばんわ、おいでなさい、ま、家主さんから、あなたさまのこともうけたまわりまして……へへへへ、おまえさんも縁あって来たんだが、あたしのところは借金もないが、金もないよ。ま、なにぶんよろしく末ながくおたのみ申します」

「せんにくせんだんにあってこれを学ばざれば金たらんと欲《ほっ》す」

「金太郎なんぞ欲さなくてもいいがね。ところで弱ったな、家主さんにおまえさんの名を聞くのを忘れちゃった……おまえさんの名をひとつ聞かせてくださいよ」

「自《みずか》らことの姓名を問い給うや？」

「へえ、家主は清兵衛ってんですが……どうかあなたさまのお名前を……」

「父はもと京都の産にして、姓は安藤、名は敬蔵、字《あざな》は五光。母は千代女と申せしが、三十三歳の折、ある夜、丹頂の夢見て孕《はら》めるが故に、垂乳根《たらちね》の胎内を出でし時は、鶴女と申せしが、成長ののちこれを改め、清女と申し侍《はべ》るなり」

「へえー、それが名前ですかい？　どうもおどろいたなあ。京都の者は気が長えというが、名も長え。こいつは一度や二度じゃとてもおぼえられそうにもねえ。すいませんが、これにひとつ書いておくんなせえ。あっしは職人のことでむずかしい字が読めねえから、仮名でたのみます……。えー、みずから、あー、ことの姓名は……父はもと京都の産にして、えー、姓は安藤、名は敬蔵、あざなは五光。……なにしろこりゃ長えや、おれが早出居残りで、遅く帰って来て、ひとつ風呂へ入ってこようという時に、おお、ちょっとその手拭を取ってくんな、父はもと京都の産にして姓は安藤、名は敬蔵、あざなは五光。母は千代女と申せしが、三十三歳の折、ある夜、丹頂の夢見て孕めるが故に、垂乳根の胎内を出でし時は鶴女と申せしが、成長の後これを改め、清女と申し侍るなり、おやおやお湯がおわっちまわあ。それに近所に火事でもあったときに困るな、ジャンジャンジャン、おっ、火事だ、火事はどこだ、なに隣町《となりちょう》だ、そりゃたいへんだ。おい、みずからことの姓名は父はもと京都の産にして姓は安藤、名は敬蔵、あざなは五光、母は千代女と申せしが三十三歳の折……なんてやっていた日にゃあ焼け死んじまわあ、あした家主に、もう少し短い名と取りかえてもらうとして、寝ることにしよう」

そのまま枕についたが、夜中になると、お嫁さん、かたちを改め、八っつぁんの枕もとに手をついて、

「あーら、わが君、あーら、わが君」

「えー、あらたまってなんです？」

「いったん偕老同穴《かいろうどうけつ》の契《ちぎ》りを結ぶ上は、百年千歳《ももとせ》を経るとも君こころを変ずること勿《なか》れ」

「へえ、なんだか知らねえが、蛙の尻《けつ》を結べって……お気にさわることがあったら、どうかご勘弁を……」

烏《からす》がカァーと夜があける。そこは女のたしなみで、夫に寝顔を見せるのは女の恥というので、早く起きて、台所へ出たが、ちっとも勝手がわからない。そこで八っつぁんの寝ている枕もとに両手をついて、

「あーら、わが君、あーら、わが君」

「へい、へい、あーあ。ねむいなあ、もう起きちまったんですかい……。え？　おい、わが君ってえのはおれのことかい？　うわぁ、こりゃ、おどろいたな、なにか用ですかい？」

「白米《しらげ》のありかいずれなるや？」

「さあ困ったな。あっしはいままでひとり者でも、虱《しらみ》なんどにたかられたことはない」

「人食《は》む虫にあらず、米《よね》のこと」

「へー、米《よね》を知ってるのかい？　左官屋の米《よね》を？」

「人名にあらず、みずからがたずねる白米《しらげ》とは俗に申す米《こめ》のこと」

「ああ、米《こめ》なら米と早く言っておくれ。そこのみかん箱が米びつだから、そこに入っている」

八っつぁんは、また眠ってしまった。お嫁さんは台所でコトコトやってご飯を炊き、味噌汁をこしらえようとしたが、あいにく汁の実がない。そこへ八百屋が葱《ねぎ》をかついで通りかかった。

「葱《ねぎ》や葱、岩槻葱《いわつきねぎ》……」

「のう、これこれ、門前に市をなす賤《しず》の男《おとこ》」

「へい、呼んだのは、そちらで？」

「そのほうが携えたる鮮荷のうち一文字草《ひともじぐさ》、値何銭文なりや」

「へえ、たいへんなかみさんだな、へえ、こりゃ、葱ってもんですが、一把《わ》三十二文なんで……

……」

「三十二文とや、召すや召さぬや、わが君にうかがうあいだ、門の外に控えていや」

「へへー、芝居だねこりゃ、門の外は犬の糞だらけだ」

「あーら、わが君、あーら、わが君」

「ああ、また起こすのかい。……おい、冗談じゃないよ。朝から八百屋なんかひやかしちゃしょうがねえや。腹掛けのどんぶりにこまかい銭があるから、出してつかってくんねえ」

これで、すっかりお膳立てをして、また枕もとへ来て、両手をつき、

「あーら、わが君」

「あーら、わが君ってのは、やめてくれねえか。おれの友だちはみんな口が悪いから、『あーら、わが君の八公』なんか、ろくなことは言わないから、なんだい？」

「もはや日も東天に出現ましまさば、御衣《ぎょい》になって、うがい手水《ちょうず》に身を清め、神前仏前に御灯明《みあかし》を供え、看経《かんきん》ののち、御飯召しあがられてしかるべく存じたてまつる、恐惶謹言《きょうこうきんげん》」

「おやおや、飯《めし》を食うのが恐惶謹言なら、酒を飲んだら、依《よ》（酔）って件《くだん》の如しか」


《解説》長屋の婚礼の記録として貴重である。ただし、嫁入りする清女は、庶民の上《うえ》つ方《がた》に対する空想《イメージ》の所産で、事実無根。「土風激しゅうて、小砂眼入す」「せんにくせんだんにあってこ

れを学ばざれば金たらんと欲す」などわけのわからないことを言うのは、このためである。前座噺《ばなし》として、また落語の映画化・舞台化にはかならず挿入される噺。割愛したが、八五郎が七輪の火を起こしながら新世帯の食膳を夢想する「ちんちろりんのぽーりぽり、さーくさく、ばーりばりのざーくざく」は歌にまでなっている。これほどみんなに知られ、親しまれた噺だが、サゲの「恐惶謹言」「依而如件」など手紙、書類に用いられた言葉が今日、死語になり、意味がわからなくなったために、もはや古典になってしまった。「垂乳根《たらちね》」また「垂乳女《たらちめ》」ともいうが、「垂乳根」のほうが正しい。めでたい噺として「高砂や」「松竹梅」「安産」などと、慶事吉事の祝儀に演《や》られる。

湯屋番

古い川柳《せんりゅう》に「居候《いそうろう》置いて合わず居て合わず」というのがある。

どういうわけか居候と川柳とは仲が悪い。

「居候足袋の上から爪をとり」

「居候角な座敷をまるく掃《は》き」

「居候しょうことなしの子煩悩《ぼんのう》」

「居候三杯目にはそっと出し」

というのはまことにしおらしい居候だが、

「居候出さば出る気で五杯食い」

なんて図々しい居候がいる。なかでも困るのは、

「出店迷惑様付けの居候」

どうにもあつかいに困り、置くほうで逆に居候に遠慮するなんていうのもある。

お出入りの鳶頭《かしら》が、お店の若旦那が道楽がすぎて勘当されたのを預るなどというのが、よくある話で……。

「ちょっとおまえさん、どうするんだ」

「なにを?」

「なにをじゃないよ。二階の居候だよ。いつまで置いとく気なんだい」

「うん、弱ったな、居候をいつまで置くったって猫じゃねえから、はっきり日を切って置いたわけじゃねえ。まあ、あの人のおとっつぁんに、おれは昔ずいぶん世話になったからなあ。あの人が居るところがないっていうのに、見て見ぬふりもできねえじゃねえか。まあ、少しのことは我慢しなよ」

「おまえさんは世話になったかどうか知らないけれど……ほんとうにあんな無精な人はありゃあしない。一日中ああして寝たっきりなんだから、そのくせ飯時分になると二階からぬうっと降りてきて、おまんまを食べちまうと、また二階へあがって寝てしまうんだからあきれるよ。掃除もしたこたあないし、汚いったらありゃしないよ。あんまりなんにもしないから『若旦那、あなたは横のものを縦にしようともしないんですね』って言ったら、『じゃあ、その長火鉢を縦にしようか』だって、しゃくにさわるったらありゃしない。おまえさんが口をきいたのが災難のはじまり、こうやって家へひっぱって来たのはおまえさんだからいいけど、あたしゃ、ご免だよ」

「そこをなんとか我慢して、まあ、世話をしておけば、先行きまたいいこともあろうから……」

「なにがいいことがあるものかね。だってそうだろう。親身の親でさえあきれる代物《しろもの》だよ。もうご免だよ。いやだよ。どうしてもおまえがあの人を置くと言うのなら、あたしが出ていくからいいよ」

「おい、ばかなことを言うなよ。居候とかみさんととっかえここにしてどうするんだよ。じゃ、まあ、なんとか話をしよう」

「たのむよ」

「しかし、そこでおめえがふくれっ面をしていたんじゃぐわいがわるいから、隣の婆さんのところへでも行っていろ。……うちのかかあもうるせえが、なるほど二階の若旦那も若旦那だ。もう昼過ぎるってえのに、よくもこうぐうぐう寝られたもんだなあ。……もし、若旦那、おやすみですかい。ちょっと、若旦那ッ」

「へっへっ、いよいよ来ましたよ『雌鶏《めんどり》すすめて雄鶏時刻《おんどりとき》をつくる』ってやつだ」

「もし、若旦那ッ」

「このへんで返事をしないと気の毒だな、……なーに寝ちゃいないよ」

「起きてるんですかい？」

「起きているともつかず、寝てるともつかず……」

「どうしてるんで？」

「枕かかえて横に立ってるよ」

「なにをくだらないことを言ってるんです。ちょっと話があるんですよ。降りてきてください」

「急ぎの話か？」

「大急ぎですよ」

「じゃ、おまえが上がって来たほうが早いよ」

「無精だね、まったく。さっさと降りておいでなさい」

「いま降りるよ。うるせえなあ。ああ、いやだ。家にいる時分には、若旦那だの坊ちゃんだの……すべったころんだ言いやがった。つくづく人生居候の悲哀を感じるってえやつだな」

「なにをそこに立ってもぞもぞ言ってるんです。早く顔を洗いなさい」

「洗うよ、洗いますよ。朝起きりゃ猫でも顔を洗ってらあ、いわんや人間においてをやだ。……しかし、顔を洗うったっておもしろくないね。道楽している時分には、女の子がぬるま湯を金だらいへ汲んで、二階へ持って来てくれる。口をゆすいで、いざ顔を洗う段になると、女の子がうしろへまわって、袂《たもと》を押さえてくれるし、ものが行き届いている。それにひきかえ、ここの家はどうだい。金だらいぐらい買ったっていいじゃないか。この桶《おけ》というものは不潔きわまりない。いやなもんだね。雑巾《ぞうきん》をしぼっちゃ、またこれで顔を洗うんだからなあ。衛生のなんたるやを知らねえんだ。だいいち、この桶に顔をつっこんでると、まるで馬がなんか食ってるようじゃないか」

「なにをいつまでぐずぐず言ってるんです。早く顔を洗っちまいなさいよ」

「もう洗ったよ」

「洗ったよって、あなた、顔を拭かないんですか」

「拭きたい気持ちはあるんだけどね、このあいだ手拭《てぬぐい》を二階の手すりへかけておいたら、風で飛ばされちゃったんだ。それからというものは、顔は拭かない」

「どうするんです?」

「干すんだよ。お天気の日には乾きが早い」

「だらしがねえな。どうも……手拭をあげますから、これでお拭きなさい」

「ああ、ありがとう。やっぱり顔は干すよりも拭いたほうがいい気持ちだ。ちょっと待ってくれ」

「ぷッ、さんざ朝寝をして拝んでる。なにを拝んでるんです？」

「なにを拝む？　朝起きりゃ、今日様へご挨拶するのがあたりまえだ」

「お天道様を拝んでる？」

「そう」

「もう西へまわってますよ」

「そうか、じゃあお留守見舞いだ」

「お留守見舞いなんざいいやね。……まあ、くだらねえことを言ってないで、お茶が入ったからおあがんなさい」

「いや、ありがとう。朝、お茶を飲むってえのはいいね。朝茶はその日の災難をよけるなんてえことをいうくらいだから……さっそくいただこう……うん、だけど、もう少しいいお茶だといいんだがなあ。まずいお茶だ。これ、買ったんじゃないだろう？　お葬式《とむらい》のお返しかなんかだろう？　それにお茶うけがなんにもないっていうのは情けないな。せめて塩せんべいでも……」

「うるさいね、あなたは……」

「ああ、どうもごちそうさま。では、おやすみなさい」

「なんです。おやすみなさい……って、いいかげんにしなさい。じつはね、こんなことはわたしも言いたくはないんだ」

「そりゃそうでしょう。あたしも聞きたくはない」

「じゃ、話ができない」

「へへ、おやすみなさい」

「まあ、待ちなさい。……じつはね、いま、うちのかかあのやつが……」

「わかった、わかった。おまえの言わんとすることは……。さっき雌鶏がさえずった……」

「雌鶏？　なんです？」

「うん、つまり、おかみさんが、わたしのことについてぐずぐず文句を言ったわけだ」

「いえ、うちのかかあのほうもわるいにはちがいないが、……ねえ、若旦那、あなたもいつまでもうちの二階でごろごろしててもしょうがありませんから、どうです、あたしはあなたのことをおもって言うんだがひとつ奉公でもしてみようなんてえ気持ちになりませんか？」

「ああ、奉公かい、いいだろう奉公もなあ。あたしがいるために、おまえがおかみさんから文句をぐずぐず言われるのでは、あたしとしてもしのびない。まあ、あたしさえいなければ、もめごともなく、まるく納まるのなら、その奉公っての、行こうよ。え？　どこなんだい、その奉公先ってえのは？」

「そうですか、行きますか。場所は小伝馬町ですがね。あたしの友だちで桜湯をやってまして、奉公人が一人ほしいと言ってます。どうですか、湯屋は？」

「ほう、湯屋、女湯、あるかい？」

「そりゃ、女湯はありますよ」

「うふふ、行こう、行こうよ」

「じゃ、手紙を書きますから、それを持ってらっしゃい」

「そうかい、じゃあ行ってみよう。おまえの家にもずいぶん世話になったな」

「いえ、まあお世話てえほどのことはできませんでした」

「ああ、そりゃまあそうだが」

「なんだい、ごあいさつですねえ。……まあお辛《つら》いでしょうが、ひとつご辛抱なすって……またお店のほうへはわたしが行って、大旦那に会ってよく話をしておきますから」

「ああ、わかったよ。おかみさんによろしく言っとくれ。そうだ、世話になったお礼といっちゃなんだが、おまえの家へなにか礼をしたいなあ」

「礼なんざいりません」

「いや、なにか礼をしたいね。そうだ、どうだい、十円札の一枚もやろうか」

「若旦那、そんな金持ってるんですか？」

「いや持ってないから、気持ちだけ受けとって……そのうちの五円をあたしにおくれ」

「ばかなことを言っちゃいけませんよ」

「じゃまあ、行ってくるよ。……いやまあどうもあの鳶頭《かしら》も人はいいんだが、かみさんに頭《あたま》があがらない。……しかし、どうも人間の運なんてわからねえもんだ。昨日まで芸者、幇間《たいこもち》にとり囲まれて『あらまあちょいと、おにいさん』かなんか言われていたやつが、おやじのお冠《かんむり》が曲がって、出入りの鳶頭の家へ居候。今日からまたお湯屋奉公しようとは、お釈迦さまでも気がつくめえってやつよ。……ああ、ここだ、ここだ、桜湯は……こんちは」

「いらっしゃい。あ、あなた、あなた、そっちは女湯ですよ」

「えへへ、わたし、女湯、大好き」

「好きだっていけませんよ。どうぞ、こちらへ回ってください」

「いえ、客じゃありません。こちらへひとつ、今日からご厄介になりたいんですが」

「ご厄介？」

「ええ、橘《たちばな》町の鳶頭《かしら》から、手紙を持ってきたんでねえ」

「ああ、手紙を……橘町の鳶頭から、ああ、話はありました。しかし、この手紙によると、あなた、名代の道楽者だっていうが……」

「えへへ、別に名代の道楽者ってえほどのことはない。ただ女の子にまわりを取り巻かれて『あらおにいさん、いやよゥ、そんなところさわっちゃ、くすぐったいわッ』なんてね……えっへへへ、そういうことが好きなだけで……」

「たいへんな人が来たな。さあ、辛抱できるかな？　では、はじめのうちは外廻りからやってもらいましょうか」

「ようッ結構、さっそくやらせてもらいましょうか」

「若い人は、たいていいやがるがねえ」

「いいえ、どういたしまして、あたしは外廻りが得意で……ええ、札束を懐中《ふところ》へ入れて、きれいどころを二、三人お供に連れて、温泉場廻りをしてくるという……」

「そんな外廻りがあるもんか。外廻りというのは、車をひっぱって、方々の普請場へ行って、木屑だの鉋《かんな》っ屑だのを拾ってくるんだ」

「ああ、あれですか？　がっかりさせるなあ、どうも……ありゃいけないよ。色っぽくないもの。

汚《きたな》い車をひいて、汚い絆纏《はんてん》に縄の帯、汚い股引《ももひき》に、汚い手拭の頬被り。汚い草履をつっかけて………ご免こうむりましょう。あんまり音羽屋のやらない役だ」

「ぜいたくを言っちゃいけない。そんなことを言ったら、あとはやることなんかありゃしないよ」

「ではどうです？　流しやりましょう。女湯専門の三助ということで……」

「女湯専門なんてのがあるもんか。流しだってむずかしいんだよ。ただ客の肩へつかまってりゃあいいってもんじゃないんだから、とても一年や二年じゃあものにならないな」

「そうですか？　では、その番台はどうです？　番台なら見えるでしょ？」

「見える？　なにが？」

「なにが……だなんてしらばっくれて、ひとりで見ていて……ずるいぞ」

「弱ったな、この男は……ここは、なにしろあたしか家内のほかはあがらないところなんだから……しかし、まあ、あなたは身元がわかっているから、じゃ、こうしましょう、仕事のことはあとでゆっくり相談するとして、わたしがご飯《ぜん》を食べてくる間、ちょっとだけ、かわりに番台へ座っておくれ」

「番台、結構、ぜひ一度あがってみたいとかねがねおもっておりました」

「待ちな待ちな、あたしが降りなきゃだめだ」

「へえ、そうと決まれば……さあ、早く降りてください、早く、早く」

「まちがいのないようにしっかり頼みますよ。番台は見てりゃわけないようだが、なかなかむずかしい。昼間はたいしたことはないが、夜分は目のまわるほど忙しくなる。それからね、糠《ぬか》といったら、その後《うしろ》の棚に箱があるから、糠袋もそこにある。流しは男湯が一つで女湯が二つ、拍子《ひょうし》柝《たく》を叩《たた》いてくれ、履物に気をつけてな、新しい下駄でも盗《と》られると、買って返すったってたいへんだから」

「へえ、へえ……行ってらっしゃい、ゆっくりと召しあがってらっしゃい。ふっ、ありがてえ、いっぺんここへあがってしみじみとながめたいとおもってたんだが……ええ、こちらは……男湯、入ってるねえ、一人、二人、三人、四人、五人、六人、七人……ふーん、七尻ならんでるよ。あの三番目のは……すごい毛だなあ、たまには刈りこんだらいいのになあ、なんてえ汚《きたな》え尻をしてるんだ。あれがふけつてんだ。こっちのやつは、またむやみにやせてるなあ、胸なんかまるでブリキの湯たんぽだ。しゃものガラだよ……いやだなあ、男とつきあいたくないね。男なんざあ昼間から湯へ入ってみがいてみたところでどうなるってんだよ。こいつらが出ちゃったら、入り口を釘づけにして男を入れるのをやめて女湯専門の湯屋にしちまおう。さて……と、問題の……女湯……なんだ、ひとりも入ってねえてのは、ひどいね。それがたのしみで湯屋奉公に来たてえのに、こっちは……でもこうやっているうちに、いまに女湯もこんでくるよ。『まあ、こんどきた番頭さんはほんとうに粋な人じゃないの』なんてんで……おれを見染める女がでてくるよ。こうなると……どういう女がいいかなあ、堅気の娘はいけないね。別れるときに、死ぬの、生きるのと事《こと》が面倒になるからなあ。といって、乳母や子守っ娘《こ》はこっちでご免こうむるし……主《ぬし》ある女は罪になっていけないし……さあ……そうなるといないねえ、芸者衆なんぞも悪くないけど……そうだ、お囲い者てえのがいいや、旦那はたまにしか来ない、そういうのになると、湯へ来るのも一人じゃ来ないよ。女中に浴衣を持たして、甲の薄い吾妻下駄かなんかはいてね。カラコンカラコン……『へい、いらっしゃいまし、ありがとうございます。新参の番頭で、どうぞ、よろしく』番台をチラリと横目で見て、スーッと隅のほうへ行ってしまう。といってわたしが嫌いじゃない。女中とこそこそ話をしながら、ときどき番台のほうを見るのが嫌いじゃない証拠ってやつだ。しかし、ここが思案のしどころで、むやみにニヤニヤしちゃいけないよ。なんてにやけていやな男だろうなんて言われないとも限らないからなあ、かといって、まるっきり知らん顔もできないから、二三度来るうちに、女中に糠袋のひとつもやって取り入るよ。『まあ、すいませんねえ、たまにはお遊びに……』とくりゃしめたもんだ。さっそく遊びに行って、お家を横領して……糠袋一つでお家を横領ってわけにはいかないかな。なにかいいきっかけはないかしら……うーん、そうだ。うまいぐあいに釜が毀《こわ》れて体があく。そこの家の前を知らずに通りかかるなんてのがいいな。わたしの足に女中の撒《ま》いた水がかかる。『あれッ、ごめんなさい』と、顔を見るとわたしだから『まあ、お湯屋《ぶや》のお兄さんじゃありませんか』『おや、お宅はこちらでしたか』『ねえさん、お湯屋の兄さんが……』と奥へ声をかけると、ふだんから思いこがれていた男だから、奥からこう泳ぐようにして出てくるねえ。『まあまあまあ、よく来てくださったわねえ』『いえ、今日はわざわざ来たわけじゃございません。お門《かど》を知らずに通りましたので……』『まあいいじゃありませんの、それに今日はお休みなんでしょ』『はい、今日は釜が毀れて早じまい』……いいセリフじゃねえなあ、こりゃなあ……なんかねえか。そうそう墓詣りなんぞいいなあ。『まあ、お若いのに感心なこと』こういう方は女にもさぞかし実があるだろう……てんで二度惚れてえやつ。『いいじゃありませんの、さあお上がりなさいましよ』『お家をおぼえましたから、いずれまた』『なんですねえ。そんなに遠慮なすって……あたしと女中と二人っきり、だれもいないんですから、いいでしょ、ちょっとぐらいお上がんなさいましよ』『いえ、後日あらためまして』女は行かれちゃ困るから、わたしの手を摑《つか》んで離さないよ。『ねえ、あなた、お上がり遊ばせよ』『いや、そのうちに』『お上がりったら』『いいえ、また』『お上がり』『いいえ』『お上がりッ』」

「えっ？　あの番台の野郎だよ。見てごらんよ。お上がり、お上がりって、湯から上がれてえのかとおもったらね、てめえの手をてめえで一所懸命ひっぱってるぜ。おい、おかしなやつが番台へ上がりやがった」

「面白いから洗わねえで、番台を見てろよ」

「無理にひっぱり上げられて、座布団に座ると、『ちょいと、清《きよ》、お支度を……』目くばせすると、小さなちゃぶ台に酒肴の膳が運ばれてくる。『さ、なんにもないんですよ』盃洗《はいせん》の猪口《ちょこ》をとると、『あの……おひとつ、いかが？』『ありがとう存じます』と言って、酌《つ》いでもらって飲むんだが、この飲み方がむずかしいなあ。いきなりグイッと飲んじゃ『あ、この飲みっぷりだと、この男はくらいぬけだよ』ってズドーンッと、肘鉄《ひじてつ》を食っちまわあ。といって相手が飲める口だと『あたくしはご酒のほうは……』なんて言うと『この男、お酒も飲めないなんて、話せないやつだねえ』ってんで、ズドーンと肘鉄……このかけひきてえのがむずかしいなあ。ここんとこはどっちつかずに『頂《いただ》けますれば頂きます。頂けませんければ頂きません』それじゃ乞食だよ。盃を受けてちょいと口をつけて、あと煙草かなんか吸いながら世間話でちょいとつなぎを入れるやつだ。あんまりしゃべってばかりいると、女が言うねえ『あら、さっきからお話ばかりしていらしって、お盃があかないじゃありませんか』グイッと飲んで盃洗でゆすいだやつを『へい、ご返盃』てんで、かえし酌をする。むこうが飲んでゆすいで『ご返盃』とこっちへくれるやつを、おれが飲んでゆすいでむこうへやる。むこうが飲んでおれにくれた盃を口につけようとすると、女のほうですごいことを言うよ。『兄さん、いまのお盃、ゆすいでなかったのよ。あなた、ご承知なんでしょうねえ』なんて……女がじっとおれを睨《にら》むんだが、その目の色っぽいこと……うっ、弱ったなあ、弱ったなあ」

「なんだい？　あの野郎、弱った弱ったって、ひとりでおでこを叩いて騒いでやがら……おいおい、六さん、どうしたんだ？」

「なんだい」

「鼻の頭から血が出てるぜ」

「あの野郎が変な声を出しゃあがるから、あの野郎に気をとられて、手拭だと思って軽石でこすっちゃった」

「おもしれえから、もう少し見てようじゃねえか」

「そのうちに、お互いにだんだん酔いがまわってくる。こうなると、このまま帰るのもあっけないかなあ……そうだ、雨が降ってくるなんてのはいいね、やらずの雨というやつだ。『あら、雨ですわよ、もう少し遊んでらっしゃいな。通り雨ですもの、じきやみましょうから』ところがこれがやまないよ。だんだん降りが強くなる。ここで雷かなんか鳴ってもらいたいな、少しくらい祝儀をはずんでもいいから、威勢のいいのをなあ。ガラガラ、ガラガラガラ、ガラガラガラッ……『清や、雷だよ。怖いから、蚊帳《かやっ》吊っておくれ』目関《めぜき》の寝ござを敷いて蚊帳を吊ると、女中は怖いからてんで、くわばらくわばら万歳楽と自分の部屋へ逃げて行ってしまう。女は蚊帳へ入ると、わたしを呼ぶね『こっちへお入んなさいな』なんてんでね……雷にどこかへ落っこちてもらおう。あんまり近くへ落っこちると、こっちも目をまわしちまうからなあ、ほどのいいところへ落ちてもらいたいねえ……ガラガラガラッ、ピシリッとくると、女は持ちまえの癪《しゃく》でえやつで、歯をくいしばって、ムゥ……てんで気を失っちゃうねえ。『女中さん、たいへんですよ』たって気をきかせて出てこない。しょうがないから、こっちは蚊帳をくぐって、中へ入る。女を抱き起こして水をやるんだが、歯をくいしばってるから、盃洗の水をぐっと口へ含んどいて、口から口へのこの口うつしてえことになる、てへへへ、わーいッ」

「なんだおい、あの野郎、番台で踊ってるぜ」

「口うつしの水が女ののどへ通ると、女は気がつくねえ。目を細めにあけて、あたしを見てにっこり笑うんだが……そうだ、ここからのセリフは歌舞伎調でいきたいね……『もし、ねえさん、お気がつかれましたか』『はい、いまの水のうまかったこと』『いまの水がうまいとは……』『雷さまは怖《こわ》けれど、わたしがためには結ぶの神……』『それならいまのは空癪《そらじゃく》か……』『うれしゅうござんす、番頭さん……』」

「なにを言ってやんでえ、ばかッ」

「あいたッ、痛いよっあなた、乱暴して……」

「なにを言ってやんでえ、おかしな声を出しやがってこの野郎、なにがうれしゅ……だ。おれは帰るんだ」

「どうぞご遠慮なくお帰りなさい」

「帰れったって、やい、おれの下駄がねえじゃねえか」

「あなた、下駄、はいてきたんですか？」

「張り倒すぞ」

「わかりましたよ。そう大きな声を出しちゃいけません。下駄があればいいんでしょ……じゃ、そこの隅の、そう本柾《ほんまさ》の、いい下駄だあ、鼻緒だって本天で、安かありませんよ。その下駄はいてお帰りなさい」

「これ、おめえの下駄か？」

「いいえ、ちがいます」

「なんだと？」

「だれかなかへ入っているお客ので」

「その客はどうするんだ？」

「ええ、いいですよ。怒りましたら順にはかせて、いちばんおしまいの人は裸足《はだし》で帰します」


《解説》「船徳」「紙屑屋」「立浪」など、勘当された道楽者の若旦那が、出入りの職人の家に居候するというのはおきまりの設定《ケース》だが、この噺の若旦那ほど、自惚《うぬぼ》れが強く、身勝手で、底抜けな楽天家で、けたはずれの空想家《ロマンチスト》は、他に類がない、第一級品の居候である。この人物の発散する思考、語彙のあふれるひろがりが噺の前面にみなぎり、圧倒し、芸の表現を二の次にしてしまう、活きた楽しさがある。その活力と色彩の背骨になっているのは、明治期の落語の改革者、鼻の円遊の才気である。演出法も、番台の若旦那がそれからそれへ空想するままに、聴き手もその世界へ誘い込まれる按配《あんばい》で、湯屋の客がときどき冷静な傍観者として噺の中へ割って入り、そこで夢想と現実が入れちがうおかしさが揺り返される――高座芸の特長がもっともよく活かされた噺である。他に「お化け長屋」「小言幸兵衛」がこの演出法を見せている。四代目小さんの改作に「帝国浴場」がある。

浮世床《うきよどこ》

江戸時代、ちょん髷《まげ》という、海苔巻《のりまき》のようなものを頭の上につけていた時分には、町内の若い衆が、髪結床《かみいどこ》へ集まって、一日中、遊んでいた。床屋で遊ぶというのはおかしいが、ここには、四畳半とか、六畳ぐらいの小室《こま》があって、将棋盤に碁盤、貸本のようなものが備えてある。看板もいまとちがっていて、油障子に奴《やっこ》の絵を描いたのが奴床、天狗の下に床の字が書いてあると、これが天狗床、おかめの絵の下に床の字がついていると、おかめ床というぐあいに……。

「おいおい、ごらんよ」

「なに?」

「あの、海老床の看板、よく描けたじゃあねえか。海老がまるで生きてるようだな」

「え?」

「あの海老、生きてるな?」

「いや、生きちゃあいねえや」

「生きてるよ」

「生きてるもんか。どだい、絵に描いた海老だよ、生きてるわけがねえだろ」

「いや、生きてるよ。見てごらんよ。ひげを、こう、ぴーんとはねて……たしかに生きてるよ」

「うそを言え、死んでらい」

「生きてるってえのに……こん畜生、なぐるぞ」

「なにをっ」

「おいおい、お待ち、お待ち、おまえたちは、なんだって喧嘩してるんだ？」

「へえ、ご隠居さん、いまね、この髪結床の障子に描いてある海老が、じつによくできてるんで、まるで生きてるようだと言いますとね、この野郎が『死んでる』と、こうぬかしやがる、ねえ、ご隠居さんがごらんになって、あの海老は、どう見えます？　生きてるでしょう？」

「生きちゃあいないなあ」

「ざまあみやがれ、生きてるわけがねえじゃあねえか。ねえ、ご隠居さん、死んでますね？」

「いや、死んでもいないな」

「へえー、生きてなくて、死んでもいねえっていうと、どうなってるんです？」

「ありゃ、患《わずら》ってるな」

「患ってる？」

「ああ、よくごらんよ。床についてる」

変なところで、落ちをとられたりする。

「だれだい、むこうの隅で、壁に頭をおっつけて本を読んでるのは、銀さんかい……おい、銀さん、なにしてんだい？」

「うん、いま、本を読んでるんだ」

「いったい、何の本？」

「戦《いく》さの本」

「ほーう、なんの戦さだ？」

「姉さまの合戦」

「え？　変な戦さだなあ、姉さま？」

「あの、本多《ほんだ》と真柄《まがら》の一騎討ち」

「ああ、それなら姉川の合戦じゃないか？」

「ああ、それ……」

「そりゃ、おもしろそうだな。本を読むなら声を出して、読んで聞かしておくれよ」

「だめ」

「どうして？」

「本てえものは、黙って読むところがおもしろい」

「そんな意地のわりいことを言わねえでさ、みんなここにいるやつは退屈しているんだからさ、ひとつ読んで聞かしておくれよ」

「じゃあ読んでやってもいいが、そのかわり、読みにかかると、止まらなくなる」

「そんなに早えのかい？」

「立て板に水だ」

「へえー」

「さーってやっちまうよ。途中で聞きのがしても、おんなしとこは、二度と聞かれねえからな」

「そうかい、じゃあ、そのつもりで聞くよ」

「静かにしろ」

「うん」

「動くな」

「うん」

「息をとめろ」

「冗談言うない、息をとめりゃ死んじまわな」

「よし、はじめるぞ。……えー、えーえーッ」

「ずいぶんえが長いね」

「柄が長いほうが汲みいいや。……ううゥ……ん」

「なんだい、うなされてるようだな」

「いま調子を調べているところだ……ひと……ひとつ……ひとつ……ひとつ……」

「なんだい、いつまでたってもひとつだね。ふたつになんねえかい?」

「黙って聞きなよ……ひとつ、あね、あね、あね川……あね川かつ……かつせん、のことなり」

「なんだか、あやまり証文みてえだな。『一《ひとつ》、姉川合戦のことなり』からはじめられちゃあかなわねえ。本多と真柄の一騎討ちのところから読んでくれよ」

「じゃあ、真ん中から読むよ。……えへん、このとき真柄ッ」

「調子が上がったね」

「ここんとこから二上がりになる」

「おあとは？」

「このとき、真柄じゅふろふさへへ……さへへ……さへへ……」

「おいっ、どこかやぶれてるんじゃねえのか。おまえのは『立て板に水』じゃねえ、『横板にモチ』だよ。……そりゃ真柄十郎左衛門だろ？」

「ああ、そうだ、そうだ……で、どうなるんだい？」

「おめえが読んでるんじゃあねえか」

「ああ、そうそう……真柄十郎左衛門が、敵にむかつ……むかつ……むかついて……むかついて……」

「おい、だれか金だらいを持ってこいよ。むかつくてえから……」

「なにをよけいなことをするんだよ。ここに書いてあるからよ……敵にむか……ああ、むかって……だ」

「ああ、心配したぜ。むかってならわかるが、むかついてって言うからよ」

「戦さなんてものは、両方の大将がむかついてはじまるもんだ……敵にむかって、一尺二寸の大太刀を……まつこうッ」

「おい、松公、呼んでるぜ」

「まつこうッ」

「なんだい？」

「なんで、そこで返事をするんだ？」

「いま、おまえ、松公ッて呼んだろう？」

「ちがうんだ。本に書いてある……敵にむかって、真ッこう……だ。真っこう、お、お、じょう、だん、に、ふり、ふりかぶり……」

「なんだい、だらしがねえなあ。ところでおまえ、……一尺二寸の大太刀を真っこう、大上段《だいじょうだん》にふりかぶり……って言ったけど、一尺二寸といえば、こんなもんじゃあないか。真柄十郎左衛門といえば、北国随一の豪傑だぜ、長えから大太刀だろう？　一尺二寸の大太刀ってえのはないだろう？」

「横に断わり書きがしてあらあ」

「なんとしてあるんだ」

「もっとも一尺二寸は刀の横幅なり」

「え？　横幅かい？……しかし、そんなに横幅があったんじゃあ、ふりまわしたときにむこうが見えなくなるだろう？」

「ああ、それだから、また、断わり書きがしてある」

「また、断わり書きかい？」

「うん……もっとも、ふりまわしたときに、むこうが見えないといけないから、ところどころに窓をあけ……」

「へーえ、こりゃあおどろいた。刀に窓があいてんのかい？」

「ああ、この窓からのぞいては敵を斬り、窓から首を出しては、本多さん、ちょっと寄ってらっしゃい……」

「なにを言ってやがるんだ。もうおよしよ。そんなばかばかしいものを聞いていられるかい」

「どうしたい、みんなで銀さんをからかったりして……」

「からかってるんじゃない。逆にからかわれちまった」


「おい、どうだい、ぼんやりしててもしょうがねえから、やるかい？」

「なにを？」

「前へ将棋盤が出ていて、やるかいって聞いてるんじゃあねえか、将棋だよ」

「将棋か……やってもいいが、将棋の駒のならべ方だってわかっちゃいないんだろう？……ええ、ならべられるものならならべてみろいッ、一番、教えてやるから」

「大きく出やがったね。将棋の駒のならべ方なんてものは、名人上手がならべたって、習いたてのやつがならべてもちがいがあるかってんだ」

「おいおい、みんなごらんよ。知らねえ証拠がこれだよ。飛車と角があべこべだ」

「ほう、気がついたか。はじめこうしておいて、あとで直すのがおれの流儀だ。そんなことを言ってねえでてめえのほうを早くならべろい」

「おれのは早いよ。まばたきする間にならべちゃうからよく見ていろよ。いいかい、はじめにこうやって、両手で盤を持ち上げるんだ。こうしておいて、こう、ぐるっと半回りさせちゃうんだ」

「おいおい、なにをするんだ？　おれのならべたのを……ひどいや」

「文句を言ってねえで、早くもう一度ならべちまえ。無精だなあ」

「どっちが無精だ。一番で二度駒をならべたのははじめてだ。どうもあきれたもんだ」

「まあ、いいやな。ぐずぐず言うなよ。さあ、やろう」

「うん……先手、どっち？」

「金、歩……金が出れば金が先手、歩が出れば歩が先手」

「じゃあ、金と歩」

「両方はだめだよ。どっちかだよ。金か歩かい？」

「まあ待ちなよ。そうおまえのようにせっかちに言われると、どうも迷う性分で……」

「じれってえなあ。どっちでもいいじゃあねえか」

「勝負ごとは最初《はな》が肝心だから……うふふふふ、どっちが出る？」

「わからねえよ。わからねえからやってみるんじゃねえか」

「けれども、おめえが振るんだから、どっちらしいかわかるだろう？」

「わかりゃあしねえよ。気の長え男だなあ、どっちでもいいじゃねえか、金かい？」

「と言われると、歩にも未練があるし……」

「じゃあ、歩にするの？」

「おめえが歩だよって言うと、歩のような気もするし……」

「なにを言ってるんだ。ひっかくよ。どっち？　金、歩？」

「じゃあ、金だ」

「金だな？　いいんだな？　じゃあ、おれは歩だよ」

「ああ」

「畜生め、手数ばかりかけやがって……さあ、駒を振るよ……ほら、歩だ」

「うーん、やっぱり歩か……歩にしておけばよかった……はァ……」

「なんだ溜息なんかついて、指《さ》すまえからがっかりして、この野郎は……おまえは愚痴が多くっていけねえな。……さて、まず角の腹へ銀あがりといくか」

「ああ、どうも、弱ったな。角の腹へ銀があるのはおれはいやなんだ。そいつは、弱った。ところで、手はなにがある」

「なぐるぞ、おい。手にもなんにもいま一つ動かしたばかりじゃあねえか」

「ああ、そうか……じゃ、しょうがないから、おれも角の腹へ銀があがらあ」

「真似《まね》をしたね」

「ああ、最初は真似《まね》のおどり（亀の踊り）なり……」

「なんだい、それは……洒落かい？　そうだ。ただ将棋を指すのはおもしろくねえ。しゃれ将棋といこう」

「なんだい、しゃれ将棋てえのは？」

「駒を動かすたびに、駒でしゃれるんだよ。しゃれが出なかったら一手、飛び越し。いや、むずかしいことはないよ。……歩を突いて『ふづき（卯月《うづき》）八日は吉日よ』ってえのは、どうだい」

「あ、なるほど、うまいね。じゃあ……あたしも歩を突いて、『ふづき八日は……』いまやったね。『九日十日は金比羅さまのご縁日』と……」

「なんだい、それは？」

「しゃれ」

「どうです、角道《かくみち》をあけて『角道（百日）の説法屁《へ》ひとつ』」

「じゃあ、あたしも角道をあけて『角道の説法屁ふたつ』」

「ばかだね。屁をふやしてやがら……角のはなに金があがって『金角（金閣）寺の和尚』」

「じゃあ、おれのほうも金があがって『金角寺の……』」

「おっと真似はだめだよ」

「真似じゃない。和尚でなくて『金角寺の味噌すり坊主』」

「だめだよ。そんなのは……歩をさして『ふさし（庇《ひさし》）の下の雨宿り』」

「うまいッ。くやしいねえ。じゃあ、あたしも歩をさして、ふさしの下の……」

「おまえは真似ばかりしているね。雨宿りはいけないよ」

「じゃあ、『ふさしの下の首くくり』と……」

「ろくなことを言わないな。じゃあ、もうしゃれはなしだ。さあ、これをとって王手飛車とり」

「どっこい、そうはいくものか」

「そこを逃げたら、こいつをとって、こうやったらどうする?」

「ああ、ばかにさみしくなっちまった。手になにがある?」

「いまごろになって聞いてやがる。両手に持ちきれねえほどあらあ、貸してやろうか」

「なにがある?」

「金、銀、桂、香、歩に王」

「王?」

「さっき、おれが、王手飛車とりとやったら、『どっこい、そうはいくものか』って、おまえの飛車が逃げたじゃねえか。だから、そのとき王さまをとったんだ」

「ああ、そうか。油断がならねえや……だけど、おれの王さまは、おまえがとったんだけど、おまえの王さまが見えねえじゃあねえか」

「おれのほうは、最初《はな》からとられるといけねえから、じつは、ふところへ隠しておいたんだ」

「こんな将棋を指してたって、いつまで勝負のつくわけがねえや、もうやめだ」


「おや、この最中《さなか》に、だれかいびきをかいて寝てやがる……おや、半公じゃあねえか。見なよ、こいつの寝てるざまは、どうもいい面《つら》じゃあねえな……おやおや、鼻から提灯を出しゃあがったぜ……あれッ、消しゃあがった。またつけたよ。こんどは、少し大きいや。提灯をつけたり、消したり……うん、お祭りの夢なんかみてやがるんだな。おい、半公起きろよ、おいっ半公っ」

「おいおい、だめだよ。そんなことを言ったって起きるもんか」

「じゃあ、どうすりゃあいいんだい？」

「なにしろ、こいつは食いしん坊だ。『半ちゃん、ひとつ食わねえか？』と言やあ、すぐに目をさまさあ」

「そうかい……おい、半ちゃん、ひとつ食わねえか？」

「ええ、ごちそうさま」

「おやっ、寝起きがいいな。じつは、いまのはうそだ」

「おやすみなさい」

「現金な野郎だな……いいからもう起きなよ」

「あ、あ、あーあ」

「大きなあくびだな。みっともねえ野郎だ。よく寝るなあ、てめえは……」

「ああ、眠くてしようがねえ。なにしろ、身体が疲れてるんでね」

「そうかい、仕事が忙しいんだな」

「いや、どういたしまして、仕事どころの話じゃあねえんだ。女で疲れるのは、しんが弱ってしょうがねえ」

「あれっ、変な野郎を起こしちゃったな。寝かしといたほうが無事だった。起きて寝言を言ってやがらあ……なんだい、その女で疲れるのはしんが弱るてえのは？　女でもできたのか？」

「うふふふふ、まあな」

「おやっ、オツに気どりやがったな。なにを言ってやがるんだ。てめえなんぞ女のできる面かい」

「なあに、人間は面で女が惚《ほ》れやあしねえよ。ここに惚れるのさ」

「おや、胃が丈夫なのかい？」

「なにを言ってんだ、胸三寸の心意気てえやつよ」

「笑わせるんじゃねえぜ。てめえが、なにが胸三寸の心意気だ。ひとから借りたものは、忘れるか、しらばくれるのか知らねえが、めったに返《けえ》したことはねえし、貸したものはいつまでも覚えてるし……」

「そんなことはどうでもいいや。こう見えても、おれは、たいへんな色男なんだ」

「ふーん、世の中には、よっぽど酔狂な女がいるもんだな。でなきゃあ、おめえに惚れるはずがねえや。器量がわるくっても、身なりがいいとか、どっか垢《あか》ぬけしてるとか、読み書きができるとか、遊芸ができるとか、金があるとか、人間には、ひとつぐれえ長所《とりえ》があるもんだが、おめえてやつは、面はまずいし、人間がいやしいし、身なりはみすぼらしいし、金は持ってたためしがねえし、しゃれはわからず、粋なことは知らず、食い意地が張って、助平で、おまけに無筆ときているから、ひとつだって長所《とりえ》なんぞありゃあしねえ」

「そねむな、そねむな。そんなにおれの悪口をならべ立てることはねえ……じつは、きょう芝居の前を通ったんだ。別に見るつもりはなかったんだが、看板を見ているうちに、急にのぞいて見たくなったんで、木戸番の若え衆と顔見知りのやつがいたもんだから、そいつに頼んで、立ち見でいいからってんで、一幕のぞかせてもらったんだ」

「うん」

「おれが、東の桟敷《さじき》の四つ目あたりだったかな……そこへ立って見てたんだ。すると、前に座っていたのが、年ごろ二十二、三かなあ……しかし、女がいいと年齢《とし》を隠すから、まあ二十五、六……いや、よく見ると、もう七、八……そうだなあ、かれこれ三十に手がとどいてやしねえかとおもうが、ちょいと白粉《おしろい》をつけているから、あれをはがすと、もうあれで三十四、五……小皺《こじわ》の寄ってるぐあいで四十二、三……声のようすでは五十一、二……かれこれ六十……」

「なにを言ってやがるんだ。それじゃあ、まるっきりばばあじゃねえか」

「まあ、二十三、四といやあ、あたらずといえども遠からずだ。持ち物といい、身装《なり》のこしらえといい、五分《ぶ》の隙もねえてなああれだね。五十二、三のでっぷりふとった婆やを供につれて、一《いっ》間《けん》の桟敷を買い切ってよ、ゆったりと見物だ。どこを見たって、肩と肩と押しあっているなかで、ぜいたくなことをしてやがるなとおもって見ていた。そのうちに、音羽屋のすることにオツなところがあったんで、おれが、大きな声で『音羽屋！』って褒《ほ》めたんだ。すると、女が振りむいて、おれの顔を見上げて、にっこり笑った。むこうで笑うのに、こっちが恐《こえ》え面《つら》ァしてるわけにもいかねえから、なんだかわからねえが、おれもにこりっと笑った。むこうでに（二）こりっ、こっちでに（二）こりっ……合わせてし（四）こりっ……」

「なにつまらねえことを言ってるんだ」

「『あなたは、音羽屋がご贔屓《ひいき》でいらっしゃいますか？』って女から声をかけたから、『いいえ、贔屓というわけにはいきませんが、贔屓のひき倒しでございますよ』『わたくしも音羽屋が贔屓でございまして、褒《ほ》めたいところはいくらもございますが、殿方とちがって、褒めることができませんから、あなた、どうぞ褒めてくださいましな』てえから『ええ、お安いご用でございます。あっしが、褒めるほうだけは、万事お引き受けいたしやしょう』と、こう言った」

「つまらねえことを引き受けたな」

「ああ、銭がかからねえこったから損はねえとおもってね……と、女が、『もしおよろしければ、どうぞお入りくださいまし』と言うから、『それじゃあ、まあ、隅のほうをちょいと貸していただきます』ってんで……」

「入《へえ》っちゃったのか？　ずうずうしい野郎だな」

「女が、おれの膝をつっついて、『お兄さん、ここがよろしいではございませんか？』と言うから、ここが褒めてもらいてえというきっかけだから、『音羽屋！』と褒めた。女がよろこんでね、

『お芝居が引き立ちますから、もっと大きな声でお願いします』ってえから、うんと声を張り上げて、『音羽屋！』……『もっと大きな声で……』と言うから、『これより大きな声はでません。これが図抜《ずぬ》け大《おお》一番でございます』と言って……」

「早桶《はやおけ》をあつらえてるんじゃあねえや」

「それから、大きな声で、『音羽屋！』『音羽屋！』『音羽屋！』」

「うるせえな、この野郎」

「のべつに膝をつっつくんだよ。ここが忠義の見せどころだとおもったからね、夢中になって、『音羽屋！』『音羽屋！』てんでやってると、まわりのやつが笑ってやがる。女が、おれの袖をひっぱって、『もう幕が閉まりました……』」

「まぬけな野郎だな。幕の閉まったのも気がつかねえのか？」

「おれもばつがわりいから、『幕！』……」

「ばかっ、幕なんぞ褒めるなよ」

「そのうちに、女がふたありで、なにかこそこそしゃべっていたが、『どうぞごゆっくり……』ってんで、すーっと下へおりてって、それっきり帰ってこねえ」

「ざまあみやがれ。てめえが幕なんぞ褒めたもんだからあきれ返《けえ》って逃げ出したんだろう？」

「うん、おれもそうだとおもったから、帰ろうかなとおもっているところへ、若え衆がやって来て、『お連れさまが、お待ちかねでございますから、どうぞ、てまえとご一緒に……』と、こう言うんだ」

「へーえ」

「『人ちげえじゃあねえか？』『いいえ、おまちがいではございません。どうぞご一緒に……』って言うんだ。若え衆の案内で茶屋の裏二階へいくと、さっきの女がいて、上座に席ができていて、『さきほどのお礼と申すほどのことでもございませんが、一献《いっこん》さし上げたいと存じまして……』と、きた」

「へーえ、一献てえと、酒だな？」

「そうよ。水で一献てえなあねえからな……『婆や、お支度を……』と、目くばせをすると、婆やが心得て階下《した》へおりる。入れちがいに、トントンチンチロリン……」

「なんだい、それは？」

「どこかで三味線でも弾いてたのかい？」

「わからねえ野郎だな。女中が酒を運んで来る音じゃあねえか」

「へーえ、ずいぶん派手な音がするじゃあねえか。そのトントンというのは？」

「女中が、梯子《はしご》段《だん》を上がる音だ」

「へーえ……チンチロリンてえのはなんだい？」

「そりゃあ、おめえ、トントンと上がるから、盃洗《はいせん》の水が動くじゃあねえか。すると、浮いてる猪口《ちょこ》が盃洗のふちへあたる音が、チンチロリンというんだ。これが、トントンと上がって来るから、トントンチンチロリン、チンチンチリテンシャンというのは、猪口が盃洗の中へ沈んだ音だ」

「こまけえんだな。で、どうしたい？」

「酒が来て、やったり、とったりしてるうちに、女はたんといけねえから、目のふちがほんのり桜色」

「ふーん」

「おれも、空《すき》っ腹へ飲んだから、目のふちがほんのり桜……」

「やい待て、畜生め。ずうずうしいことを言うない。相手の女は、色の白いところへぽーっとなるから桜色てんだが、おめえは、色がまっ黒じゃあねえか。おめえなんぞ、ぽーっとなったって、桜の木の皮の色よ」

「なに言ってやんでえ。よけいなことを言うない……飲んでるうちに、酒はわるくなかったけれども、身体の調子だとおもうんだ。頭が痛くなってきやがった」

「うん」

「どうにも頭が痛くてしょうがねえ。そこで、『ねえさん、ご馳走になった上に、こんなことを言っては申しわけございませんが、少し頭が痛くなりましたから、ごめんをこうむって、失礼させていただきます』と言って、おれが帰ろうとするとね、『とんでもないことになりました。たくさんあがらないお酒をおすすめいたしまして申しわけございません。少しおやすみになったらいかがでございますか?』と言うから、『そうでござんすね、ここへ横になったところで直りますまいから、家へ帰って寝ます』と言ったら、『おなじやすむなら、ここでおやすみになっても、おなじことじゃありませんか』と、こう言うんだ。言われてみれば、もっともだから、『じゃあ、まあ、そういうことにお願いしましょう』『よろしゅうございますわ』てんで、しばらく経《た》つと、『さあ、こちらへ……』と言うんで、行ってみると、隣座敷へふとんを敷いてあるんだ。それから、『失礼させていただきます。頭の直るまで……』ってんで、おらあ、そこへ入《へえ》って寝ちまった」

「うん」

「すると、女が、すーっと行っちまったから、こりゃあいけねえ。女が帰っちまっちゃあ大変《てえへん》だ。ここの勘定はどうなっているんだろうとおもって……」

「しみったれたことを考《かん》げえるなよ」

「けれどもよ、そうおもうじゃねえか。ところがね、しばらくすると、すーっと音がした」

「なんだい？」

「障子が開いたんだ」

「だれが来たんだい？」

「だれだって、わかりそうなもんじゃあねえか。その女が入《へえ》って来たんだ」

「ふーん、どうしたい？」

「女が枕もとで、もじもじしていたが、『あのう……わたしもお酒をいただきすぎて、たいそう頭が痛んでなりませんので、やすみたいとは存じますが、ほかに部屋がございませんので、おふとんの端《はじ》のほうへ入れていただいてもよろしゅうございましょうか？』って、こう言うんだ」

「えっ、そいつぁ大変なことになっちゃったなあ。おーい、みんな、こっちへ寄ってこいよ。ぼんやりしてる場合じゃねえぞ……で、おめえなんと言ったんだ？……『早くお入んなさい』かなんか言ったろう？」

「どうもそうも言えねえから、『どうなさろうとも、あなたの胸に聞いてごらんなすっちゃあいかがでございましょう？』と、おれが皮肉にぽーんと、ひとつ蹴ってやった」

「うめえことを言やがったな。それからどうしたい？」

「そうすると、女の言うには、『ただいま胸にたずねましたら、入ってもよいと申しました。では、ごめんあそばせ』ってんで、帯解きの、まっ赤な長襦袢《ながじゅばん》になってずーっと……」

「畜生めっ、入《へえ》って来たのか？」

「入《へえ》って来たとたんに、『半ちゃん、ひとつ食わねえか』って、起こしたのはだれだ？」

「なに？」

「『半ちゃん、ひとつ食わねえか』って、起こしたのはだれだ？」

「起こしたのはおれだ」

「わりいところで起こしやがった」

「なーんだ、畜生め、夢か？」

「うん、そういう口があったら世話してくんねえ」


「静かにしてくださいよ。あんまりこっちがにぎやかなんでね。気をとられていたら、いまの客、銭を置かずに帰っちまった」

「性質《たち》のわるいやつだな、どんな……」

「いまそこで髭《ひげ》をあたってもらっていた印絆纏《しるしばんてん》を着た、痩《や》せた男かい」

「ああ、ありゃ、町内の畳屋の職人じゃあねえか？」

「それで、床屋《とこ》（床畳）を踏みに来たんだ」

《解説》　式亭三馬の「浮世床」（文化八年刊）の話芸版。髪結床は江戸時代、町内の溜り場で、人々のなによりの社交と慰安の場であった。その情景が活写されている。写生《スケッチ》的な展開で、滑稽味も多く、伸縮自在なので寄席でも頻繁に口演される。髪結床を主人公にした噺に「不精床」「ぞろぞろ」「片側町」などがある。

長屋の花見

四季を通じて人の心持ちが浮き浮きするのが、春。春は花……なんてえことを申しまして、まことに陽気でございます。

「銭湯で上野の花の噂かな」

花見どきはどこへ行きましても、花の噂でもちきり……。

「おう、きのう飛鳥山《あすか》へ行ったが、たいへんな人だぜ、仮装やなんか出ておもしろかった」

「そうかい、花はどうだった？」

「花？　さあ……どうだったかなあ？」

してみると、花見というのは名ばかりで、たいがいは人を見に行くか、また騒ぎに行くらしいようで……。

「よう、おはよう。さあさあみんな長屋の者はちょっとここへ揃ってくんねえ。いやね、みんなを呼んだのはほかでもねえが、けさ、みんなが仕事に出る前に、家主《おおや》のとこへ集まってくれという使いがきたんだ」

「なんだい、月番」

「さあ、行ってみなけりゃわからねえが、てえげえは見当はついてる」

「なんだろうな。朝っぱらから家主から呼びにくるのは、ろくなことじゃあねえぜ」

「店賃《たなちん》の一件じゃあねえかな」

「店賃？　家主が店賃をどうしようってえんだ」

「どうしようってえことァない。催促だってんだよ」

「店賃の？……ずうずうしいもんだ」

「ずうずうしいったって……おめえなんぞ、店賃のほう、どうなってる？」

「いや、面目ねえ」

「面目ねえなんてところをみると、持ってってねえな」

「いや、それがね、一つだけやってあるだけに、面目ねえ」

「そんならいいじゃねえか。店賃なんてものは、月々一つ持ってくもんだ」

「月々一つ持ってってありゃ、ここで面目ねえなんて言うことはねえ」

「そりゃそうだな、先月のをやったのか、一つ？」

「なに、先月のをやってありゃあ、大いばりじゃねえか」

「じゃ、去年一つやったきりか？」

「去年一つやってありゃあ、なにもおどろくことはねえ」

「すると、二、三年前か？」

「二、三年前なら、家主のほうから礼に来るよ」

「よせよ。いってえおめえ、いつ持ってったんだ」

「おれがこの長屋へ引っ越してきたときだから、指折りかぞえて十八年にならあ」

「十八年、仇討だな、まるで……そっちはどうなってる？……おめえはこの長屋の草分けだが店賃のほうはどうなってる？」

「ああ、一つやってあるよ」

「いつやったね」

「親父の代に」

「うわ手が出てきたね。……そっちはどうだ、店賃……」

「へえー、こんな汚《きたね》え長屋でも、やっぱり店賃とるのかい？」

「おうおう?! 出さねえでいいとおもってんのか、ひでえやつがあるもんだ。……おいおい、おまえさんはぼんやりしているが、店賃の借りはねえだろうな？」

「え、ちょっとうかがいますが、店賃というのはなんのことで……」

「おやおや、店賃を知らないやつが出て来やがった。店賃というのは、月々家主のとこへ持って行くお銭《あし》だ」

「そんなもの、まだもらったことがねえ」

「あれ、この野郎、店賃もらう気でいやがる。どうも、しようがねえ。一人として満足に店賃を払っているやつがいねえんだから……まま、これじゃあ、店立《たなだ》てぐれえのことは言うだろう。けれどもな、もののわかるおもしろい家主だ、ああいう家主に金を持たしてやりてえなあ」

「そうよ。そうすりゃあ、ちょいちょい借りに行ける」

「おーやおや、店賃を払わねえ上に、借りる気でいやがる。ま、ともかく、みんな揃って、行くだけは行ってみようじゃねえか」

「家主さん、お早うございます」

「え、お早うございます」

「え、お早うございい」

「お早う」

「お早う」

「おいおい、そんなに大勢でいっぺんに言うと、うるさくていけねえ。一人言やあいい。一人」

「ええ、それではあっしが月番でございますから、総名代で、お早うございます、と」

「総名代がいちばんあとから言っちゃあ、なんにもならねえ」

「お言いつけどおり、長屋の連中そろってまいりましたが、なんかご用でしょうか?」

「なんだ、そんな戸ぶくろのところへかたまって……そんな遠くからどなってねえで、もっとこっちへ来な」

「いいえ、ここで結構です。すいませんが、店賃のところは、もう少し待っていただきたいんですがねえ……」

「ははは、おれが呼びにやったので店賃の催促とおもったのか。しかし、そう思ってくれるだけでありがてえな。きょうは店賃のことで呼んだんじゃあないよ」

「そうですか。店賃はあきらめましたか」

「あきらめるもんか」

「まだ未練があるな……わりに執念深い人だね、ものごとはあきらめが肝心だあ」

「おい、冗談言っちゃあいけねえ。雨露をしのぐ店賃だ。ひとつ精出して入れてもらわなくちゃ困る……まあ、いいからこっちへ来な。じつはな、おまえさんたちを呼んだのはほかじゃない。いい陽気になったな。表をぞろぞろ人が通るじゃないか……」

「どこへ行くんですかねえ？」

「きまってるじゃないか。花見に行くんだ。うちの長屋も世間から貧乏長屋なんていわれて、景気がわるくってしかたがねえ。今日はひとつ長屋じゅうで花見にでも行って、貧乏神を追い払っちまおうてえんだが、どうだ、みんな」

「花見にねえ……で、どこへ行くんです？」

「上野の山はいま見ごろだってえが、どうだ」

「上野ですか？　すると、長屋の連中がぞろぞろ出かけて、ただ花を見てひとまわりして帰ってくるんですか？」

「歩くだけなんて、そんなまぬけな花見があるもんか。向島の三囲《みめぐり》土手へ酒、さかなを持ってって、わっと騒がなくっちゃあ、向島まで行く甲斐《かい》がねえじゃあねえか。なまじっか女っ気のねえほうがいい。男だけでくり出そうとおもうんだが、どうだい？」

「酒、さかな……ねえ、そのほうは？」

「そのほうは、おれがちゃんと用意したから安心しな」

「へえー、家主さんが酒、さかなを心配してくれたんですか？」

「ごらんよ。ここに、一升びんが三本あらあ。それに、この重箱のなかには、かまぼこと玉子焼きが入ってる。おまえたちは、体だけ向こうへもってってくれりゃいい。どうだい、行くか？」

「行きます、行きますよ。みんな家主さんのおごりとなりゃ、向島の土手はおろか、地の果てまでも……」

「そうと決まれば、これからくり出そうじゃあないか……今月の月番と来月の月番は幹事だから、万事骨を折ってくれなくちゃあいけねえ」

「はい、かしこまりました。おい、みんな、家主さんに散財をかけたんだから、お礼を申そうじゃねえか」

「どうもごちそうさまです」

「どうも、ありがとうござんす」

「へい、ごちになります」

「おいおいおい、そうみんなにぺこぺこ頭を下げられると、どうも、おれもきまりが悪い……まあ、むこうへ行ってから、こんなことじゃあ来るんじゃなかったなんて、愚痴が出てもいけないから、さきに種あかしをしとこう」

「種あかし？」

「ああ……じつはな、この酒は酒ったって中味は本物じゃねえんだ」

「えっ？」

「これは、番茶……番茶の煮だしたやつを水でうすめたんだ。ちょっと酒のような色つやをしているだろう」

「いいですよ。番茶なんぞは、向こうへ行けば茶店もいくらもありますから」

「これを酒とおもって飲むんだ。あまりガブガブ飲んじゃあいけないよ」

「なんだ、よろこぶのは早いよ。おい、様子がかわってきたよ。こりゃ、お酒じゃなくて、おチャケですか。おどろいたね。お酒盛りじゃなくて、おチャカ盛りだ」

「まあ、そういったところだ」

「おれも変だとおもったよ……この貧乏家主が、酒三升も買って、おれたちを花見に連れて行くわけはねえとおもった……でも、家主さんかまぼこと玉子焼きのほうは本物ですか？」

「それを本物にするくらいなら、五合でも酒のほうにまわすよ」

「すると、こっちはなんなんで？」

「それもなんだ、重箱のふたをとってみりゃわかるが、大根に沢庵《たくあん》が入っている。大根のこうこは月型に切ってあるからかまぼこ、沢庵は黄色いから玉子焼きてえ趣向だ」

「こりゃ、おどろいた。ガブガブのポリポリだとさ」

「まあいいじゃあねえか。これで向こうへ行って、『ひとつ差し上げましょう、おッとっと』というぐわいに、やったりとったりしてりゃあ、はたで見てりゃ、花見のように見えらあね」

「そりゃそうでしょうけど……どうする？　しょうがねえなあ、こうなったらやけで行こうじゃないか。まあ、向こうへ行きゃあ、人も大勢出てるし……」

「ガマ口の一つや二つ……」

「そうそう、落っこってねえとも限らねえ、そいつを目当てに……」

「そんな花見があるもんか」

「じゃ、みんな出かけようじゃあねえか。おいおい、今月の月番と来月の月番、おまえたち二人は幹事だから、さっそく働いてもらうよ」

「こりゃ、とんだときに幹事になっちまったなあ……へい、家主さん、なんでしょうか？」

「そのうしろの毛氈《もうせん》を持ってきておくれ」

「毛氈？　どこにあるんです？」

「その隅にあるだろう」

「家主さん、これはむしろだ」

「いいんだよ。それが毛氈だ。早く毛氈、持ってこい」

「へいッ、むしろの毛氈」

「よけいなことを言うんじゃねえ。いいか、その毛氈を巻いて、心ばり棒を通して担ぐんだ」

「へえー、むしろの包みを担いでね……こいつぁ花見へいく格好じゃあねえや、どう見たって猫の死骸を捨てに行くようだ」

「変なことを言うんじゃねえよ……さあ、一升びんはめいめいに持って……湯飲み茶碗も忘れるなよ。重箱は風呂敷に包んで、心ばり棒の縄に掛けちまえ。さあ、支度はいいかい。今月の月番が先棒で、来月の月番が後棒《あと》だ。では、出かけよう」

「じゃあ、担ごうじゃねえか。じゃあ、家主さん、出かけますよ。よろしいですね。ご親戚のかた揃いましたか？」

「おいおい、葬《とむら》いが出るんじゃねえや……さあ、陽気に出かけよう。それ、花見だ、花見だ」

「夜逃げだ、夜逃げだ」

「だれだい、夜逃げだなんて言ってるのは？」

「なあ、どうもこう担いだ格好はあんまりいいもんじゃねえなあ」

「そうよなあ、しかし、おれとおめえはどうしてこんなに担ぐのに縁があるのかなあ？」

「そういえばそうだなあ、昨年の秋、屑《くず》屋の婆さんが死んだときよ」

「そうそう、冷てえ雨がしょぼしょぼ降ってたっけ……陰気だったなあ」

「だけど、あれっきり骨揚げにいかねえなあ」

「ああいう骨はどうなっちまうんだろう？」

「おいおい、花見へ行くってえのに、そんな暗い話なんかしてるんじゃねえよ。もっと明るいことを言って歩け」

「へえ……明るいって言えば、きのうの晩よ」

「うん、うん」

「寝てると、天井のほうがいやに明るいとおもって見たら、いいお月さまよ」

「へーえ、寝たまま月が見えるのかい？」

「燃すものがねえんで、雨戸をみんな燃しちまったからな、このあいだ、おまんまを炊くのに困って天井板はがして燃しちまった。だから、寝ながらにして月見ができるってわけよ」

「そいつは風流だ」

「おいおい、そんな乱暴なことをしちゃあいけねえ。家がこわれてしまうじゃねえか。店賃も払わねえで……」

「へえ、すいません……家主さん、たいへんなもんですね。ずいぶん人が出てますねえ」

「たいへんなにぎわいだ」

「みんないい扮装《なり》をしてますね」

「みんな趣向をこらしてな。元禄時分には、花見踊りなどといって紬《つむぎ》で正月小袖をこしらえて、それを羽織って出かけた。それを木の枝へかけて幕の代わりにしたり、雨が降ると傘をささないで、それをかぶって帰ったりしたもんだそうだ」

「へえ、こっちは着ているから着物だけれど、脱げばボロ……雑巾にもならねえな」

「ばかなことを言うんじゃねえ。扮装でもって花見をするんじゃねえ。『大名も乞食もおなじ花見かな』ってえ言うじゃねえか」

「おい、後棒、向こうからくる年増《としま》、いい扮装だな。凝った、いい扮装しているなあ。頭のてっぺんから足の先まで、あれでどのくらいかかってるんだろうな？」

「小千両はかかってんだろうなあ、たいしたもんだ」

「おめえとおれとを合わせて、二人の扮装はいくらぐらいだ？」

「二人が素ッ裸になったところで、まず二両ぐれえのもんだろう」

「それは安すぎたな。向こうが千両で、こっちが二人、合わせて二両、どうだ、家主さん褌を二本つけるが、五両で買わねえか？」

「よせよ、ばかばかしい。通る人が笑ってるじゃねえか。……それ、向島だ。花は満開だ。どうだ、土手の上なんざ、川の見晴らしもいいぞ」

「見晴らしなんてどうでもいいよ。なるべく土手の下のほうへ行きましょうよ」

「下はほこりっぽい」

「いいえね。下のほうが……上のほうでみんな本物を食ってますからね。ひょっとすると、うで玉子なんか、ころころっと転がってくる。それを、あたしは拾って、皮をむいて食っちまう」

「そんなさもしいことを言うなよ……まあ、どこでも、おめえたちの好きなところへ陣どって、毛氈を敷くがいいや」

「へい。毛氈……毛氈どうしたい、毛氈の係、いなくなっちゃったじゃねえか」

「あれ、あんなところでぼんやりつっ立って、本物をうらやましそうに見てやがら……見てたって飲ませてくれるわけじゃねえや。おーい。毛氈、毛氈を持っといで」

「だめだよ。いくら呼んだって……おい、むしろの毛氈持ってこいッ」

「おいおい、両方言うやつがあるか」

「だって、そうでも言わなくちゃ気がつきませんから……おうおう、こっちだ、こっちだ」

「さあ、ここへ毛氈を敷くんだ。あれっ、どうするんだ、こんなに横に細長くならべて敷いて?」

「こうやって、一列に座りましてね。通る人に頭をさげて……」

「おい、乞食の稽古するんじゃねえや。みんなでまるく座れるように敷け——そうだ、あの、重箱を真ん中に出してな、湯飲み茶碗はめいめいがとるんだ。さあ、一升びんはいっぺんに口を抜かないで、粗相《そそう》するといけないからな。一本ずつ抜くようにしてな。酌《しゃく》はめいめいに……みんな茶碗は持ったか、さあ、今日はみんな遠慮なくやってくれ。おれのおごりだとおもうと気づまりだから、今日は無礼講だ。さあさあ、お平《たい》らに、お平《たい》らに……」

「ちえッ、こんなところでお平らにしたら、足が痛えや、ほんとうに」

「さあ、遠慮しないで、飲んだ、飲んだ」

「だれがこんな酒を飲むのに遠慮するやつがあるものか、ばかばかしい」

「なに？」

「いえ、こっちのことで……」

「じゃ、わたしがお毒味と、一杯いただきましょう」

「いいぞ、いいぞ」

「なるほど、色はおなじだね。色だけは本物そっくりだ。これで飲んでみるとちがうんだから情けねえや」

「口あたりはどうだ？　甘口か、辛口か？」

「渋口ッ」

「渋口なんて酒があるか……これは灘の生一本だから、いい味だろう」

「そうですね。いろいろ好き好きがありますが、あたしゃ、なんと言っても、宇治が好きですね」

「宇治の酒なんてのはあるかい……さあ、やんなやんな、ぼんやりしてないで……」

「ええ、ふだんあんまり冷《ひ》やはやったことがないもんですから」

「燗《かん》をしたほうがよかったかな。土びんでも持ってきて、燗でもすればよかったな」

「燗なんてしなくたって——焙《ほう》じたほうがいい」

「よさねえか、なんでも酒らしく飲まなくちゃいけないよ。もっと、一献、けんじましょうとかなんとか言ってやってごらん。みんな傍《はた》で見てるじゃないか」

「あ、そうですか。じゃあ、金ちゃん、一献けんじよう」

「いや、けんじられたくねえ」

「おい、断わるなよ。みんな飲んだじゃねえか。おめえ一人がのがれるこたあできねえんだよ。これもすべて前世の因縁だとあきらめて……なむあみだぶつ……」

「おい、変なすすめ方するない」

「おう、おれに酌《つ》いでくれ」

「そう、その調子……」

「いや、さっきからのどがかわいてしょうがねえんだ」

「おい、いちいち変なことばかり言ってちゃいけねえ。それで、ひとつ酔いのまわったところで、景気よく都々逸《どどいつ》でもはじめな」

「こんなもんで唄ってりゃあ、狐に化かされたようなもんだ」

「どうも困った人たちだな。さあ、幹事はぼんやりしてねえで、どんどん酌をしてまわらなくちゃしょうがねえじゃないか」

「悪いとき幹事をひき受けちゃったな。おう。じゃあ、一杯いこう」

「じゃあ、ちょいと、ほんのおしるしでいいよ……おいおい、ほんのおしるしでいいって言ってんのに、こんなにいっぱいついでどうするんだ？　おめえ、おれに恨みでもあんのか？　おぼえてろ、この野郎ッ」

「なんだな、一杯ついでもらったら、よろこべ」

「よろこべったって、冗談じゃねえ。あっしゃあ、小便が近えから、あんまりやりたくねえ。おう、そっちへまわせ」

「おっと、あっしは下戸なんで……」

「下戸だって飲めるよ」

「下戸なら下戸で、食べるものがあるよ」

「一難去ってまた一難」

「なに？」

「いえ、なんでもないんです。こっちのひとり言……」

「それじゃ、玉子焼きをお食べ」

「ですが……あっしは、このごろすっかり歯がわるくなっちまって、いつもこの玉子焼きはきざんで食べるんで……」

「玉子焼きをきざむやつがあるもんか……それじゃあ、今月の月番と来月の月番、玉子焼きを食べな」

「じゃあ、なるたけ小さいのを……尻尾《しっぽ》でねえところを……」

「玉子焼きに尻尾があるか。よさねえか……寅さん、おまえ、さっきから見てるけど、なんにも口にしないな、食べるか飲むかしなさい」

「すいません。じゃあ、その白いほうをもらいますか」

「色気で言うやつがあるか……かまぼこならかまぼこと言いなよ」

「そう、そのぼこ」

「なんだそのぼこたあ。おい、かまぼこだそうだ。とってやれ」

「おお、ありがとう。へええ、どうも、家主さんの前ですが、あっしはこの、かまぼこが大好きでね。けさもこのかまぼこを千六本《せんろっぽん》にして、おつけの実にしましたよ。ええ、胃の悪いときにはまた、かまぼこをおろしにしましてね」

「なに？」

「かまぼこの葉のほうは、糠味噌《ぬかみそ》に漬けると……」

「気をつけて口をききなよ。かまぼこに葉っぱがあるかい……おいおい、音をたてねえで食えねえか」

「えっ？　音をたてねえで？　このかまぼこを音をたてずに食うのはむずかしいや」

「そこをなんとかひとつやってくれ」

「うーん、うーん」

「おい、どうした、どうした？」

「うーん」

「おい、寅さん、しっかりしろ」

「うーん、かまぼこを鵜《う》飲みにして、のどへつっかえたんだ」

「そーれ、背中をひっぱたいてやれ、どーんとひとつ……」

「あー、たすかった。このかまぼこを音をさせずに食うのは命がけだぜ」

「お、お花見なんだよ。なんかこう花見にきたようなことをしなくちゃあ……向こうを見ねえ、甘茶でカッポレ踊ってらあ」

「こっちは番茶でさっぱりだ」

「しょうがねえ……そうだ、六さん、おまえさん、俳句をやってるそうだな、どうだ、一句吐いてくれねえか」

「へえへ、そうですな『花散りて死にとうもなき命かな』」

「なんだかさびしいな。ほかには?」

「『散る花をなむあみだぶつというべかな』」

「なお陰気になっちまうよ」

「なにしろ、ガブガブのボリボリじゃ陽気な句もできませんから……」

「だれか陽気な句はないかい?」

「そうですね。いまわたしが考えたのを、書いてみました。こんなのはどうでしょう?」

「ほう、弥太さんかい。おまえ、矢立てなんぞ持ってきて、風流人だ。いや感心だ……どれ、拝見しよう『長屋じゅう……』うん、うん、長屋一同の花見というところで、頭へ長屋じゅうと入れたのはいいね、『長屋じゅう、歯をくいしばる花見かな』え? なんだって、よくわからないな、『歯をくいしばる』ってえのはどういうわけだい?」

「なに、別にむずかしいことはない。いつわりのない気持ちをよんだまでで……つまり、どっちを見ても本物を飲んだり、食ったりしている。ところがこっちはガブガブのボリボリだ。ああ、情けねえと、おもわずばりばりと歯を食いしばったという……」

「しょうがねえなあ。じゃあ、こうしよう、今月の月番、景気よく酔っぱらっとくれ」

「いえね、家主さん、酔わねえふりをしてろってえならできますけど、酔えったってそりゃ無理だよ」

「無理は承知だよ。だけど、おまえ、それぐらいの無理は聞いてくれたっていいだろう？　そりゃ、あたしゃ恩にきせるわけじゃあないが、おまえの面倒はずいぶんみたよ」

「そ、そりゃわかってますよ。そう言われりゃ一言もありませんから、ええ、ひとつご恩返しのつもりで……覚悟して酔うことにきめました」

「ああ、ご苦労だな、ひとつまあ、威勢よくやってくれ」

「ええ、では家主さん」

「なんだ」

「つきましては、さてはや、酔いました」

「そんな酔っぱらいがあるか。いやあ、おまえはもういい。じゃ、来月の月番、丼鉢《どんぶりばち》かなんか持ってひとつ派手に酔ってくれ」

「はっは、しょうがねえ。どうしても月番にまわってくらあ、手ぶらじゃ酔いにくい、その湯飲み茶碗かせ。さあ、酔ったぞ、だれがなんて言ったたって、おれは酔ったぞッ」

「ほう、たいそう早いな」

「その代り醒めるのも早いよ。ほんとうにおれは酒飲んで酔ったんだぞ」

「断わらなくてもいいよ」

「断わらなかったら、狂気とまちがえられるよ。さあ、酔った。貧乏人だ、貧乏人だってばかにするない、借りたもんなんざぁどんどん利子をつけて返してやらあ」

「その調子、その調子」

「ほんとうだぞ、家主がなんだ。店賃なんぞ払ってやらねえぞ」

「わりい酒だな。でも、酒がいいから、いくら飲んでもあたまにくるようなことはないだろう?」

「あたまにこない代り、腹がだぶつくなあ」

「どうだ、酔い心地は?」

「去年の秋に井戸へ落っこったときのような心地だ」

「変な心地だなあ、でもおめえだけだ、酔ってくれたのァ。どんどんついでやれ」

「さあ、ついでくれ、威勢よくついでくれ。とっとっとと、こぼしたって惜しい酒じゃあねえ……おっと、ありがてえ」

「どうしたい?」

「ごらんなさい。家主さん、近々長屋に縁起のいいことがありますぜ」

「そんなことがわかるか?」

「わかりますとも……」

「へえ、どうして?」

「湯飲みのなかに、酒柱が立ってます」


《解説》 弥太っ平馬楽(二代目蝶花楼馬楽)が明治三十年代に上方の「貧乏花見」を東京に移し、今日のような江戸前の型に仕上げ有名にした。「貧乏花見」と「長屋の花見」を比較すれば、上方と江戸の生活の体臭、気風、行き方の差違がはっきりと解明され興味深い。「貧乏花見」は、雲行きが悪く仕事に出損なった長屋の連中が、家で食うものをみんな持ち寄り、がらくたの仮装を凝らし、かみさんも年寄りも揃って出かけ、幔幕《まんまく》の代わりに腰巻を吊すなど、おおらかで嬉々とした花見の宴をひらき、そして、本物をやっているそばで喧嘩の真似をして、連中が逃げ出す隙《すき》に酒とご馳走を強奪するというたくましさだ。「長屋の花見」のほうは、家主が計画し、長屋の連中はつき合い上、しかたなく、やせ我慢をして、世間並みの情趣、風雅を味わおうとする。俳句にも才能のあった馬楽自身「長屋じゅう歯をくいしばる花見かな」という名句を遺《のこ》し、風流の残酷さを見事にとどめている。

花見の場所を上野の山とする演出もあるが、それは明治以後の〈噺〉で、江戸時代、上野の山は寛永寺の境内＝徳川将軍家直轄《ちょっかつ》の菩提寺であったために花見の音曲、飲食は禁じられていた。長屋の連中の言うようにただ花を見てひとまわりして帰ってくるだけだった。

三人旅

むかしは道中に、どこへ行くのも草履《ぞうり》ばきで、てくてく歩くのですから日数もかかりました。乗りものといえば、駕籠《かご》に馬、川を渡るには人の背を借りました。しかし、まことにのどかで……とりわけ春の旅は、菜の花が咲き、麦畑は青々として、山は霞《かすみ》につつまれて、どこかで雲雀《ひばり》の声がきこえようという、田んぼ道を気のあった者どうし、気のむくまま、足のむくまま旅をするというのは、まことに結構でございます。

江戸をあとにして、一日二日はいいが、三日、四日となると、口のほうは達者だが、だんだん足のほうがだらしなくなってくる。

「どうした、さあさあ、しっかり歩けよ。どういうわけでてめえはまっすぐ歩かねえんだよ。鉋《かんな》っ屑みてえにふわふわして、風に吹きとばされて、川の中へ落っこっちゃうぞ」

「いや、もうだめだ。くたびれちゃった」

「情けねえ声を出すなよ。足を引きずるなよ。しっかり歩け」

「だってしょうがねえや、くたびれちゃったんだから」

「くたびれたあ？　江戸っ子だろ」

「おい、無理なことを言うなよ。江戸っ子だってくたびれたものはしようがねえ」

「やい、おめえはくたびれたくたびれたって、歩きようが悪い、かかとをずるずるひきずるからいけねえ、かかとをつけねえで、爪先でもってよって歩け、そうすりゃ草履もいたまねえしくたびれも少ねえや」

「ああそうかなあ、かかとをつけねえとくたびれねえかなあ、それで軍鶏《しゃも》なんぞずいぶん駆けだすけどもなあ、あれはかかとをつけねえからくたびれねえのかなあ」

「なにを言ってんだ。軍鶏《しゃも》にかかとなんぞあるかい」

「おめえは、さっきから文句ばかり言ってるが、おれの足は行儀がいいから、どうしたって、おめえたちより先にくたびれらあ」

「ほう、行儀のいいってえ足は、どういう足だ？」

「おれの足はおめえ、ちゃんと腰から出てるもの」

「あたりめえじゃねえか。だれの足だって、ちゃんと腰から出てらあ。腰から出てねえ足なんてあるか」

「あるさ」

「ある？」

「亀の子なんか横腹から出てらあ、蟹《かに》なんざあ肩から出てるよ」

「なにを言いやがる。亀や蟹なんぞといっしょになるかい……おめえ、うしろから、そんな情けねえ面して歩くなよ。くたびれねえような顔をして歩けよ」

「それなら大丈夫だ。顔はくたびれちゃいねえ、おりゃ足で歩いてんだから……足がくたびれら……」

「そりゃ、あたりめえだよ。顔で歩くやつがあるか」

「だけどおめえ、蛤《はまぐり》なんぞ舌で歩くぜ」

「よせよ、こん畜生。口のへらねえことばかり言ってやがら」

「そのかわり腹がへってらあ」

「掛け合いだよ、まるで……戸塚泊まりはまだ日が高い、駒をはやめて藤沢までってな、達者な足なら藤沢までのせるってんだ。四日もかかってやっと小田原じゃあねえか。合いの宿《しゅく》へばかり泊まっているから、こういうことになるんだい。さあしっかり歩け……前の山を見ろ。あれが東海道名代の箱根山だ」

「ああ、あれかい？　箱根山てえのは、話には聞いてたが、まのあたりに見たのははじめてだ。へえー、やはり箱根山とくるとずいぶん厚みがあるなあ」

「厚みだってやがら、よせやい、山は高さてんだい」

「へええ、そういうもんかね。ふうん、だけどなあ、この通り道にこんな大きなものを邪魔じゃねえか、この山、どうしようってんだい？」

「どうするてえことはない。越すのよ」

「これをかい？　さあたいへんだなあ」

「だからしっかりしろてんだ」

「だっておめえ、これを越すとなったらずいぶんあるだろう？」

「戯《ざ》れ唄にもあらあな。なあ、箱根八里ってよ。小田原からのぼって四里八丁、三島へくだって三里二十八丁、あわせて八里あるんだ」

「ふうん。けど八里あるってのは、どうしてわかった？」

「物指しで測りゃあ、わからあ」

「そんなおまえ、長い物指しがあったのか？」

「ばかだなおめえは、なにもそんな長い物指しで測らなくとも、早い話が、一間しか測れねえもんでも、一間が六十ありゃ一丁、一丁が三十六ありゃ一里だ。そういうぐわいに測ってって、しまいに算盤《そろばん》でよせてみりゃあ、道のりてえものが出てくるんだ」

「なるほどねえ……じゃ目方はどのくらいある？」

「なに？」

「目方よ」

「なんの？」

「この山の」

「山の目方がわかるけえ」

「だって、秤《はかり》にかけたらいいだろう」

「こんな大きなものをかけるような秤はねえや」

「大きくなくたっていいじゃあねえか。早い話が、一貫目しか量れねえ秤でも、泥をしゃくってきちゃ一貫目量り、またしゃくってきちゃあ一貫目量り、しまいに算盤でよせてみろ」

「そうはいくかい。この野郎は、ひとをからかいやがるんだから……」

「おまえがむきになるからいけねえんだよ」

「だけどこう、ほかに平らな道を通るわけにはいかないのかい？」

「そんなわけにはいくものか。ここは東海道ののどっくびだ。関所もあるところだ。ほかへまわりゃあ関所破りてえことにならあ、捕まったらおめえ、こんど逆さ磔《はりつけ》だ」

「おやおや、逆さ磔は困んなあ。東海道ののどっくびか。軍鶏なら臓物《ぞうもつ》になるところだな……どうだい、この山を平らにしちまう考えがあるぜ」

「この山をか？」

「ああ、通るやつにちょいちょい鮑《あわび》っ貝かなんか持たしてな」

「うん」

「で、高いところの泥をしゃくっちゃあ平らなところへいって撒《ま》くんだ……しょっちゅうそれをやってるうちにゃあ、この山、平らになっちまうだろう」

「そんなうまいわけにいくもんか。こりゃ、おめえ、泥だけでこんなに高くなってるんじゃないぞ、中には岩や石なんかになってるんだからな」

「ああ、そうかなあ……まぬけなもんだなあ。だれがこんなものをこさえやがったかなあ」

「あーあ、こいつと話してるとばかばかしいや……おうおう、どうしたい、だいぶ遅れるじゃねえか。おめえ、へっぴり腰で歩いてるけど、どうしたんだ？」

「いやあ、兄いのまえだが、めんぼくねえ、足にマメができちゃったんだ」

「いくつ？」

「ひとつ」

「なんだひとつぐらい、つぶせ」

「乱暴なことを言っちゃいけねえ、つぶせばどうなる？」

「あとから新マメが出てくらあ……辰の野郎が足をひきずって、文公のやつがへっぴり腰で、こうだらしのねえ格好で歩いていると、道中の駕籠屋や馬子が足もとをつけこんで、うるさくってしようがねえぜ」

「おーい、そこの旅のお三人づれのひと。そこへふらふら足を引きずって行くひとォ……」

「ほーれ、見ねえ、さっそく馬子さんに見こまれた。……なんでえ、おれたちか？」

「どうだな、でえぶお疲れのようだが、馬やんべえかな」

「どうする？　馬をくれるとよ。もらうかい？」

「よせよせ。旅先で馬なんかもらったって、どうにもあつかいに困るからなあ……」

「それもそうだ。せっかくだが、馬子さん、おれたちゃあ、これからまだ旅を続けるんだ。馬なんかもらったってどうにもならねえ」

「お客人、おかしなことを言うでねえ……やるではねえ。ちっかってくだせえちゅうだよ」

「ぷッ、ちっかれとよ」

「乗っかれって言うんだ……おうおう、馬子さん、乗ってやってもいいが、おれたちゃ三人だよ。馬は三頭あるのか？」

「ちゃんと三頭ごぜえますだ。これから宿《しゅく》へ向かっての帰り馬だ。お安くねがいますべえ」

「なに言やぁがる。こちとらぁ江戸っ子だ。高《たけ》えの安いの言うんじゃあねえんだ。金のことをぐずぐず言うんじゃねえぞ。いいか、だから、そのつもりでまけとけ」

「ああれまあ、なんのことだかわかんねえやね、江戸の方《かた》かね？」

「そうよ。江戸は神田の生まれだ。自慢じゃあないが道中明るいんだ。だから高《たけ》えこと言っちゃあいけねえ」

「あんた方そんなに道中明るいかね」

「そうとも……東海道、中仙道、木曾街道と、日のうちに何度となく往き来してらあ」

「ばかなこと言わねえもんだよ。天狗さまではあるまいし。東海道が日のうちに何度も往き来できるもんでねえ」

「もっとも……それは双六《すごろく》の話だ」

「こりゃどうも、おもしれえことを言うもんだ……まあ、しかし、道中明るいんじゃあ、そんなに高えことを言ってもなんめえ。では、宿場までやみではどうかね」

「え？」

「なんだい、そのやみてえのは？」

「あれ、道中明るい方は、馬子のほうの符牒《ふちよう》でもなんでもご存じだあ」

「符牒かあ、なら知ってるとも……やみか？　まあ、そんな見当だろうな……おい、どうする？やみだとよ、乗るかい？」

「やみってのは、いくらだい？」

「わからねえ」

「おいおい、わからないで掛け合っちゃあしょうがねえじゃあねえか。おめえが道中明るいなんて言うから、馬子さんのほうでやみだなんて、暗くしちゃったんだ」

「そうか。じゃあ明るくしちゃおう……おい、馬子さん、やみだなんて、そりゃだめだ」

「やみだらば高くねえはずだが」

「高えやい、やみでなくて……月夜にしろ」

「月夜？　なんだね、その月夜てえのは？」

「月夜に釜を抜くってえから、ただよ」

「とんでもねえ、ただはだめだ」

「ただはだめだとよ」

「そんじゃ……こうしますべえ、じばではどうだ」

「こんどは襦袢《じばん》だとよ」

「おめえはひっこんでろい。こんどおれが掛け合うから……おう、馬子さん、なに言ってやんでえ。襦袢じゃあ足が寒いや、股引《ももひき》にまけろい」

「股引？　わからねえことを言うな、股引だと？　なんのこんだあ……客人、股引てえのは？」

「そのくらいの符牒はおぼえておけよ。股引てえのはな、お足が二本へえるだろ、だから二百だ」

「はははは、うめえことを言うもんだな、二百か、まけとくべえ」

「お、どうだい、掛け合いがうまいとトントンまけちゃうだろう。じゃあ、乗ってやるから、馬を持ってこい」

「待て待て、待ちなよ。まけたっておめえ、馬子さんの言い値はいくらなんだい？」

「さあ、わからねえが……おい、馬子さん、おめえの言う襦袢てえのはいくらなんだ？」

「じばんではねえ、じばだ」

「そのじばってのは、いくらなんだい？」

「やっぱり二百だ」

「なんだ、値切ったんじゃねえ、言い値じゃあねえか」

「ああ、じゃあ、言い値にまけたんだ」

「まあしかたがねえ。さあ、乗れ……おい、馬子さん、三人に馬一匹じゃしょうがねえ」

「いや、仲間大勢いるで、いま呼ばわりますでな……おーい、花之丞、茂八っつぁーん、いたんべえな、いやあ、決めたもんだでこの客人乗っけて行ったらよかんべえにな、きのうみてえに、空馬ひっぱって帰るよりも、安かんべえが、油っかす積んだ帰りだで、ま、こうだなかすでも積んで行けや」

「おいおい、なにを言ってやんでえ、こんなかすてえことはねえだろう」

「ははは、聞こえたかね」

「聞こえるよ」

「いまのはおらのほうの内緒話で……」

「こんな大きな内緒話があるかい。世間じゅう聞こえちまわあ。冗談じゃねえ」

「さあさあ、乗っかってくだせえ」

「おう、乗るから、馬をしゃがませてくれ」

「馬はしゃがまねえだよ」

「高くて乗れやしねえ、梯子《はしご》をかけろい」

「なに言うだ。馬に乗るのに梯子も脚立《きゃたつ》もいらねえだ。さあ、それへ足をかけて……馬の乗り方わからねえか？　それじゃあ尻《けつ》押してやるだから……ええか？　そおらっ」

「あっ、畜生、荷鞍の上へ放り上げやがった。荷物じゃあるめえし……」

「みんなちっかったか？　そんなら出るぞ、それっ、ドウ、ドウ、ドウッ」

「やあ、馬子さん、この馬動くぜ」

「あたりめえでえ、動かねえ馬なんてえなあねえだ、ドウドウドウッ……どうだい客人、乗り心地は？」

「おどろいたなあ、人には添ってみろ、馬には乗ってみろてえが、馬なんてものは案外おとなしいもんだな」

「いやあ、おとなしいさ……ただなあ、客人の酒手のくれようがわるいと、ときたまくらいつくだ」

「うそつきやがれ。おどかすない……けれどこれで、馬なんてものは利口なもんだなあ」

「利口なもんだよ。自分の背に客乗せるだんべ、この客人が利口かばかか、馬のほうでよく知ってるんだから」

「そういうものかね……だけどこうして馬に乗ると、背が高くなって、野山がずーっと見渡せて、いい心地だな。こういうところへ住んでると、寿命ものびるだろうなあ」

「ああ、そうだよ。こいでなあ、日ごと日ごと山のかたちが変わって見えるんだからなあ」

「おう、そういうもんかね。きょう丸く見えた山があしたは三角や四角に見えるか？」

「いやあ、そうとってはいかねえだよ……ごらんなせえ、黄色っけな花あったり、青っけな草あったりなあ、枝々ののびが早えだよ、それでまあ、山のかたちが変わるように見えるだあ」

「はじめて見るおれたちにゃあわからねえが、毎日見ている馬子さんにはわかるんだろう……馬子さんはなにかい？　しょっちゅうここらへ出てる馬子さんかい」

「いやあ、おら馬子でねえだあ、百姓だ。仕事のあいまあいまに上り下りの客人のお供をぶってるでえ」

「ああ、そうかい、じゃいいや、気楽でいいてえもんだ」

「お客さまはこれからどこへござらっしゃるです？」

「おれたちか？　お伊勢詣りだ、帰りにゃ京大坂を見物して帰ろうてんだ」

「あれまあ、そうかねえ。そりゃあお楽しみなこんだなあ、伊勢へ七度《ななたび》、熊野へ三度《みたび》なんてえがなあ、そうけえ、そりゃまあ結構なこんだあ」

「ところで、馬子さん、おれたち三人をなんと見る？」

「そうよなあ、ごまのはいでもあるめえ」

「おいよせよ。ふざけるのは……おれたち三人は、こう見えたって役者だ」

「へーえ、役者かね。へぼ役者だんべえ、えかく色がまっ黒だの」

「道中したから日に焼けたんだ」

「なんちゅうお役者さまだえ？」

「尾上菊五郎、あとからくるのが市川団十郎」

「はははは、田舎者だとおもって、ばかこかねえもんだ……おい、花之丞、おめえが乗っけてる客人、団十郎だとよ」

「どれ、これがか？　市川団十郎てえ役者は絵双紙で見たが、こんだら粗末な面ではねえ。まっと鼻のつんと高《たけ》え、ええ男だ」

「なにを言ってやんでえ、おれだってもとは鼻もつんと高くていい男だったんだが、道中したからすりきれたんだ」

「草履じゃあるめえし、すりきれるなんて、おもしろいこと言って」

「おらの考えじゃ、源右衛門のところにあった、あれに似てるとおもうんだがなあ」

「なんだい、源右衛門のところにあったあれっていうのは？」

「なあに、木偶《でく》芝居がありやしてなあ、あんた方その木偶まわしだんべえ」

「木偶まわし？　ああ、人形使い……うーん、なるほど、うまく見やがったなあ。そうあらわれたらしかたがねえ、白状するが、なにを隠そう、おれが吉田国五郎、あとからくるのが、大人形の開山で、西川伊三郎てんだ、いちばんあとからくるのはなんだ……」

「ああ、いちばんあとの客人は、義太夫のずりこきだんべえ」

「義太夫のずりこき？……はてな、なんだい、ずりこきてえのは？」

「三味線弾きだんべ」

「うーん、そうだ。義太夫の三味線弾きとは、うまく当てやがった。どこでわかった？」

「さっき松原で小便ぶってたが、えかく前のものが太棹《ふとざお》だんべえ」


《解説》　十返舎一九の「東海道中膝栗毛」（享和二年～文化六年刊）の弥次喜多道中を意識して、

ほぼ同時期につくられた三人版《トリオ》である。江戸っ子に無尽が当たる「発端」から、神奈川宿・「朝這い」、そして本篇の馬子とのやりとり、続いて宿屋を捜す「鶴屋善兵衛」、さらに飯盛り女や尼を買う「押しくら」、それに京都の「京見物」「祇園会《ぎおんえ》」「およく」……これらが今日知られている〝三人旅〟シリーズだが、昔は東海道五十三次切れ目なく語り継いでいく旅の噺であったらしい。同じ型の二人版《コンビ》「二人旅」があるが、他に旅、道中を扱った噺に**「宿屋の仇討」「鰍沢」「大山詣り」**「富士詣り」「猿丸」などがある。

大阪では、旅の噺は、〝入れ込み噺〟――前座噺と称し、東の旅、西の旅すなわち「野崎詣り」「伊勢詣り」「軽業《かるわざ》見物」等々さまざまあり、「三十石」はその代表的なものである。

三方一両損

「そのころの、江戸の町民たちの暮しは、貧富の差なく、特別の災害をうけぬかぎり、まことに暮しよかったのではあるまいか。

幕府の町政は融通《ゆうずう》がきいていて、白でなければ黒ときめつけるようなことは、みじんもなく、それがまた町民の生活へ敏感に反映したのである。

清明な、いさぎよい、自分を押しつけることなく、つつましやかに、日々を生き生きとすごすことを江戸人《えどびと》は念願とした」

——と池波正太郎著「江戸古地図散歩——回想の下町」にある。

「あれっ、こんなところに財布が落ちてるぞ。なかには……と、あれっ、三両も入《へえ》ってるぜ。こいつは面倒なことになっちまったなあ……それに、印形《いんぎょう》に書付けが入《へえ》ってるぜ。なんだ……神田竪《たて》大工町大工熊五郎……こいつが落としやがったんだ。まぬけな野郎じゃねえか。まあ、とにかく届けてやんなくちゃあ……」

「ごめんよおッ」

「いらっしゃいまし、煙草はなにを？」

「なにを？　だれが煙草買うって言った。大工の熊五郎てえやつの家はどこだ？　この辺は竪大工町だな？」

「ああ、熊五郎さんの家をおたずねでございますか？」

「じれってえなあ、そうだよ」

「これへ行きますと八百屋があります。その路地を曲がりますと、長屋の腰障子に熊と書いた家があります。そこが大工の熊五郎さんの家ですから……」

「そのくらい知ってやがって早く教えろい、まぬけえ……ありがとよ」

「なんだい、あの人は……」

「ああ、ここだ、ここだ。この家かあ。腰障子に熊としてあらあ。いやに煙ってえじゃねえか。なにしてるんだ？　障子に穴あけてのぞいてみるか……ああ、あれが熊五郎って野郎だな。ふーん、一杯《いっぺえ》やってるな、鰯《いわし》の塩焼きで飲んでやがら、飲むんならもっとさっぱりしたもんで飲めッ」

「だれだ？　ひとの家の障子を破きやがって、家の中のぞいてんのァ。用があんならこっちへ入《へえ》れッ」

「あたりめえよ。用がなけりゃあこんな汚え長屋へ入って来るかい。じゃあ開けるぜ」

「乱暴な野郎が来やがった……なんだ、てめえは？」

「おれは、白壁町の左官の金太郎てえもんだ」

「金太郎にしちゃ赤くねえな」

「まだ茹《う》でねえ」

「なまでもって来やがったな。なにか用かい」

「おめえ、きょう、柳原で財布を落っことしたろう？」

「おいおい、しっかりしろよ。柳原で落っことしたとわかってりゃあ、すぐに自分で拾うじゃねえか、どこで落としたかわかるけえ」

「たしかにてめえのにちげえねえ……おれが拾ったんだ。さあ、なかをあらためて受けとれ」

「冗談言うない、べらぼうめ。お節介な真似をするじゃねえか……なるほど、こいつぁおれの財布だ」

「まちげえねえな」

「ねえ」

「じゃあ、おめえに返すぜ。あばよ」

「おい、待ちな、金太郎」

「心やすく呼ぶねえ……なんだ？」

「印形《いんぎょう》と書付けは、大事なものだからもらっとくが、銭はいったんおれの懐中《ふところ》から出たもんだ。銭はおれのもんじゃねえから、返すぜ」

「わからねえ野郎だな。おれは銭なんかもらいに来たんじゃねえぞ、その財布を届けに来ただけだ」

「だから、印形と書付けはありがたく受けとっておくが、銭はおれのじゃねえから、持ってけてえんだ」

「ふざけるねえ。てめえの銭と知れてるものを、おれが持っていけるけえ」

「持ってかねえのか？　ためにならねえぞ」

「てめえの銭なんざもらってく弱い尻《しり》はねえんだい」

「どうしても持っていかねえのか？　人が静かに言ってるうちに持ってかねえと、どうなるか、この野郎っ」

「この野郎？　おらあ、てめえなんぞにおどかされておどろくような、そんなどじじゃねえやいっ」

「なんだと？　この野郎、まごまごしやがると、ひっぱたくぞ」

「おもしれえ、財布を届けてやってひっぱたかれてたまるもんか。殴れるもんなら殴ってみろ」

「よし、おあつらえなら殴ってやらあ」

「……あッ、痛え、やりゃあがったな。こん畜生」

「やったが、どうした？」

「こうしてやらあ」

「なにをしやがる」

「なにを、この野郎っ」

ふたりで、とっくみあいの喧嘩になったから、おどろいたのは隣の家で……。

「家主《おおや》さん、家主さん、熊んところでまた喧嘩がはじまった。壁へドシン、ドシンぶつかって暴れるんで壁がぬけそうだ。早くとめてやってくんねえ」

「しょうがねえなあ。またかい……ああ喧嘩の好きなやつもねえもんだ、のべつだねえ……まったく……あっ、やってる、やってる。相手の若いのも威勢がいいや。あ、鰯を踏みつぶしやがった。もったいねえじゃねえか。まだろくに箸《はし》もつけてねえのに……」

「家主さん、鰯なんかどうでもいいから、早くとめなくちゃあ」

「やい、熊公っ、いいかげんにしろよ。おめえはかまわねえが隣近所が迷惑するよ。壁がぬけるってんで隣じゃ手でおさえて、仕事ができねえじゃないか……また、おまえさんもおまえさんだ。どこの人か知らねえけど、おれの長屋へ来てむやみに喧嘩しちゃあ困るな」

「なんだと？　おれだってなにも好きこのんでこの長屋へ入《へえ》ってきて喧嘩してるわけじゃねえやい。こいつが落っことした財布を届けてやったら、この野郎がいきなりひっぱたいたから、こういうことになったんじゃねえか」

「そうだったのかい。そりゃどうもすまなかった……やい、熊公、てめえはなんでそんなことをするんだい、この人が親切に届けてくれたのに……」

「いったんおれの懐中から出た銭だ。そんな銭を受けとれるかい」

「そりゃなあ、おめえの了見じゃ、受けとれねえだろうけれど、この人がわざわざ届けに来てくれたんだから、一応受けとっといて、後日、手みやげのひとつも持って礼にいくのが道じゃねえか。それを殴ったりしやがって……この人にあやまれ」

「よけいな世話ァ焼くねえ。糞ったれ家主」

「なんだと？」

「やい、家主から叱言《こごと》をくらって、へえそうですかと、指をくわえてひっこんでいるような、お兄《あに》いさんとお兄いさんのできがちがうんだ、こちとらあ。いいか、自慢じゃあねえが、晦日《みそか》に持ってく店賃は、いつだって二十八日にきちんきちんと届けてらあ。それほどおれはおめえに義理を立ててるのに、てめえはなんだい、盆が来たって正月が来たって、鼻っ紙一枚くれたことがあるか。てめえなんぞにぐずぐず言われるこたあねえ」

「たいへんなことを言やがったね、こいつは……ねえ、そこの方、こういう乱暴な男ですよ。こういうやつはくせになるから、南町奉行大岡越前さまへ訴え出て、お白洲《しらす》の上であやまらせるから、今日のところは腹も立とうが、わしの顔を立てて、まあ、帰ってください」

「そうと話がきまりゃあ帰るけど、やい、熊公、おぼえてろッ」

「ああ、忘れるもんか。おれは二十八で耄碌《もうろく》しちゃいねえんだ。てめえのつまんねえ面《つら》ァ忘れるわけがねえ。くやしかったらいつでも仕返ししろい。矢でも鉄砲でも持ってこいッ」

「てめえなんぞ、矢だの鉄砲だのいるもんか。このげんこつでたくさんだ」

「なにをッ」

「またはじまった」


「おい金太、なにをぼんやり歩いてるんだい？」

「あっ、家主さん、いま喧嘩をしてきたもんですから……」

「喧嘩をした？　えらいっ、よくやった。さすが江戸っ子だ。威勢がいい、喧嘩をするような了見でなけりゃ出世はできねえ。どこでやったんだ？」

「なにね、柳原を歩いていたら財布拾っちゃったんだ」

「なんだって、そんなどじなことをするんだ」

「しかたがねえけど、下駄へひっかかっちゃったんだ」

「そんなささくれてる下駄を履いてるから、そんな目にあうんだ」

「中をあらためると、金が三両と、印形に書付けが入《へえ》ってたから、そいから、そいつンところへ届けてやったんだ」

「えらいっ、いいことをした。向こうじゃよろこんだろう?」

「それが、怒りやがった」

「どうして?」

「『印形と書付けはもらっておくが、銭はおれのもんじゃねえから持ってけ、持ってかねえとためにならねえぞ』って言いやがるんで……」

「おかしな野郎じゃねえか」

「ですからね、『おりゃ、てめえの銭なんざもらってく弱い尻はねえ』って言ってやった」

「そうだとも」

「すると『この野郎、まごまごしやぁがると、ひっぱたくぞ』とぬかしやがるんで……」

「乱暴なやつだなあ」

「そいから、あっしゃあね、『殴れるもんなら殴ってみろ』と言うと、『よし、おあつらえなら殴ってやらあ』ってんで、ポカリときやがった」

「まさか殴られやしめえな」

「パッとうけた」

「鰯《いわし》を三匹踏みつぶした」

「どこで?」

「頭で」

「なんだ、それじゃあ殴られたんじゃねえか。だらしがねえ」

「そのかわりあっしもくやしいから、いきなりとびこんでって、隣のやつが家主を呼んできやがった……あっしがわけを話すと、さすがは家主ですねえ。その熊ってえ野郎に叱言を言いました。『そりゃなあ、おめえの了見じゃ、受けとれねえだろうけど、この人がわざわざ届けにきてくれたんだから、一応受けとっといて、後日、手みやげのひとつも持って礼にいくのが道じゃねえか。それを殴ったりしやがって……この人にあやまれ』って言いますとね、その熊てえ野郎が家主へむかってタンカを切ったんですが、じつに敵ながらあっぱれなタンカで、おりゃ感心した」

「しまらねえ喧嘩だな。で、どうした?」

「壁へドシン、ドシンぶつかったもんだから、隣のやつが家主を呼んできやがった……あっしが
「あれっ、殴られて、感心してやがる」

「『よけいな世話ァ焼くねえ。糞ったれ家主。やい、家主から叱言をくらって、へえそうですかと、指をくわえてひっこんでいるような、お兄《あに》いさんとお兄いさんのできがちがうんだ、こちとらあ。いいか、自慢じゃあねえが、晦日《みそか》に持ってく店賃は、いつだって二十八日にきちんきちんと届けてらあ。それほどおれはおめえに義理を立ててるのに、てめえはなんだい。盆が来たって正月が来たって、鼻っ紙一枚くれたことがあるか』ってタンカ切ったんだけど、どこの家主もおんなじだと思いました。えへへへ」

「いやなことを言うない」

「すると家主が、『こういうやつはくせになるから、南町奉行大岡越前さまへ訴え出て、お白洲の上であやまらせるから、今日のところは腹も立とうが、わたしの顔を立ててまあ、帰ってください』てえことになったから、それで、あっしも我慢して、そのまま帰ってきた……というわけなんで……」

「おう、そうか、それで、てめえはいいのか？」

「いいにもわるいにも、向こうの家主の顔を立てて……」

「よし、むこうの家主の顔は立った。しかし、おれの顔はどうして立てる？」

「なるほど、立てにくい顔だ、丸顔で……」

「なにを言ってやんでえ。おまえはうちの店子《たなこ》だよ。店子といえば子も同然、家主といえば親も同然というくらいだ。その親の家主の顔はどこで立てる？　訴えられるのを待ってるこたあねえ。こっちから逆に訴えてやれ……よし、これから、願書《がんしょ》を書くんだ」

「なんだい、願書てえなあ」

「字を書くんだよ」

「そんなみっともねえこと知らねえ」

「じゃあ、硯《すずり》を持ってこい。おれが書いてやるから……さあ、できた。こいつを持って訴えてこいっ」

双方から南町奉行に訴えが出た。やがて、差し紙がついて、お呼び出しということになる。当日は家主が付き添って、ずらりとお白洲へならぶ。

正面をみますと、紗綾形《さやがた》の襖《ふすま》。右手に公用人《こうようにん》左手に目安方《かた》。縁の下には同心衆が控えている。

「シーッ、シーッ……」

「だれか白洲で赤ん坊に小便さしてる？　ねえ、家主さんッ」

「いま、お奉行の大岡越前守さまがこれへお出ましになるんだ、頭を下げろ、頭を……」

「頭を下げんのかい？　だから、こんなところへ来るのはいやだったんだ」

「神田竪大工町大工熊五郎、おなじく白壁町左官金太郎、付き添い人一同、控えおるか」

「へえ、一同、揃いましてございます」

「大工熊五郎、おもてを上げい、苦しゅうない」

「へえ、表はいま閉めたばかりですがねえ」

「おい、顔を上げろてんだい」

「おどかすなよ、こん畜生。同心だからってそんなにいばるねえ。こっちは盗み泥棒なんぞしてこんなところへ入ってきてるわけじゃねえんだ。落っことした銭を受けとらねえてんだよ。このしみったれ野郎」

「おい、熊、なにをお役人に毒づいてんだ？」

「家主さん、しみったれじゃあねえか。同心てえのは、武士《さむらい》のくせに羽織の裾をはしょってやがる」

「よけいなことを言うな。黙って頭を下げてりゃあいいんだ」

「いま上げろって言ったじゃねえか。なんでえ、上げたり、下げたり……面倒だ、こんなもんでいいかい？」

「こりゃこりゃ、神田竪大工町大工熊五郎とはそのほうか。そのほう去《い》んぬる日、柳原において金子《きんす》三両、印形、書付け取り落とし、これなる白壁町左官金太郎なるものが拾いとり、そのほう宅へ届けつかわしたるところ、金子は受け取らず、乱暴にも金太郎を打ち打擲《ちょうちゃく》に及んだという願書の趣であるが、それに相違ないか」

「へえ、どうもすいませんね。わざと落したわけでもなんでもねえ。つい粗相で落としてしまったんで、勘弁しておくんなせえ。なーに、落っこったぐらいはわかってますがね。そこは江戸っ子ですからねえ、うしろを振り返ったり、拾ったりすりゃあ傍《はた》で見ていて、みっともねえことをしやぁがると、こうおもわれやしねえかとおもうから、こんなめでてえことはない、久しぶりでさっぱりしていい心地だと、家へ帰って、鰯の塩焼きで一杯《いっぱい》やっていると、いきなりこの野郎がやって来やぁがって、お節介にも『これは、てめえの財布だろう？　おれが拾ったんだ。さあ、なかをあらためて受けとれ』ってぬかしやがるんで、『印形と書付けはもらっとくが、銭はいったんおれの懐中から出たもんだから、おれのもんじゃあねえ。おれのもんじゃあねえから、銭は持ってけ』てえ言ったんですが、こいつがどうしても持っていかねえで……だから『持ってかねえとためにならねえぞ』と、こいつの身のためをおもって親切に言ってやりますとね。こいつは、ひとの親切を無にしやぁがって、どうしても持ってかねえと強情を張るもんですから、『この野郎、まごまごしやがると、ひっぱたくぞ』て言うと、『殴れるもんなら殴ってみろ』と言いますから、当人がそういうものを、また殴らねえでものに角が立つだろうとおもって、ポカリッ……と」

「さようか、おもしろいことを申すやつじゃ……さて、左官金太郎、そのほう、なにゆえそのみぎり、金子、熊五郎より申し受けぬのじゃ」

「おいおい、お奉行さん、みそこなっちゃいけねえぜ。ふざけちゃあいけねえ」

「これこれ、天下の裁断にふざけるということがあるか」

「真剣かい。真剣ならあっしのほうからもうかがおうじゃねえか。そうじゃねえか。拾った財布のなかに書付けがあったから、当人のところへわざわざとどけてやったのだ。もし、書付けがなくって届け場に困ったとしても、自身番に持っていけとか、どこそこへ届けろとか教えるのが、お役人の稼業《しょうばい》だろう？　金はたった三両だよ。そんな金を猫ばばするような、そんなさもしい了見をこっちとら持っちゃあいねえよ。そういう了見なら、あっしはいま時分、棟梁《とうりょう》になってるよ。どうかして棟梁になりたくねえ。人間は金を残すような目にあいたくねえ。どうか出世するような災難にあいたくねえとおもえばこそ、毎朝、金比羅《こんぴら》さまへお灯明《とうみょう》をあげて……それを、いくらお奉行さまでも、その金をなぜ受けとらぬとは、あんまりじゃねえか」

「よし、しからば両人とも金子は受けとらぬと申すのじゃな。……なれば、この三両は、越前が預かりおくが、よいか？」

「ええ、そうしてくださりゃあ、銭はわずかだけど、そいつがあったひにゃ喧嘩がたえねえから……」

「どうかすまねえが預かっておくんなさい。たのむよ。大将」

「ついては、そのほうどもの正直にめで、両人にあらためて二両ずつ、褒美《ほうび》をつかわすが、この儀は受けとれるか？」

「恐れながら家主より当人に成り代わって御礼を申し上げます。町内よりかような者の出ましたことは、誉れでございます。ありがたく頂戴をいたします」

「両人に褒美をつかわせ。……双方とも受けてくれたか。このたびの調べ、三方一両損と申す。わからんければ越前守申し聞かせる。これ、熊五郎、そのほう金太郎の届けしおり、受けとり置かば三両そのままになる。金太郎もそのおりもらい置かば三両ある。越前守も預り置かば三両、しかるに越前守これに一両を足し、双方に二両ずつつかわす。いずれも一両ずつの損と相成る。これすなわち三方一両損と申すのじゃ、あいわかったか」

「恐れ入りましたるお取り計らい、ありがたいしあわせに存じます」

「あいわからば一同立て……ああ、待て待て、だいぶ調べに時を経たようじゃ、定めし両人空腹に相成ったであろう。ただいま両人に食事を取らす……これこれ、両人の者に膳部の用意をいたしてつかわせ」

「え？　ここで、ご馳走になるんですかい？　家主さん、すまないねえ。手ぶらでやってきて、こんな散財さしちゃあ……お奉行さま、無理しなくったっていいのにねえ……あれあれ、てえへんなご馳走だ。え？　熊五郎、見ろい、てめえなんざこの間、鰯の塩焼きで一杯《いっぺえ》やってたろう。お奉行さまのはそんなもんじゃねえぜ。鯛《てえ》だ、鯛だって本場もんだぜ。たまにはこういう鯛で酒を飲めよ……もっとも、おれもこんな鯛にゃあめったにお目にかかれねえが……まあ、見てたってしょうがねえや、遠慮なくいただこうじゃねえか」

「うーん、こりゃ、うめえや、おめえも食ってるか？　なあ、これから腹がへったら、二人でちょいちょい喧嘩をして、ここへこようじゃねえか」

「こりゃこりゃ、両人いかに空腹だとて、腹も身のうちじゃ、あまり食《しょく》すなよ」

「えへへ、多かあ（大岡）食わねえ、たった一膳（越前）」

《解説》「江戸っ子は五月《さつき》の鯉の吹流し、口先ばかりで腸《はらわた》はなし」――そうした江戸っ子の、職人言葉をふんだんに聴かせてくれる。それも「まごまごしていると、ぶん殴られる」ような、弾力のある生体から迸《ほとばし》るような活《い》きた言葉を駆使して……。それは、江戸生活への憧れを想起させる、落語の魅力の一つでもある。大工、左官の双方の言行は、襟《えり》を正すことにきゅうきゅうとしている現代人に、尻をまくって見せるような爽快感がある。講釈種の「大岡政談」を落語化したものだが、地口落ち（駄洒落《だじゃれ》）の結末は、落語的でいい。

饅頭《まんじゅう》こわい

「おお、大勢揃って来たな。さあさあずーとこっちへ入《へえ》って、とぐろ巻いてくんな、今日はたまの休みだ。ひとつばかッ話でもして遊ぼうじゃねえか」

「じゃ刺身かなんかあつらえて、一杯飲もうてんだね」

「そりゃおまえ、銭のあるもんの言うことだよ。ま、ひとつ、渋茶でも入れて……」

「渋茶？」

「おやおや」

「なにがおやおやだ、いいじゃねえか、これでみんな、揃ったかい？　まだ留の野郎が来ない？　しょうがねえなあ、あいつときたひにゃあ、いつだって愚図《ぐず》なんだから」

「うわーっ、おどろいた」

「なんだいそんな大《でっ》けえ声をして、留ッ、どうしたんだ」

「ああ、おどろいた、後から追っかけて来やしねえか」

「てめえが追っかけられたんじゃ、いつもの糊屋の婆さんか」

「なあに、そうじゃねえ。いま路地を抜けようとおもって、湯屋の塀のところを通ったら、塀の下に青大将がいやがって、ジロジロおれの顔を見ながら、ペロペロ舌を出して、おれはもう呑《の》まれちまうかとおもった、いやもう、おれは今日という今日は助からねえとおもったね」

「なにを言ってやんでえ、だらしのねえ野郎だなあ、大きな図体《ずうたい》しやがって、おい、みんな、留のやつは青大将を見ておどろいて逃げて来たんだとよ」

「そりゃあそういうこともあるよ。虫の好かねえってやつだ。なんでも、人間、胞衣《えな》を埋めたその上を最初《はな》に渡ったものが怖《こわ》いんだってな。大方《おおかた》なんだろう、留の胞衣を埋めたその上を青大将がいちばんはじめに通ったにちげえねえ」

「青大将ばかりじゃねえ、つづいて蚯蚓《みみず》が通る鰻《うなぎ》が通る、泥鰌《どじょう》が通る」

「ずいぶん通ったね」

「そうよ、長いものがみんな通りやがった。おれはいまでも長えもんを見るとぞっとするんだよ。食い物だって、蕎麦《そば》がだめ、うどんがだめ、もう長いもんはなんでもいけねえんだよ、だから、おれは褌《ふんどし》もしめねえ」

「褌ぐらいしめろよ。なるほど、あるんだねえ、虫が好かねえってやつが。そう言えば、おれはなめくじが嫌いだがね、吉っつぁん、おまえは何が怖い？」

「おれは蛙《けえる》ッ」

「そのつぎはどうだい？」

「蜘蛛《くも》」

「なるほど、あいつは気持ちのいいもんじゃないね、そのお隣は？」

「おれはおけら」

「おれはおけらだって威張ってやがら、てめえだっていつもおけらじゃねえか、そのつぎは？」

「蟻《あり》」

「妙なものが怖いんだね。そのつぎは？」

「おれは馬」

「馬？　馬なんざあ、虫じゃねえじゃねえか。馬車だの荷車ひいて、始終往来を歩いてるじゃねえか」

「けれどもよ。どうも虫が好かねえんだ。だいいち、ずいぶん大きな鼻の孔《あな》だ。あの鼻の孔へ吸い込まれやしねえかとおもうと、ぞっとするね。それにあれは蹴とばすだろう？　先《せん》にはそんなでもなかったんだが、それが、いまのかかあと一緒になってから、なんかあるたびにかかあに蹴とばされ、それ以来、馬を見るたびに怖くて怖くて……」

「だらしがねえ野郎だあ、そりゃ、馬よりもかかあのほうが怖いんじゃねえか。……おい松っちゃん、そっぽを向いて煙草ばかりぷかぷかのんでいちゃあいけねえ。まあこっちへ来て仲間に入《へえ》んねえ、おまえはなにが怖い？」

「やかましいやいッ」

「なんだよ、怒るこたあねえ、せっかくみんなでもって……」

「なにを言ってやんでえッ、だれが怖えって言ったッ、いま聞いてりゃなんだと、いい若えもんが、蛇が怖いの、蜘蛛が怖いの、蟻が怖いの、べらぼうめっ、あんまりばかばかしいや、いいか、人間は万物の霊長というじゃねえか」

「えらいことを知ってるな、万物の霊長というなあ、どんな字を書くんだい」

「はばかりながら字じゃ書けねえけれども、言うことだけは知ってらい」

「心細い威張り方だな」

「青大将が怖いだって、笑わせやがら、おれなんざァ、青大将をきゅっきゅっとしごいて、鉢巻きしてカッポレを踊ってやらあ」

「へーえ、たいへんな野郎が出て来たぜ」

「ええ？　蜘蛛が怖い？　なにを言いやがんでえ、蜘蛛なんざあどこが怖えんだい。おれはな、蜘蛛を二、三匹つかまえてきて、納豆ン中に叩こんで、掻きまわしてみろ、納豆が糸を引いてうめえのうまくねえの。だれだ？　蟻が怖えって言ったのは？　蟻なんざあ、赤飯《こわめし》を食うときに、胡麻《ごま》の代わりに蟻をパラパラとかけて……もっとも胡麻が駆けだして食いにくいが……黙って聞いてりゃ、馬が怖えだって？　馬なんざ図体《なり》は大きくたって了見は小せえもんだ、だいいち、食ったって桜肉といってオツなもんじゃねえか。ふん、おれなんざ生意気なこと言うわけじゃないが、四つ足で怖いものなんざひとつもねえんだ。四つ足ならなんだって食っちまわ」

「おッ、じゃなにかい、四つ足ならなんでも食うか」

「食わねえでどうする」

「きっと食うか」

「ああ」

「よし、そんならあそこに置いてある炬燵櫓《こたつやぐら》、あれをひとつ食ってみてくれ、四つ足ならなんでも食うと言ったろ、さあ食え」

「うーん、食って食えねえことはねえが、おりゃ、ああいうあたるもんは食わねえ」

「なんだい、こんなところで落とし話をして……」

「松兄ィ、おまえぐらい世の中でつき合いのねえ男はねえな、ええ、みんな怖いものがあるというんだから、たとえ怖いものがないにしろ、なにかひとつ怖いものを言いなよ」

「ないよ、おらあ」

「わかったよ、おまえの強えってことは、そんなことを言わねえで、なんか考《かん》げえてみねえな」

「考げえたって、ねえものはねえ」

「わからない男だな、でもなんかひとつぐらい……」

「ねえったらねえ。……おまえはしつっこいから嫌いだよ。せっかくおれが思い出すめえと、一所懸命、骨折ってるときに、しつっこく聞きやがって……ああ、とうとう思い出しちゃった」

「何だ」

「いや、これだけは言えねえ。思い出すだけでもぞッとする」

「よせよ、なあ、愛嬌じゃねえか。みんな怖えものを言ったもんだ。え、なにが怖いんだ、言ってみろ」

「そりゃあ言ってもいいけど、おめえたちは笑うだろう?」

「笑わないよ」

「ほんとうに笑わねえか? じゃ言うけど、じつは、おれの怖いのは、饅頭ッ」

「饅頭? あの、中に餡《あん》の入った、むしゃむしゃ食う、あの饅頭かい? あれが? おめえが怖い? ははは……」

「みろ、笑ったじゃねえか」

「へーえ、わからねえもんだあ、じゃあなにかい、往来かなんか歩いていて、ぽっぽっと湯気《ゆげ》の立っている饅頭屋の前を通るときは困るだろう」

「困るのなんのって、もうたまらねえから、目をつぶって逃げ出すんだ。よく法事で饅頭の配り物やなんかに出会《でっくわ》すが、あのなかに饅頭が入ってるなとおもうと、ぞッとするね。ああ、話しているうちに、なんだか気持ちがわるくなって、寒気がしてきやがった、ああ……」

「いけねえ、顔色がわるくなってきたよ。おい、医者呼んでこようか？」

「いや、それほどじゃねえ、ちょっと横になってりゃ大丈夫だよ」

「それじゃ、そっちの三畳で少しの間、横になっといでよ。戸棚に布団があるから勝手に出してもらって、この唐紙を閉めておくが、気分がわるくなったら遠慮なく声をかけてくれ」

「ああ、ありがとう、じゃそうさせてもらうよ」

「ふふん、どうだい、おかしいじゃねえか。ええ、饅頭が怖いんだとよ。不思議じゃあねえか。してみると、なんだね、あいつの胞衣をいちばん先に饅頭が渡ったんだね」

「饅頭が渡るということはねえが、おおかた子供でも饅頭を食いながら渡ったんだろう。けどなんだね、こいつは耳よりの話じゃねえか、なにがって、あのくらい世の中に癪《しゃく》にさわるやつはねえな、人が面白いと言やあつまらねえと言うし、つまらねえと言やあ面白いと言う。さっきだってそうだ。ひとりで強がりやがって、ええ、饅頭が怖いってえのはありがてえじゃねえか。うんと饅頭を買ってきて、あの野郎の枕もとへずらりとならべてやろうじゃねえか。そうしたら、やつはおどろくだろう。ぶるぶるふるえて、これからおとなしくするから勘弁してくれ、かなんか言って謝るにちげえねえ。なあ、友だちのよしみだ、あん畜生を饅頭で真人間にしてやろう」

「およしよ、くだらねえ。だいいち、さっきのあの野郎の様子を見ねえな、話をしただけで顔色がまっ青になっちまったんだよ。それをおまえ、ほんものが枕もとにずらっとならんでみろよ、目を醒《さ》ましたとたんに、卒倒してそのままあの世行きなんてえことになって、これがほんとのアン殺……」

なんという、みんなでわるい相談がまとまりまして、てんでに饅頭を買ってきた。

「いやあ、こっちへ出しな、出しな。この大きな盆の上に順に載っけてくんな。おまえの買って来たのは何だ？　葛《くず》饅頭。そのつぎは？　唐饅頭。おあとは？　蕎麦饅頭。それから、田舎饅頭。そのつぎは？　栗饅頭。これだけありゃたくさんだ。どうだい、枕もとへ饅頭の堤ができてしまった。ふふふ、ざまあみやがれってんだ」

「じゃいいかい、起こすよ。おう、松兄ィおい松ッ」

「うっ、あっあーッ、あいよ、少しトロトロとしたら起こしやがって、あっ、うっうっうゥ……ま、饅頭ッ」

「ふふふ、あん畜生、泡吹いて怖がってら……」

「畜生、おれが怖がっている饅頭をどこからこんなに買って来やがったか……。ああ、葛饅頭か、これは怖いや（と、ほおばる）、うう、怖い唐饅頭（と、食べる）、うう怖い、栗饅、うう怖い、怖いッ」

「あっ、あれあれ、饅頭を食ってるぜ」

「畜生、いっぺえ食わされた。食っていやがるな、あっ、懐中《ふところ》へ入れたり、袂へ入れたりしてや

いろは
にほへ

がる、こん畜生ッ、てめえその饅頭を食ってやがるじゃねえか。やいっ、てめえのほんとうに怖いのは何だ?」

「へへへ、あとは、お茶が怖い」

《解説》「お茶がこわい」という言葉は、もはや、日本人で知らない人がないくらい日常のなかに入りこんでいる。この落語のために、国語辞典の〔こわい〕の項目は改訂し、補筆しなければならない。いちいち確かめていないが、どうなっているのだろうか。つまり**「饅頭こわい」**は**「桃太郎」**や「浦島太郎」と同じく、日本の民話的な落語といえる。落語研究家の飯島友治氏の書によれば、原話は「中国の民間伝承の笑話を集録した『五雑俎《ござっそ》』の第一六巻に出ているが、これが寛文元年（一六六一）わが国で翻刻されてからは一口噺として相当に流布された。初代烏亭焉馬《うていえんば》（立川談洲楼《だんしゅうろう》）の編纂した『落噺六義』の中に、東南西北平作「まんぢう」という小噺がのっている、これが高座に取り上げられたのは文化年間（一八一〇前後）……」とある。ところで「こわい」という意味は「いっぱい食わされる」という用心の意味にもひろく使われているのではないか。筆者には、読者が怖い、怖い……。

粗忽《そこつ》の使者

杉平柾目正《すぎだいらまさめのしょう》という大名の家来で治部田治部右衛門《じぶたじぶえもん》、たいへんそそっかしい人だが、家柄もよく、部屋住みではあるけれど、殿様がなにかと目をかける。ある日、治部田治部右衛門に使者の役を申しつけた。さっそく当人はうれしがって、玄関へ飛び出してきた。

「これこれ、弁当弁当……弁当じゃない、別当。なにを、それ……犬じゃない、馬、馬をひけッ」

「へえ、これに参っております」

「ああこりゃ、この馬は首がない」

「逆さまにお乗り遊ばしたので、うしろをご覧なさい」

「ほう、めずらしい馬だな、うしろに頭があるか、これは困る、馬の首を斬ってこっちへ付けるというわけにはいかんか」

「そんなことはできません」

「ではこういたせ、拙者が尻を上げているから、馬をまわせ」

「やっぱりおなじでございます。ご面倒でもお乗り替えをねがいます」

「どっこいしょ。これでよし。供揃《ともぞろ》いはよろしいか？」

「よろしゅうござる」

五千石の格式で、治部右衛門は裃《かみしも》姿、両徒士《かち》に草履《ぞうり》と、合羽駕籠、隆《りゅう》として出かけた。

ご親類の赤井御門守さまの門前まで来ると、

「杉平柾目正さまお使者ッ」

御門が八文字にギィーと開き、治部右衛門は門前で馬を降りて、玄関へまわり、使者の間へ通された。

「これはこれは、お使者のお役目ご苦労に存じます。手前は当屋敷の家来、田中三太夫と申す者、以後お見知りおかれまして、ご別懇のほどおねがいつかまつります」

「いや、これはこれは、初めてお目通りをいたします。手前は杉平柾目正家来、……エーその、エー治部田治部右衛門と申す者でござる」

「ご高名はかねがね承りましてございます。今日のお使者のご口上をば、某《それがし》に仰せ聞かせ下さりましょうならば、有難き仕合わせに存じ奉ります」

「いや今日手前、その殿の名代として、ご当家へ使者に参ったのは、余の儀ではござらぬ、そのー使者の趣《おもむき》でござるが、アー、ウー、そのー使者はどういう趣で参ったということを貴殿はご存知か？」

「恐れ入ります。手前は承りまするほうで」

「ごもっともでござるが、人相でそれがわかりませぬか、使者の口上、余の儀ではござらぬ、ええ、ウン……ええ」

「治部田氏、いかが遊ばされた、お顔の色が悪うござるが」

「いや、えらいことになり申した。ご迷惑ながら、ご当家のひと間を拝借つかまつって、拙者切腹いたさねばならぬことに相成り申した」

「これはおだやかならぬことを申される。武士たる者が腹切って果てるとは、容易ならんことでござるぞ」

「左様、その容易ならんことが出来《しゅったい》いたしたのでござる、まことに面目次第もござらぬが、拙者、使者の口上を失念つかまつった」

「ええ？　これはどうも、お戯れでは恐れ入ります」

「いやいや、まったくもって戯れではござらん。恥を申さねばおわかりいただけないとおもいまするが、拙者生来の粗忽者《そこつもの》。田中氏《うじ》、手前は幼少の折柄から粗忽の病《やまい》がございましてな、親どももこの儀については痛く心痛つかまつって、拙者が物忘れをいたすたびに臀《しり》を捻《ひね》ってくれました。田中氏、武士の情けでござる、尊公手前の臀をお捻りくださるまいか？」

「臀を捻れば使者の口上、思い出されまするか？」

「どうか何分よろしゅうおねがいいたす」

「手前とても承りませんければ、役目の落度、ではさっそく取りかかることにいたす、では臀をこれへお出しめされい」

「ごめん」

「では、お捻り申すぞ、……このへんでござるな？」

「いっこうに効きませんが……、幼少のころよりつねりつづけてタコができておりまする。もそっと強くおねがいいたす」

「うむ、はあッ、いかがでござる？」

「もそっと強く」

「ううむ、ヤッ、よほどお見事なものでございますなあ、い、か、が、で、ござるッ」

「いや、いっこうに効きません、どうもお手前は遠慮があっていかぬ。どうでござろう、当屋敷に指の力量のある方はござらぬかな」

「さようでございますな、当家には剣術柔術ならば免許皆伝の者も多数まかりおりますが、別に指に力量のある者といって抱えた者もございませぬ。しかし数ある家来、指に力のある者がない限りもございませぬ。ただいま手前探して参りますれば、暫時、これにてお待ちくだされ」

「なにぶんよろしくおねがいいたす」

田中三太夫は次の間へ下がって、同役松本脂《やに》十郎、石垣蟹《かに》太夫などを集めまして、相談をしているところへ、大工の留が入ってきた。

「これこれ、職人、貴様は作事に参っているものか、なんだってここへ入ってきた」

「へえ、エへへへ……」

「なにを笑っておる？」

「エへへへ、ちょっと申し上げたいことがあるんで、なんだよ。いま聞きゃあ使者が口上忘れて、尻《けつ》を捻ると思い出すてえから、一番おれが使者の尻を捻ってやろうとおもうんだ」

「これ、貴様見ていたのか？」

「とっくり見せてもらいましたよ。いかがでござる……」

「無礼なやつだ」

「無礼も蜂の頭もねえや、思い出さなきゃあ腹ァ切るっててんでしょう？　いましたかい、指に力のある人は？」

「それがまた見当らんのだ」

「じゃねえかとおもって来たんだ、どうです、え、あっしがいちばんやっつけやしょうか？」

「貴様、指に力があるか？」

「おっとと、心配はねえよ。こっちには道具があらあ、閻魔《えんま》、釘抜きでグウィとやったら思い出すだろう」

「おいおい、怪我ァしたらどうする？」

「怪我ぐらいどってえことァないよ。うっちゃっておけば腹を切るってんだ、人間一人助けるんだからいいじゃあねえか」

「うーん、それはまことに有難いが、……しかし、大工を頼んで出したとあっては、当家の外聞にもかかわる、と申して、このまま捨てておくときは、切腹ということに相成り、当家がなおさらもって迷惑をいたすが……しからば、いかがでござろう、そのほうを、拙者の下役、当家の家臣ということにいたしたならば、差し支えもあるまい」

「なんでもいいようにしてくれ、こっちァ、あの野郎の尻さえつねりゃいいんだから」

「出すにしてもそんな職人の姿ではご無礼である。武士《さむらい》にならなければならぬ」

「へえー、大工をやめて、武士《さむらい》に稼業《しょうばい》替えをするのかね」

「今日一日だけだ。さあ、こっちへ上がれ、ご同役、ええ、どなたか、この大工に衣服をお貸しくださらんか、おお、貴公がお貸しくださるか。いや、かたじけない。……さあ、大工、ここにて衣服を更《あらた》めろ」

「なんです、いふくというのは」

「いふくがわからぬか、着物のことだ」

「符牒で言ったってこっちにゃあわからねえ」

「なにをぐずぐずしておる。さあ、その法被《はっぴ》をぬいで、これに着かえろ」

「へーえ、なるほど、これが袴《はかま》ってやつかい。手数がかかるね、片っ方に穴があいているが、これは小便をする穴かえ？……両方に足を入れるのかえ？　なるほど、窮屈袋《きゅうくつぶくろ》とはうまく言ったね」

「これこれ、帯を前に結んでいかがするのじゃ、ふーん、前へ結んで、うしろへまわすのか、いや、器用なことをいたすやつじゃ、……これ、袴のはき方を知らんとみえるな、腰板が前にきているではないか、それではあべこべじゃ、その板がうしろになるのだ」

「へえー板をうしろへ背負うのかい、野郎の蒲鉾《かまぼこ》だ」

「それに、頭髪《あたま》が少しまずい。チョン髷《まげ》の刷毛《はけ》先をパラリと散らかっていてはいかん。水をつけてこけ」

「なるほど、これで武士《さむらい》に見えますか？」

「うん、馬子にも衣裳、どうやら武士らしくみえるぞ。さて、そのほうの姓は？」

「そうですね、五尺三寸ぐれえでしょうかねえ」

「いや、身の丈《たけ》をきいたのではない。姓名は……名前はなんというのじゃ？」

「ああ名前ね、名前は留っこってんで」

「留っこ？　留っこという名はあるまい。留吉とか、留太郎とか申すのであろうが……」

「なんだか知らねえが、餓鬼のころから留っこって言われてるんで」

「貴様の苗字はなんというのだ？」

「あっしは明神下じゃない。竪大工町で、苗字なんぞは知らねえよ」

「困ったやつだな、自分の名を知らんとは……しかし留っこでは武士らしくない。どうだ、拙者が田中三太夫であるから、そのほうを中田留太夫ということにいたそう」

「留太夫に三太夫、なんのこたあねえ伊勢の御師《おし》だね。なんでもいいよ。ちょいと行って、ちょいと捻っちまいましょう」

「これこれ、捻っちまおうとはなにごとだ。お使者のまえに出たならば、丁寧に口をきかんければいかんぞ。なんでもものの頭《かしら》へおの字つけて、ことば尻に奉るをつけ、先方を奉らなければならんぞ」

「面倒だねえ、そいつを抜きにして、すぐにグイとやっちまうわけにはいきませんか？」

「いかん」

「ええ、なんでも上へおをつけて、奉りゃあいいんだね、よし、わかった」

「貴様、懐中《ふところ》からなにかのぞいておるが、それはなんだ」

「へえ、これは仕事の道具なんで、なんでいるかわからねえから持っているんで、武士《さむらい》が刀を差しているようなもんでさあ」

「さようか。それでいい、では次の間で控えておれ、拙者が中田留太夫殿と呼んだら、すぐに出てまいれ、うまくやればほうびをつかわす」

三太夫さんはひと足先へ襖《ふすま》をガラリ、

「これはこれは治部田氏、長い間手間取りまして、ようようのことで当屋敷の、拙者下役にて中田留太夫と申す者、なかなかに指先に力量のある者、さっそく、召しつれましたゆえ、ご遠慮なくご用をお申しつけくださるよう」

「それはかたじけない、しからばさっそくおねがいいたす」

「これ中田留太夫、……留太夫殿、なにをしておる、これ中田留太夫、留っこッ」

「オーッ」

「なんという返事だ。これこれお使者のまえで、ご挨拶を申し上げろ」

「ああ、奉るのかい、弱ったねどうも。えー、お初にお目にかかりござり奉ります。えー、あなたさまが、お使者のご口上をお忘れ奉りやして、そこで、おわたくしが、あなたさまのお尻《けつ》さまをお捻りでござ奉るんで……」

「これこれ、なにを申しておる」

「なんだい三太夫さん、おまえさんがそこでがんばってたんじゃあ、仕事がやりにくくってしょうがねえ。すいませんが、ちょっと向こうへ行っておくんなさいな」

「貴様一人で大丈夫か」

「大丈夫だよ、まかしといてくんねえ、そのかわりね、そこをピシャッとお閉め奉って、おのぞき奉ると、こっちはお困り奉るよ」

「しからば、治部田氏、拙者、次の間に控えおりますれば……、では、中田氏、くれぐれも粗相《そそう》のなきように……」

「じゃやるよ。こっちは口がきけねえんだ。どうだい、すぐに捻り奉るといこうじゃねえか。おれは武士《さむらい》じゃねえよ、ここに仕事にきている大工なんだが、おめえが使者の口上を思い出さねえと切腹だってえから、助けに出てきたんだッ、さあぐずぐずしてねえで尻出しねえ」

「これはどうも、恐れ入る」

「恐れ入ってねえで、袴を取って、尻を出せ、尻を……」

「しからばどうかよろしゅうねがいます」

「じゃあ、はじめるよ。……むむ、どうでげすッ、このくれえの按配《あんばい》で……ッ」

「うむッ、そのへんは一面にタコになっておって、いっこうに通じません」

「じゃ、このくらいではッ」

「はあ、もそっと、手荒にねがいたい」

「えっ、効かねえかい？　あきれたかたい尻だね、じゃあ、こっちを向いちゃいけないよ」

と、留さん懐中から釘抜きをとりだし、

「いいかい、これでいかがッ」

「これは、えらく冷たい指先でござるなッ、なるほどこれは……少々……」

「少々?!　こりゃ、釘抜きのほうがなまっちゃうぜ。……よーし、そうなりゃ、やわらかそうなところを、ひとつ……そーら、よーい、そーれ、そーれ、どうだ？　さあッ」

「うーん、これは……これは、なかなかの大力でござるな、もそっと強くッ」

「もそっと強く？……へっ、畜生っめ、エンヤラヤアノエエ！」

「うーん、うーん、これは、はや、痛み……痛み、耐えがたし」

「よーし、しめ、しめ、そーれ、そーれ、さあどうだッ」

「うーん、うう……思い出してござる」

これを聞いた三太夫、襖を開けて、

「して、お使者のご口上は？」

「うーん、屋敷を出るとき、聞かずに参った」


《解説》 別名「尻ひねり」、健忘症の者の臀部をひねって物忘れを思い出させるという奇習を題材にした、落語らしい佳篇。おおむね武士に取材した噺には秀作が多いが、同じ赤井御門守と田中三太夫の登場する「**松曳《ひ》き**」も粗忽《そこつ》と慼ちがいが材料になっているが、構成力の秀逸な点では、文句なくこちらに軍配がある。厳粛な使者の立場と、生命にはかえられぬと名乗り出た大工の留の、息づまるような緊迫感……サゲがわかって、「なんだあ」とズッコケル。三代目柳家小さんが得意にしたという。

明《あけ》烏《がらす》

「婆さんや、うちの倅《せがれ》にも困ったね、なんという堅人《かたじん》だろう。世間では、倅が道楽をして困ると、親御さんが愚痴をこぼすのがあたりまえだが、うちでは倅が堅くって、愚痴をこぼすのもおかしな話じゃないか」

「ほんとうにそうでございますね」

「少しぐらい道楽をしてくれるほうが心配がなくていいなあ。ああやって毎日部屋へ籠《こも》って本ばかり読んでいたら、身体《からだ》のためにもよくなかろうし、しまいに病気にでもなっちまうだろうよ」

「小さいうちから、ああやって病身でございますから、このごろのように、青白い顔をして本ばかり読んでいられますと、心配でなりません」

「ときに、倅はどこへ行ったんだい？」

「きょうは初午《はつうま》だものでございますから、横町のお稲荷《いなり》さまへお詣りに行きました」

「そうかい、いい若い者がお稲荷さんへお詣りに……少しは色気でも出てくれなくちゃあ困りますね」

「あっ、あの子が帰ったようですよ」

「おとっつぁん、ただいま帰りました」

「はい、お帰んなさい」

「どうも遅くなって申しわけございません」

「申しわけないことはないよ。おまえだってもう二十一だ。勝手に出歩いたっていい年ごろだよ……で、初午の人出はどうだった？」

「ええ、たいへんにぎやかで、地口行燈《じぐちあんどん》というものがたくさんかかっておりまして、いろいろな絵や文句が描いてありましたが、ずいぶん変わったのがございました」

「どんなのがあった？」

「なかに、天狗の鼻の上に烏《からす》がとまっている絵がありました。これに、『鼻高きが上に飛んだ烏』と書いてありましたが、あれは、たしか実語教のなかにある『山高きがゆえに貴《たつと》からず』のまちがいではなかろうかと、おもいますが……」

「まちがいはよかったね。そこが地口というものだ。つまり言葉の遊びなのだからまちがいではない。わざとそう洒落《しゃれ》てるんだよ」

「それからお稲荷さまへ参詣《さんけい》をいたしましたら、善兵衛さんがいらっしゃいまして『若旦那お赤飯をめしあがれ』と申しましたから、ご馳走になってまいりましたが、煮しめの味がまことに結構でございますから、お代わりいたしまして、三膳頂戴いたしました」

「あきれたな、どうも……地主の息子が町内の稲荷祭りへ行って、お赤飯のお代わりをしてくるなんて……おまえ、少し自分の年齢《とし》を考えなさいよ。……そりゃあ、おまえはまことに堅くって、親孝行で、おとっつぁんはよろこんでます。けどね、いいかい、商人《あきんど》というものは、この世の表面《おもて》ばかり知っていてもなににもならないよ。遊びのひとつもして、裏を知ってなけりゃあ、お客さまのおもてなしもできやしないよ。これからは、世のなかの裏も見るようにしなさい。ねえ、これも商売のためだ。世渡りなんだから……おまえみたいに青白い顔をして本ばかり読んでいると、だいいち、身体のためによくないよ。いまに病気でもしないかなんて、親なんてつまらないところに心配する。たまには気晴らしにどっかへ行っておいで」

「では、ただいま、表で源兵衛さんと多助さんに会いましたら、たいそうはやるお稲荷さまがあるそうで、ぜひお詣りに行かないかと誘われましたが、参ってもよろしゅうございますか」

「源兵衛と多助が？　あっははは……そんな話がちらりとあった。お稲荷さまはどっちの方角だって？」

「なんでも浅草の観音さまのうしろの方角だそうでございます」

「ああ、そうか、あっははは……行っといで行っといで。うん、あのお稲荷さまはばかに繁昌するお稲荷さまでね、おとっつぁんなんざあ若い時分には日参したもんだ。あんまり日参が続いたもんだから、親父に叱言を言われて、蔵のなかへ放りこまれたことがある。行ってきな行ってきな。おまえは初めてだから、なんならお籠《こも》りをしてきな」

「あのー、お籠りと申しますと、あの、定吉に掻巻《かいまき》かなんか持たし……」

「掻巻なんざあ持ってっちゃいけません。向こうに講部屋《こうべや》てえもんがあって、おまえは知るまいが源兵衛さんや多助さんがご存知だ。あちらにまかしておけばいい……婆さん、心配することはないよ……おっと、そのまんまじゃあまずいな。着がえて行きなさいよ」

「信心に参りますのに、身なりなんぞはなんでもよろしゅうございます」

「いいや、そうでないよ。あのお稲荷さまは、たいそう派手なことがお好きでいらっしゃるから、身なりがわるいとご利益《りやく》が少ない……おい婆さんや、なにをクスクス笑っているんだい。早く着物を出してやりなさい。そうだ、このあいだ出来てきた結城のお召しを出しておやり……それから、帯はお納戸献上にしてやっておくんなさいよ。それから、お賽銭《さいせん》が少ないとご利益がないから、たっぷり持たせてやりなさいよ。えーと、それから……中継《なかつ》ぎということになるんだが……」

「中継ぎといいますと、どんなことで？」

「途中で一杯飲むんだ……おまえは飲まないが、源兵衛と多助はいける口なんだから、少しは酒の相手をしなくちゃあいけない……若旦那といって、おまえに盃をさす。そのとき、わたしは飲めませんなんてことを言っちゃいけない。座がしらけてしまうから……一応、盃洗《はいせん》へあけるまでも、一杯は頂戴しなくちゃあいけませんよ……それから手をたたいて勘定というのは、野暮《やぼ》だから、ほどのいいところで、おまえが裏梯子《うらばしご》からそおっと、厠《はばかり》へ行くふりをして降りてって、みなさんの会計を、おまえが全部払ってしまうんだ」

「帳面につけておきまして、あとで、おふたりから割り前を頂戴する……」

「とんでもない。割り前なんかもらっちゃいけないよ。あの二人は町内の札付きだ。割り前なんかとったらあとがこわい」

「はい、わかりました」

「あとは、源兵衛と多助にまかして……万事勘定だけはおまえが払うようにしなさい。家のことなんぞ心配しないで、今夜はゆっくり、遊んでおいで」

「では、おとっつぁん、おっかさん、行ってまいります」

「おいおい、源さん。もう行こうじゃねえか。あの伜が来るもんか。よく考えてごらんよ。堅気の家だよ、いくらもののわかった親父でも、てめえの伜を吉原へ連れてってくれなんて、そんなばかなこたあないよ」

「おいおい、抽出しをちがえちゃあいけないよ。そういう意味じゃあないんだ。こないだ親父に床屋であったんだ。すると、『うちの伜は堅すぎて困ります。あれでは、あたしが死んで伜の身代になって、ああ世間知らずでは将来《ゆきさき》がおもいやられます。あたしが承知するから、一晩連れ出してくれ』とこう言うんだ」

「ふーん、親なんてものはつまらねえな。だってそうじゃねえか。柔らかければ苦労だし、堅きゃあ心配する」

「そうそう……だから、おれは人助けだとおもってね、『ええ、旦那よろしゅうございます。そりゃ、柔らかいものを堅くしてくれってのはむずかしいが、堅いものを柔らかくするのはわけございません。すぐぐちゃぐちゃにして差しあげますから……』と、胸をたたいて請けあった」

「変な請けあい方だな」

「おっ、来たよ、来たよ。若旦那、こっちですよ」

「どうも、お待たせをいたしました。親父が身なりがわるいとご利益がないから着がえて行けと申しますので手間どりました」

「いやあ、結構、結構、この身装《なり》ならご利益疑いなしだ」

「で、親父が、今晩は、あの、ぜひお籠りをしてくるようにと、お賽銭も充分に持ってまいりました」

「へえー、おい聞いたかい、多助……お籠りだなんて、いいじゃあねえか、なあ」

「そう、お籠り、結構」

「では、若旦那、さっそく出かけましょう」

「あなたがたは途中で、中継ぎとかいうものをするんだそうで」

「おや、心得てるね。恐れ入りました。それじゃどこかで一杯やっていきましょう」

「あたしはお酒は飲めませんが一応、一杯だけいただきます。あとお注《つ》ぎになっても、盃洗へあけてしまいますから」

「いや、下戸は下戸でまたほかに食べるものもありますから、そんな心配はいりませんよ」

「それから、そこで手をたたいて勘定というのは野暮だそうで、ほどのいいところで、裏梯子からそおっと、厠《かわや》へ行くふりをして降りてって、会計はわたしが全部払います」

「いやあ、そいつはわるいや。割り前は出しますよ」

「いいえ、とんでもないことで……あなた方は町内の札付きであなた方から割り前なんかとったら、あとがこわい」

「おや？　かたなしだよ……なんかおとっつぁんに言われてきたんだな……このほうがざっくばらんでいいじゃねえか、かわいいじゃあねえか」

宵のうち、小料理屋で一杯飲んで、土堤《どて》へ出ると、たいへんな人の往来……。

「こんなにぞろぞろと、この人たちもみなさん、お稲荷さまへお籠りの方でしょうか？」

「さあね……みんなお籠りとはきまっちゃいませんがね。なかにはお詣りだけで帰る方もあります」

「あそこに、大きな柳の木がありますね」

「ええ、あれが名代の見返り柳……いえ、その……お稲荷さまのご神木で……」

「もしわたくしはぐれましたら、この柳の木の下に立っておりますから……」

「お化けだね、まるで……若旦那、さあ着きました。これが有名な大門《おおもん》……いや、鳥居なんで……」

「へー、これが鳥居でございますか。めずらしゅうございますね」

「どうして？」

「お稲荷さまの鳥居というものは、みんな赤いものだとおもっていました」

「いや、ここの稲荷さまは……弱ったね、ちょっとこれからお籠りのおねがいに……お巫女《みこ》さんの家にたのみに行ってきますから、多助とふたりで待ってください」

「おい、源さん、おれひとりおいてきぼりにするなよ。心細いじゃねえか」

「いいってことよ。どうせ向こうへ行けばわかっちまうよ……茶屋にいるうちだけでもばらしたくねえから、ちょいと女将《おかみ》に吹きこんでおきてえんだよ」

「よし、心得た」

「こんばんは、女将《おかみ》」

「まあ、おめずらしいじゃございませんか。どうなすったんですの、この節ずっとおみかぎりで……このごろはなんですって、品川のほうへ……いけませんよ。花魁《おいらん》に言いつけますよ」

「それどころの話じゃないんだよ。ほら、こないだちょっと話したろう、例の田所町の堅物の一件さ。あれを今日連れてきたんだ。堅《かて》えの堅くねえのって、堅餅の焼きざましみてえな人間だ。年齢《とし》が二十一なって、吉原の大門を一歩も踏み入れたこともねえという変わり者。お稲荷さまのお籠りという筋書きで連れてきたんだが……なにしろ見返り柳をお稲荷さまのご神木、大門を鳥居だとおもいこんでるくらいなんだから……」

「まあ、ご冗談を……いまどきそんな方が……」

「嘘じゃねえよ。だから、この家《うち》をお茶屋だなんて言っちゃあいけないよ。まず、お稲荷さまの巫女の家だとか、神主の家だとか……たのむよ」

「まあいやですよ、そんなご冗談を……」

「おいおい、来たよ、来たよ……万事、巫女さま……たのむよ。多助のやつはしょうがねえなあ、もう連れてきちゃって……さあ、若旦那、いらっしゃい。さあ、どうぞ……ここは巫女さんの家でして、ここに座ってるのがお巫女がしらで……」

「さようでございますか。これはこれは……お初にお目にかかります。あたくしは、日本橋田所町三丁目、日向屋《ひゅうがや》半兵衛の伜《せがれ》、時次郎と申します。本日は三名でお籠りにあがりました。まことに行き届きません者で、よろしくおねがい申しあげます」

「これは、まあ、ご丁寧に恐れ入ります……まあ、よくいらっしゃいました。お待ち申しておりました。それではお話ができませんから、どうぞお手をおあげくださいまし、まあ、若旦那、ご器量がよくってらっしゃるから、お巫女さんたちも、さだめし大よろこびでございますよ……まあ、なんですよこの娘《こ》は……クスクス笑ったりして、失礼じゃありませんか。おまえが笑うから、あたしだっておかしいじゃないか。しょうがないね。あの、若旦那、すぐにお送りしますから……」

お茶屋のほうでも、女将が心得ていてぐずぐずしていて化けの皮がはがれてはたいへんだというので、急いで大楼《おおみせ》に送り込んでしまう。稲本《いなもと》、角海老《かどえび》、大文字《だいもんじ》、中米《なかごめ》、品川楼などが大楼で、茶屋から大提灯で送られる……そして、まず、ひ、き、つ、け、に通される。ひきつけったって、なにも目をまわすところじゃない……そこで待っていると、文金《ぶんきん》、赤熊《しやごま》、立兵庫《たてしようご》なんて髪を結《ゆ》いまして、部屋着というものを着た花魁《おいらん》が、左手で張り肘《ひじ》して、右手で褄《つま》をとって、厚い草履《ぞうり》をはいて、廊下をパターン、パターンと通る。これを見れば、どんな堅物だって、女郎屋だってえことはすぐわかります。

「源兵衛さーん、多助さーん」

「なんですよ、若旦那、大きな声を出して……こういうところで、そんな大声を上げちゃあいけませんよ」

「ここは、あなた、女郎屋じゃありませんか。あたくしはお稲荷さまのお籠りだてえから来たんじゃありませんか。人を騙《だま》してこんなところへ連れてくるなんて……」

「若旦那、泣いちゃあ、いけません……ねえ、そらね、騙して連れてきたのは、わるい。だから、謝ります。この通り……堪忍してくださいよ。でもねえ、このことは、あなたのおとっつぁんも心得てなさることなんだから、なにも心配しなくてもいいんですよ」

「いいえ、とんでもないことです。うちの親父はああいう人間でございますから、なにを申したか存じませんが、親類はみな堅いのでございますから、親類へこんなことが知れたひには、あたくしは顔向けができませんから、すぐ帰らしていただきます」

「困ったな、どうも……じゃあ若旦那、こういたしましょう、いま上がったばかりですから、ここへ酒がきて、そうして一杯飲んで、女の子がずらりとならんで、陽気にわーっと騒いでお引けになります。そのとき、あなたを大門まで送って行きますから、それまで辛抱してくださいな」

「いいえ、あなた方はどうぞ勝手にお遊びになってください。あたしは帰らしていただきます」

「まあ、そんなことを言わずにさ……付き合いってえものがあるでしょう。せめて酒を飲むあいだぐらい……」

「いいえ、もうあたくしは……」

「ねえ、そんなこと言わずに、さあ……」

「おいおい、源さん、なにを言ってるんだよ。帰りてえものは帰したらいいじゃねえか。なにもそれほどだのんで居てもらうことはあるめえ……なに言ってやがるんだ。さっきだってそうだ。町内の札付きで、割り前をもらうとあとがこわいだってやがら……なにぬかしやがんでえ。おもしろくもねえ……帰ってもらおうじゃねえか。若旦那、帰りたければお帰んなさい。だけど、ただ帰すんじゃあないよ。あなたは吉原の法をご存知ないでしょう。いいですか、さっきあなたにお稲荷さまの鳥居だっていったのは、じつをいえば、あれが吉原の大門というところだ。あそこは一本口だよ。あの門のところへ髭《ひげ》の生えたこわいおじさんが立ってたでしょう？　あのそばに番所があって、お役人が、三人がどこの店へ登楼《あが》ったか、ちゃーんと帳面につけているんですよ。

さっき入ったとき三人連れなのに、いま時分若旦那が一人でひょこひょこ出てごらんなさい。あいつは胡散《うさん》くせえやつだってんで、あの大門で留めとくてえのが、この吉原の法だ。なあおい」

「へー、そうかね。はじめて聞い……」

「こら、にぶいやつだな……だから、ひとりで出ていきゃあ大門でふんじばられるだろう?……てんだ」

「うーん、そうだとも」

「そうなりゃあ、なかなか帰してくれねえな」

「そうとも、このまえなんか、元禄時分からしばられたままのやつがいた」

「それはたいへん困ります。人間と生まれて縄目の恥をうけたとあっては、世間さまに顔向けができません。まことに恐れ入りますが、おふたりで、あたくしを大門まで送ってくださいな」

「若旦那、あなた、それが身勝手というもんですよ。こうなりゃあこっちも依怙地《いこじ》なんだから一と月でも二た月でも帰りませんよ、こっちは。これから一杯やって、陽気に騒ごうてんだ。それなのに、遊びなかばで送り迎えなんかしていられますか……遊びは気分なんだから、せめて酒を飲むあいだぐらい付き合ったっていいじゃあありませんか」

「じゃあお飲みください。早いとこ大きなもんであがってくださいな、そこの兜鉢《かぶとばち》かなんかで……」

「ふざけちゃいけねえや」

座敷がかわって、飲めや唄えの大騒ぎになった。このとき若旦那の敵娼《あいかた》になったのが、浦里という花魁で、ことし十八の吉原きっての美人、そんな初心《うぶ》な若旦那ならば、こちらから出てみたいという、花魁のほうからのお見立てで……ところが、若旦那の時次郎のほうは、床柱に寄りかかって、下うつむいて、涙をぽろぽろこぼしてる。

「おいおい、源さん、向こうをごらんよ。酒飲んだってうまかねえや。女郎買いじゃないね。まるでお通夜だよ……あれ、女将《おかみ》はよろこんでやがらあ、初心でいいとかなんとか……おいおい、女将、その駄々っ子をなんとかしてくれよ。酒がまずくてしょうがねえや」

「あの、若旦那、花魁の部屋が空《あ》いてますからあちらへ行って、ごゆっくりおやすみなさいな」

「へえ、どうぞおかまいなく……」

「そんなことをおっしゃらずに、どうぞ花魁の部屋で……」

「よしてください。そんな部屋で寝てごらんなさい。瘡《かさ》ァかきます」

「おいおい、源さん、聞いたかい？　いいせりふじゃないねえ。瘡ァかくてえのはいけません。ますます酒がまずくなっちまったぜ」

「さあ、若旦那、ね、世話焼かせないで……ねえ、わたくしと、ねえ、こう……」

「いいえ、いけませんよ。あたくしの手をひっぱっちゃあ、助けてください。源さーん、多助さーん」

唐紙をこわす騒ぎ……そこは餅は餅屋、なんとかなだめすかして、花魁の部屋へ送り込んでしまう。あとは厄介者がいなくなったというので、飲めや唄えのどんちゃんさわぎ——ほどよろしいところで、お引けという声がかかります。

女郎買い振られたやつが起こし番

155　明　烏

あくる朝、他人《ひと》の部屋をがらがら開けて、変なことを言ってる方に、あんまり成績のいい方はないようで……。

「おい、おはよう。どうだったい、ゆうべのできは？」

「うん、フワフワワワ」

「なんだい、おい、その総楊枝《ふさようじ》をどうにかしろよ。おい、歯磨きがぼろぼろこぼれるじゃねえか」

「フワフワワワ……来ない」

「来ない？　そうだろう。来やぁしめえ、ざまあみやがれ、振られやがった」

「じゃあ、おめえんとこはどうだったい？」

「おれんとこか、来たよ。『あたし、厠《はばかり》へ行ってきますから、待っててくださいな』って、それっきり来ねえんだ。小便の長えの長くねえのって、いまだに帰って来ない。ことによったら、あの女は丑《うし》年かもしれねえ」

「なに言ってやんでえ……まあ、お互いに顔を洗ったら帰ろうじゃねえか」

「若旦那はどうしたい？」

「駄々っ子おさまってるとさ」

「ゆうべ帰っちまったんじゃねえのか」

「それが帰らねえんだとさ」

「叱言がきいたんだなあ。かわいそうになあ……それで、まだ起きてこないのか？」

「ちょっと心配だね。部屋はわかってんだ……えーと、角の部屋、角の部屋と……ああ、この部屋、この部屋……若旦那、おはようございます。開けますよ……どっこいしょ……開けてすぐ寝床が見えないてえのは、大楼《おおみせ》の身上だねえ……次の間つきだ。おや、敵の守りは厳重だね。ふすまの向こうに屏風をはりめぐらして……若旦那、若旦那、おや、ご返事なし……無言とはひどいね。源兵衛と多助でござんすよ。では、屏風をとりますよ。それっ……あははは、ごらんよ。おい、真っ赤になって布団のなかへもぐっちゃった……おい、どうでもいいけど、なに食ってるんだい？」

「うん、いま茶簞笥《ちゃだんす》を開けたらね、甘納豆があるんでね。朝の甘味は乙《おつ》ですよ」

「女に振られて甘納豆食ってりゃ世話ァねえや」

「どうでもいいけど、おまえ、少しうるさいよ。こっちはもう食うよりほかに手がねえや」

「よせよ。おい……うまいかい？　じゃおれにも少しくれよ……若旦那、ゆうべさんざ世話ァ焼かしときながらひどいねえ。どうです？　若旦那、お籠りのぐあいは？」

「ええ、まことに結構で……」

「おい、聞いたかい、結構なお籠りだとさ……ねえ、若旦那、まごまごしているうちに陽《ひ》が上がってきちまいます。ねえ……遊びというものはおもしろうござんしょ。おもしろいけど、切りあげどきが肝心ですよ。きょうのところは、ひとつ、きれいに引き上げて、また来るということにしようじゃありませんか」

「ええ……」

「花魁《おいらん》、かわいいでしょう？　また連れてきますよ。その人の身体《からだ》は、ふたりの胸中にあり……いいですか。支度ができてるんだ。さあ、若旦那を起こしてくださいよ」

「若旦那、みなさんがああおっしゃるんですから、お起きなさいましな」

「花魁が起きろ起きろって言ってるのに若旦那、起きたらどうなんです。ずうずうしいね」

「えっへっへ、花魁は口では起きろと言ってますけど、布団のなかでは、あたくしの手をぐーっと抑えて……」

「おーい、聞いたかよ。おまえ、甘納豆食ってる場合じゃねえぞ」

「ちえっ、なにを言ってやんでえ。ばかにしやがって……ゆうべのざまあ見ろい、女郎の部屋で寝ると、瘡ァかくって言いやがって……くそおもしろくもねえ。おりゃ、帰《け》えるッ」

「おい、おい、そう怒るなよ。いま一緒に帰るからさ。そうあわてなくたって……待てよ、待てったら……あっ、階段からおっこちやがった。……じゃあ若旦那、あなたはひまな身体だ。ゆっくり遊んでらっしゃいよ。あっしたちは、これから仕事に出かけなくちゃあならないんでね。先に帰りますからね」

「あなた方、帰れるもんなら帰ってごらんなさい。大門でしばられる」


《解説》かつて吉原というところがあった……こういう書き出しの「解説」の必要な時代が来るかもしれない。しかし、この「明烏」だけはそうした「解説」は不必要だと、信じている。いいことに、この噺は、時次郎という初心《うぶ》な主人公が、親父の許しを得て、源兵衛と多助の二人の案内によって吉原への実地入門の手引をしてくれるからだ（なにごとも実地ほど身になるものはない）。その上、廓《くるわ》噺のほとんどが客が振られる役回りなのにもかかわらず、この噺では女郎の浦里が布団の中でぎゅうと手を握る、いい思いをさせてくれる。初午は、二月の最初の午《うま》の日に行なわれる稲荷神社の祭礼、梅の蕾《つぼみ》もほころびはじめるころ、それは時次郎の青春の訪れにふさわしい。

さて、この時次郎の後日譚は「山崎屋」「船徳」「唐茄子屋」「干物箱」「二階ぞめき」などとなって再登場することになるが……。八代目桂文楽によって磨かれ、一つの型が完成されたことは記憶に新しいが、演題の由来は、新内の「明烏夢泡雪」の浦里時次郎の名をかりたため。廓の薫るような情趣と文化を伝える、廓噺の代表作。

王子の狐

　昔から狐、狸は人を化かすなんていわれている。狐は七化け、狸は八化け、狐と狸とくらべると、狸のほうがひと化け多い。多いが、狸のほうは化けるにしても、大入道とか、一つ目小僧とか、博奕場《ばくち》の賽《さいころ》とか、どこか愛嬌がある。狐のほうは少ないが、どちらかというと利口で陰険で性質《たち》が悪い。民話でも、風呂だといって野良の糞尿溜《こいだめ》の中へ人を浸《つ》けたり、酒だといって馬の小便を飲ませたり、牡丹餅だといって馬糞を食べさしたり、蕎麦《そば》だといって蚯蚓《みみず》を食べさせたりする。けれど、狐はまた、稲荷の使い姫だといって、信仰の厚い方は、たいへん狐を大切にする。

　この稲荷を江戸の人びとはたいへんに信仰していて、初午の日になると、どこの稲荷も参詣客でたいへん賑わったが、ある男が、吉原でもてて、初午の日をすっかり忘れ、翌日になって、王子稲荷へ行ってみると、人影もなくシーンとしてものさびしい。参詣をすませて、根岸口の裏道を歩いていると、畦道の傍《わき》の稲叢《いなむら》のところで、狐が一匹、頭の上に一所懸命、草を載せている。不思議におもってじっと見ていると、くるりとひっくり返り、たちまち二十二、三の女に化けた。

「あああぁッ……化けた！　えッ？　こりゃおもしれえや。話には聞いていたけど、目の前で狐が人間に化けるなんてのは初めて見たよ。うまいもんだねえ。乙《おつ》ないい女だねェ。あの縞のお召しの着物なんていうのは、どこから覚えてくるんだろうね。帯だってちゃんと締めてるしなァ。たいしたもんだねえ。あれじゃあ化かされるのも無理はねえなあ。これからだれかを化かそうてんだな、だれか来るのかな？　だれ……あたりに人影がないところを見ると……おれだよ、おれを化かそうってんだよ。おれが女好きだってんで、それで女に化けやがった。こらァえれえことになったぞ、見こまれちゃったな。でも、見といてよかったねえ。あれを見てなきゃあ、もうやられてるよ。……だが待てよ、種《ねた》がわかってるんだ。向こうで化かそうってんなら、ひとつこっちでもって一番化かされてやろうじゃないか」

と、眉毛《まゆ》に唾《つば》をつけて、近づいていって、

「玉ちゃん、玉ちゃん……」

「あらっ、まァ……兄ィさん」

「あれっ、口をききましたよ。『コォン』てなことは言わないね……おどろいたねどうも、あぶねえ、あぶねえ。もうやられかけてらあ」

「え？　なにか言った？」

「いえ、こっちのことで……いえね、うしろ姿があんまり似てたもんだから、つい声をかけちまったんだけど、まさか玉ちゃんがこんなとこを歩いてるとはおもわなかったよ。いまどき、なにしに、こんなところへ？」

「ええ、いまお稲荷さまへお詣りをして、その帰りにあんまり天気がよくて気持ちがいいから、裏手をぶらぶら歩いてたの」

「そうかい。じつは、おれもお稲荷さまへお詣りに行った帰りよ。……それにしても、よくおれのことを覚えてくれたねえ、うれしいねえ、玉ちゃんもすっかりきれいになって、いくつになったの？　二十二……？　そりゃおとっつぁん、おっかさんもおたのしみだねえ。……お嫁に行くの？　お聟《むこ》さんもらうの？　どっち……え？　きまりが悪い？……そんなこたァないよ。あたしはいいお聟さんをお世話しましょう……毛並のいいとこ！　い、いやいや……せっかく逢ったんだから、どうです？　どっかへ行きましょう」

「あたしァかまわないんですけれども、兄ィさんこそあたしみたいな者《もん》といっしょではご迷惑……」

「とんでもねえ。そんなら、この先に扇屋《おうぎ》という料理屋がある。そこへ行ってご飯を食べながら、ゆっくりいろいろお話をいたしましょう」

「では、お供しますわ」

「じゃあ、話はきまった。さァ行きましょう……ええ、ごめんよ」

「いらっしゃいませ。どうぞお二人さま、お二階へご案内」

「玉ちゃん、二階だってさァ。あたしは先ィ上がりますから……さァさァ、玉ちゃんも上がっておいでよ……ああ、こりゃあ、なかなかいい部屋だ。ちょっと、姐《ねえ》さん、その障子を開《あ》けておくれよ……うん、いい眺めだ。春霞がたちこめて、鶯《うぐいす》が鳴いている……さァ玉ちゃん、どうぞ上座のほうへ、今日は玉ちゃんお客さま、ね？　ああ、そうですか？　あなたなかなか遠慮深いね、さァお座りなさい。……姐さん済まないが早幕《はやまく》で、あ、日の暮れないうちに……今日はうんとごちそうしてくださいよ。板前さんにそう言って腕をふるってもらって、あ、お願いしますよ。ぁァそうだなあ、とりあえずお酒いただきましょう、お酒、二、三本、やっぱりお燗《かん》していただきましょう。それからあたしはね、刺身がいいね、刺身。どうだい、玉ちゃんは？　お刺身は？　生臭いものはいただきません？　そう……え？　なにがいいの？　好きなもの、え？　油揚《あぶらあげ》？　油揚はいけませんよ。こういう店へ来て油揚なんてえのは洒落になりませんよ。なにか他のもの、え？　天ぷら？　やっぱり揚げた物《もん》のほうが？　ちょいと、姐さんこちらは天ぷらがいいってから、三人前ばかり、お椀かなんかつけて、あとは見つくろいでいいよ。とにかくまあ、すぐにお酒を持ってきておくれ……ねえ、玉ちゃん、玉ちゃんとここでもってこんなふうに一杯やれるなんて夢にもおもわなかった。ほんとうにうれしい日だよ。こりゃあ、きっとお稲荷さまのご利益だろう？　そのうちお宅ィ遊びに行きますよ。おとっつぁん、おっかさんにもお目にかかって、昔語りってやつをねえ……久しく逢わないうちに、玉ちゃんいい女ンなって……お髪《ぐし》のぐわいなんざァ……う、うまく化け……ェェばかにおきれいですからね……おや、姐さん、もうできたのかい？　はい、ご苦労さま……ずいぶん早かったねえ。はいはい、こっちへいただこう。え？　あとはこっちでやるから、姐さんにはお手数はかけないよ。うん、もう階下《した》へ行っていいよ。用があったらね、手を叩《たた》いて呼ぶから……どうもご苦労さま……あっ、そんなにぴったり締めてっちゃあ……少し開けとくんだよッ。いざとなったら、ぱッと逃げる都合……いえ、なに、なんでもない。いいから、少ゥし開けといてくれ……さあ、玉ちゃん、おひとつどうぞ」

「あたし、お酒はだめなの」

「なにォ言ってるんだよ。飲めますよッ。隠したってちゃんと知ってるんだから、お神酒《みき》やなんかあがって……いえ、おまえさんとこの神棚の話さ……さァさァ、一杯いこう、なあにたんとは飲ませやしません……いいから心配せずにぐっとあけなよ。もしも酔ったらあたしが介抱をしますから……うーん、いい飲みっぷりだ。飲めるか飲めないかてえのは、ちょいと猪口《ちょこ》を口ィ持ってっただけですぐわかりますよ。え？　ご返盃？　うれしいねえ、玉ちゃんからお盃が頂戴できるなんて……お酌をしてくれる？　なんだ盆と正月がいっしょてえやつ……こらァどうも……おっとっとっと、こんなにいっぱい注《つ》いじまって、こんなじゃあ始末に悪いや。こんなに、こんなに、盃にあふれて、こんなに……え？　なに？　そんなにこんこん言っちゃあいけないって？……あァそうか。やっぱりこんて言うのは気がさすんだな……あァ、すまねえすまねえ。おまえさんがこんと言っちゃあいけねえと言うんなら、こんごは、金輪際《こんりんざい》言わねえ……あれっ、言うまいとすると、余計に言うねえ。あっははは……ところで、こりゃあほんとうの酒だろうな？まさか馬の小便じゃァあるまいね、え？　いえなに……相手が悪いからねェ、こりゃあどうも……うゥ、大丈夫そうだな……ぐゥぐゥぐゥ……こりゃ、うめえ。……さァさァ玉ちゃんも遠慮しないで、天ぷらのさめねえうちに食べたほうがいいよ。そうそう、どんどん食べて……もうひとつ、お酌しよう。ぐっとあけて、ぐっとあけて……」

差し向かいでやったりとったりしているうちに、狐はすっかりいい心持ちになって、

「兄ィさん、あたし、すっかり酔っちまったわ」

「うん、そう言やあ、だいぶいい色になったねえ。色の白いところへぽォッと赤味がさして狐色……いやいや……なあに……そのう……とにかくいい色だ。え？　なに？　眠くなった？　あ、そう、それじゃ、ちょっと飲《や》り過ぎたんですね。そこへ、横ンなって……いいさ、おれと玉ちゃんの仲で遠慮なんぞしなくたって、この座布団を二つに折って、枕代わりにして……そうそう…

…それからお髪《ぐし》が汚れるといけませんからね、下ィ手拭を敷いたほうがいいよ。で、いいころを見計らって、あたしが、起こしますから、大丈夫、安心しておやすみ。あたしはここで飲んでます」

あと一人で飲んだり食ったりしているうちに、狐のほうはぐっすり寝入ってしまった。それを見とどけると、男はそゥっと裏梯子から降りて、

「あっ、お帰りでございますか？」

「しいっ、静かにしておくれ。いまね、二階で連れの女が寝たところだから……なァに、ちょいと飲み過ぎて、頭が痛いとかなんとか言ってるから、寝かしたんだ、心配はいらねえ……で、いま、思い出したんだが、この先に伯父がいるんでね。またってえのは億劫《おっくう》だ、ね？　ちょいと来たついでに顔出ししようってやつだ。なんかこう、土産になるものはないかい？　え？　卵焼？　あッ、それを三人前折に詰めておくれ……それから、勘定はね、二階の連れからもらっとくれ。いいかい、ちゃんと紙入れを預けておいたから……起きたら、用足しがあって、おれは先へ帰ったとそう言っとくれ。まだ当分寝かしといてやっとくれよ。うん、起こすときも、いきなり起こさないほうがいいよ。いきなり起こすと、ぽォーんと跳びあがったりするといけないからね……ああ、折詰めができた？　ありがとう。じゃあ、よろしく頼むよ。どうもごちそうさま……下駄ァ出しとくれ」

「毎度ありがとう存じます」

「はい、さようなら」

「ああ、お竹や、二階のお客さま、そろそろお起こししたらどうなの？　あんまり遅くなるといけないから……」

「はい、かしこまりました……あのゥ、ごめんくださいませ。ごめんくださいませ……まァよくおやすみでいらっしゃいますこと。……あのお客さま。ちらほら灯火《あかり》も点《つ》いてまいりました。あまり遅くなるといけません。お目覚めを……もし、お客さま、お客さま」

「はいッ……はい。……まァすっかり酔ってしまって……あいすみません。あらっ、連れの者はどういたしました」

「なんでも、このご近所にご親戚がおありなので、ちょっと顔出しをしてくるからと、卵焼を三人前お土産《みや》にお持ちになってお帰りになりました」

「まあ、そうですか。人を寝かしたまま帰っちまうなんてひどい人ですわね……それで、あのこちらのお勘定は？」

「それがあのゥ、あなたさまからいただくようにと……」

「えッ！」

びっくりするとたんに、狐は神通力を失って、耳がピーンと立って、口が耳もとまでピューッとさけて、うしろの方からは太い尻尾《しっぽ》がニューッと出た。女中は、

「きゃッ!!」

という声とともに二階からガラガラガラ……。

「だれだい？　二階から落っこったのは？」

「た、た、たッ……」

「なんだよ、お竹、気をつけなよ。なんのために梯子段がついてんだよ。一段ずつ降りたらいいじゃねえか。ひと跨《また》ぎにしてみろ、股が裂《さ》けちまわァ、ばか。どうしたんだ？」

「た、た、たいへんだよッ」

「なんだ？　まっ青な面《つら》ァして、がたがた震えてやがる。しっかりしろいッ、え？　二階の客が『お勘定』ったら、尻尾を出した？　なに言ってやんでえ。勘定で足を出すってなあ聞いたことはあるが、勘定で尻尾を出したなんて話は聞いたこたァねえ、え？　耳がピーンと立って、口が耳もとまでさけた？　ほんとうかい？　そりゃあたいへんだ。どうも、おらァ様子が変だとおもったんだ。……いい女だったなァ女狐のほうは……雄狐のほうはあんまりいい男じゃあねえが……うしろ姿をおらァ見てたよ。梯子段上がるときよ、そうしたら、こう、股ぐらから白いものが、ちょろちょろ見えたけど、尻尾だなァ、あれァなあ……よし、こういうときは、辰っつぁんでなくちゃあ……おいッ、辰っつぁん、辰っつぁんいるかい？　ちょっと来てくんねえ」

「なんだ、なんだ、なんでえ？　なんてえ騒ぎだい。喧嘩《けんか》か？　強請《ゆすり》か？　食い逃げか？」

「いいえ、そんなんじゃねえんだけどね。えれえ騒ぎンなっちゃったんだよ。今日は旦那はお留守で、どうにも裁きがつかねえ、ちょっとこっちィ来てくれよ、おゥ、辰っつぁん、おめえはたいそう強えンだってなあ」

「たいへんはわかったよ。なんだ、言ってみろよ。こっちはなにがあったっておどろきゃしねえんだ。なあ、背中に天狗の彫物がしてある天狗の辰てんだおらァ、鬼が来ようと蛇《じゃ》が来ようと、びくともするんじゃあねえや」

「そうだってなッ……鬼や蛇じゃねえんだよ。……二階に狐がいるんだ。ちょっと見て来いや」

「……ッてやんでえ、べらぼうめ、おれは天狗の辰だァ……鬼や蛇はおどろかねえ、……だが狐はだめだ」

「なにを言ってやんでえ。天狗もひょっとこもあるけえ。鬼でも蛇でもねえ、狐だってことよ」

「うん、狐ねェ……狐はいま断ってるんだ。ここンところ鬼と蛇にかかりっきりで手がはなせねえ。狐のほうは来月、半ば過ぎに……」

「なにを言ってやんでえ。強え強えってでけえことばかり言いやがるくせに……いいや、いいや、もう頼まねえ。さあ、みんな、いいか、旦那の留守のあいだに、扇屋に狐が来て、料理ただ食って土産まで持ってかれちゃあ、こっちは店預かってて、このまま旦那に顔向けができねえや。かまうこたァねえから、その狐ェ叩《たた》きのめせ。みんな、来いッ」

若い衆が五、六人、天秤棒や箒《ほうき》やはたきや心張棒を手に、そーっと二階へ上がっていって見ると、狐のほうは女の姿のまま、勘定をどうしようかと思案中、そこへいきなり飛びこんでって、みんなでひっぱたいた、狐は不意をくらって座敷を逃げまわったが、とうとう床の間の隅に追いつめられた。もう一打《いっこつ》というときに、最後の一手、強烈な鼻をつらぬくような屁《やつ》を一発、放った。……鼬《いたち》の最後っ屁とよく言うが、この狐の苦しっ屁もそれに劣らぬ猛威で……、けえェんとひと声、窓からぴゅうッと……

「あっ、プッ……こりゃあたまらねえ。まともにくっちゃった……臭えの臭くねえの、目がまわっちゃった……おどろいたねえ。……もう一打《いっこつ》だってえとこを、惜しいことをしちゃったな」

「ただいま帰りました、なんだ？　二階の騒ぎは？」

「あッ、旦那のお帰りだ……旦那お帰り……」

「へい、旦那、お帰りなさいまし」

「なんだ、おまえたちは……鉢巻なんぞして、てんでに棒なんぞ持って、いったいなんの真似だ？」

「へえ……旦那、もうひと足早くお帰りになるてえとおもしろいとこをごらんにいれたン……夫婦《めおと》狐が店《うち》へめしを食いに来やがってねえ。雌狐のほうは飲みすぎて寝こんじまって、雄狐のほうは先に土産持ってずらかっちまった……お竹どんが起こしにいって、『勘定ォ』ったら、その雌狐がびっくりして正体を現しやがったんで……それから、みんなで叩《たた》きのめそうてんで殴りつけたんですがね。もう一打《いっこつ》ってえときに……臭えの臭くねえの……逃げられちゃったン」

「おいっ、おまえたちゃあとんでもないことをしてくれたな」

「えッ？」

「ここはどこだ？　王子だぞ、うちの店がこうやって繁昌してるのも、みんなお稲荷さまのおかげなんだ。お狐さまてえのは、お稲荷さまのお使い姫ぐらいのことは、おまえたちも知ってるだろう。そのお狐さまが、わざわざ来てくだすったんだ。日ごろのご恩返しに、うんとごちそうしてお帰し申すのがあたりまえだ。それを殴ったり、叩いたりして、とんでもねえやつらだッ……だれだ、殴ったのは？」

「あっし……じゃあねえ」

「『あっしじゃあねえ』って、その、持ってる棒はなんだ？」

「これは……」

「その棒で殴ったな？」

「いやいや、殴りませんとも……お狐さまがお出《い》でンなるんで、どのくらいあるだろうてんで、寸法を計った」

「なにを言ってんだ……やってしまったことはしょうがない。……さ、さァ……今日は商売休みだ……どんな祟《たた》りがあるかもしれない。これからお詫びごとをしなくちゃァならない」

　扇屋では、みんなして垢離《こり》をとるやら、お百度を踏む、護摩《ごま》をあげるという騒ぎ。


「よう、兄ィたいそうご機嫌じゃあねえか。なんかあったのかい？」

「へへへ、それがばかな話。これは手土産代わり、扇屋の卵焼だけど……」

「すまないねえ。いつもいつもごちそうさま。おや、扇屋かい？　安かァないよ。贅沢《ぜいたく》なもんだな。だいぶかかったろう？」

「それがただなんだ」

「ただ？　官費かい？」

「いや、狐《こん》費」

「なんだい？　こん費てえのは？」

「それがね、王子のお稲荷さまへ初午をすっかり忘れて、一日ずれてお詣りに行った帰りに狐が出てきやがって、乙《おつ》な新造に化けやがった。『玉ちゃん』ってったら『あァい』って返事しやがんの。それから、おれはうめえことを言って扇屋へ連れこんで、さんざん飲んだり食ったり……とうとう狐的《こんてき》の畜生、酔っぱらって寝ちまやがった。それから、おれァ卵焼を持ってずらかり……」

「なァんだ、じゃ、なにか？　おい。あべこべに狐ェ化かしゃがったんじゃねえか。……へえェ、たいへんなことをやりゃあがったなァ、こいつァ。おまえが間抜けで、一日ずれてお詣りに来たから、お稲荷さんがさびしいだろうってお使い姫をさし出したんだ。なぜおまえはそういうことをするんだ。え？　勘定はどうした？」

「あとで狐が勘定してくれる」

「ばかなことを言いなさんな。……狐が勘定できるか？　うまく逃げられればいいぞ。もしも扇屋の若い者《もん》かなんかに見《め》っかって、『畜生ォ』かなんかいって、殺されないまでも、殴られでもしてみろ。『くやしィイ』ってんで恨まれるぞォ、遺恨が、ええ？……狐ってえものは執念深《ぶけ》えもんだからな。おまえはなんだぞ、とり殺されるから……おめえ一人じゃあねえ、一家みな殺しだ。……言われて見ると、おまえの口が少しとんがってきた。耳が長く……」

「じょ、じょ、冗談言っちゃあいけねえ」

「冗談じゃあねえ。家ィ帰《けえ》ってみろ、かみさんが向こう鉢巻かなんかしてなァ、采配《さいはい》を持ってテケレッテン、スケテン、テン……って、お神楽かなんか踊ってるぞォ。おまえさんが帰ってくると、どこへ行ってたの？　コーンてなことを言って、おまえさんの咽喉笛くらいつくよ」

「そりゃァえれえことンなっちゃった」

　友だちにおどかされて酔いもどこへやら、とって返そうとおもったが、夜中、とうてい王子へは行かれない。家へ帰ってきてみるとなにごともないので、ひと安心。その晩は一睡もしないで、あくる日、朝早く起きて、手土産を用意して、王子へ詫びにやってきた。

「あァあ、おどろいたねえ。ちょいとした悪戯《いたずら》がこんなことになるとはおもわなかった。しかし、まあ、ちょっと洒落が強すぎたなあ、せめてまァ、勘定だけでも払っときゃあよかったんだが、ええ？　万物の霊長たる人間が狐ンところィ詫びに来ようとはおもわなかった。……えーと、たしかこのあたりだったな。また穴がどっさりあるねェ、たしか……この木の下で、草を頭に載せて、ひっくり返ったんだ……おやっ、唸《うな》り声が聞こえるよ……おやおや？　小《ち》っちゃな狐、はァはァ、こりゃァお子たちだな。……もしもし、お嬢ちゃんだかお坊ちゃんだかよくわからないんですけども、いいお毛並ですね。つやつやとしてお手入れがいいんでしょう。奥に唸ってる方どなた？　え？　おっかさんが昨日人間に化かされて……ぷっゥ、わかった……どうもすいません。化かした人間てえなァ……あたくし……いえ、大丈夫、大丈夫。昨日は、別に悪気があったんじゃあないんだけど、ついふらふらとやっちまって……おっかさんに、よォくお詫びしといておくれ、怪我ァありませんでしたか？　みんなに撲《ぶ》たれて身体《からだ》が痛い？　まことにすいません。……人間がぴょこぴょこ頭ァさげてましたって、よくお詫びしてちょうだい。お大事にってね。で、これ、つまらないもんだけど、ほんのお詫びのしるしだって、おっかさんにあげとくれ。……あ、出てこなくてよござんす。あたしのほうで放りますから……よござんすか。ひのふのみッ……と、あァかわいいもんだねェ、銜《くわ》いこんじゃったよ」

「静かにおしよ、この子は……。おっかさん具合いが悪いんだよ。むやみに表へ出るんじゃあないよ。ウゥまた人間に化かされるといけない……」

「おっかちゃん、いま化かした人間てえのが来たよ」

「あらッ、まあァ……よくここまでつきとめて来やがった。人間なんてえのは執念深いもんだね。

……まだいるのかい？」

「ううん。もういない。それでね、あたいのこと……お嬢ちゃんだかお坊っちゃんだかわかりませんけども、いい毛並だってほめてたぜ」

「畜生ッ、人間なんて、そらぞらしいもんだね。……まだなんか言ったかい？」

「うん。『昨日は、別に悪気があったんじゃあないんだけど、ついふらふらとやっちまって、おっかさんによォくお詫びしといておくれ。お大事に』って、ぴょこぴょこ頭ァさげていやがんのさ。で、ね、これ、『つまらないもんだけどお詫びのしるし』だって持って来たの……おっかちゃん、これ、坊におくれよ」

「いけません。このごろの人間は油断がならないんだから……あたしの見ている前で開《あ》けてごらん。いいとなったらおまえにあげるから……あけてごらん」

「あッ、おっかちゃん、おいしそうな牡丹餅《ぼたもち》だ」

「あ、あ、食べるんじゃない。馬の糞《ふん》かもしれない」


《解説》　初代三遊亭円右が上方の「高倉狐」を東京に移した、と言われている。定本《テキスト》は八代目春風亭柳枝所演のもの。今日、狐狸妖怪にまつわる話は、現実味がすっかり薄らいでしまったようだが、本篇の背景となる王子は、江戸から明治初期までは、一面の森、林に囲まれていて、王子稲荷は、関東では常陸笠間の紋三郎稲荷とともに指折りの神社であった。同社の前方には装束榎《しょうぞくえのき》という榎の大木があって、毎年大晦日の夜になると、関東一円の狐がその周囲《まわり》に集まり、狐火が多く見られた、という。——安藤広重の絵にもこの有様を描いた「王子装束榎」という作品がある。この狐火の多少によって、翌年の稲作の豊・凶作を占《うらな》う、そうした習慣が明治時代まで行われてもいた。因《ちなみ》に「扇屋」なる料理屋も現在、十四代目が王子駅前で営業をしている。……つまり、この噺は、かつては絵空事ではなく、現実感をもって受けとられていたのである。それなればこそ、狐を騙《だま》した男も、「扇屋」も祟《たた》りを恐れて、狐に詫び、護摩をあげたのである。今日、人間がすべてを制覇しつくしたと思い込むあまり、こうした俗信を無視し、抹殺しているが、少なくともこの時代の人びとには、謙譲という美徳がまだ生きていて、狐とも〈共存〉しようとする初心さが残っていたのではないだろうか。こうしたことがかつての人間っぽさではなかったのだろうか。今日のような時代では、こうした噺は消える運命にある、とよく言われるが、逆に現代にこそ生かしたいものである。本篇以外に、「今戸の狐」「紋三郎稲荷」「九郎蔵狐」「九尾の狐」「狐うどん」「木の葉狐」など多くの噺があったが、今日、これらはほとんど消滅してしまった。その分だけたしかに世の中が悪くなった兆候だが、さては、狐の祟《たた》りかも？　**「狸賽」**参照。

猫の皿

道具屋というものは、うまく掘り出しものに当たれば、たいへんな儲《もう》けになるようですが、掘り出しものというものは、そうざらにはないようです。

ある道具屋さん、江戸では掘り出しものがないので、掘り出しもの捜しに、ごく田舎の、もののよくわからないような家にいって、

「ああ、この鎧《よろい》はお宅にずーと昔からあるんですか。へえー、これはどうするんです？　飾っておいたって、邪魔っけでしょ。なんなら、あたしが、いただきましょうか。値よく買ってあげますよ」

なんて話をつけて、

「おや、兜《かぶと》ですな？　お宅じゃ兜を逆さまにして花活《はないけ》にしてるんですか、うーん、こりゃ、結構な花活《はないけ》ですな……これも新しい花瓶と替えたほうがいいでしょ」

なんて言葉巧みに手に入れてしまう。調べてみると、これが明珍《みょうちん》の作だったりすることがある。

……こういう道具屋を果師《はたし》というのだそうですが、三度笠に、足ごしらえも厳重にし、ほうぼ

うをまわって歩いている。ある日、まだ日が落ちるにはちょっと早い。川岸の手前まで来ると、道ばたに、葭簀《よしず》っぱりの茶店が一軒、目に入った。店の前に縁台が二つ並んでいて、市松の茣蓙《ござ》が敷いてあって、釣瓶《つるべ》の煙草盆がそこに置いてある。奥では、爺さんが火吹き竹でへっついの下を一所懸命吹いている。

「お爺さん、ごめんよ」

「あっ、どうぞ、おかけください。いまお茶入れますから……」

「ああ、ありがとう。なあに、かまわなくてもいいんだよ。くたびれたから、ちょいと一服させてもらうよ。なあーに、宿に入《へえ》ってしまえばなんでもありゃあしねえ。このへんは、いいねえ、のんびりして……それに、眺めはいいし、この流れがまたきれいじゃねえか、二、三年生きのびたような心地だよ」

「へい、まあ、お茶をひとつどうぞ」

と、爺さんが奥から茶を盆にのせて持ってきた。茶店の中には、塩せんべいの壺があって、その横に駄菓子の箱がならんでいる。その台のそばで、猫がしきりに皿のご飯を食べている。道具屋がなにげなく猫の皿をみると、これが絵高麗《こうらい》の梅鉢の皿で、たいへんな値打ちもので、三百両なら羽が生えて売れるという掘り出しもの……。

「うーん、こりゃあたいしたもんだ。けれども、猫にめしを食わしているところをみると、爺さん、知らねえんだな。よし……」

「ええ、お客さま、もうひとつ、お茶をさしあげますか？」

「ああ、もう一杯もらおうか……おや、いい猫だねえ。チョッチョッチョッ……ああ、やってきた、やってきた。おお、よしよし、ここへおいで、ここへ……あははは、かわいいもんだねえ」

「あ、お客さま、その猫、かまわねえほうがようございますよ」

「いや、おれは猫は好きだから……猫てえのはかわいいもんだよ。よしよしよし……ひとの膝《ひざ》の上で、喉《のど》をゴロゴロ鳴らしているよ」

「これこれ、お客さまのお召しものに毛がつくといけねえ。さあ、おりろおりろ」

「いいよ、いいんだよ。いい心地そうに、この猫はひとなつこいねえ」

「へえ、お客さまは、猫がお好きでいらっしゃるとみえて、やっぱりお好きな方は、猫のほうでも、よくわかるとみえます」

「うん、おれんとこにも猫がいたんだけれどもね、どっかへ行っちまやがった。うちのかかあがね、『おまえさん、どこかへ行ったときに、猫一匹もらってきとくれ』って言うけど、あんまり小さいうちにもらってくると、いなくなったり、死んだりしちゃうし……まあ、このくらいの猫だったら、きっと大丈夫だとおもうんだが、どうだい、お爺さんこの猫を、おれにくれないか？」

「へえ？」

「おいおい、そんな変な顔をしないでおくれ。そのかわり、ただはもらわないよ。小判三枚、これをいままでの鰹《かつ》ぶし代としてあげようじゃないか。みれば、奥のほうに、まだ二、三匹いるじゃねえか。そんなにいるんだから、いいじゃあねえか」

「そりゃあそうでございますが、いえねえ、婆さんに先に逝《い》かれちまって、さみしくってしょうがねえもんで、それで猫を飼ってまぎらわしているんですが、やはり、あっしになじんでおりますから……」

「一匹ぐらい、いいじゃあねえか。お爺さん、おくれよ。うちにも子供もいねえしな、かわいがるよ……さあ、これが鰹ぶし代だ」

「三両だなんて、そんなに、あなた……」

「まあ、そんなことを言わねえで、とっといてくんねえ。少ねえけれども……」

「さようでございますか。ありがとう存じます。では、遠慮なくいただきます」

「あははは、ごらんよ。お爺さん、懐中《ふところ》へ入れたら、ゴロゴロいって寝ちまった。かわいいもんだ。じゃ、ま、これから宿へついたら、うめえものを食わしてやるからな……ああ、この皿で猫にめしを食わせていたのかい？」

「へえ、そうなんです」

「そうかい。猫ってえやつは食いつけねえ皿じゃ食わねえもんだっていうからね。この皿持ってって、これで食べさせてやろう、ね、この皿……」

「あ、それ……こっちにお椀《わん》がありますから、これを持ってってください」

「いいじゃねえか。こんな汚《きたね》え皿なんか……」

「いいえ、その皿は差しあげることはできません」

「いいじゃあねえか、こんな皿ぐらい……」

「こんな皿……とおっしゃいますけど、お客さんはご存知かどうか知りませんが、これは、絵高麗の梅鉢の皿といって、なかなか手に入らない品なんでございますよ。へえ、こんな茶店のおやじに落ちぶれてはおりますが、どうしても、その皿だけは手放す気にはなりませんので……どうか、これだけは、勘弁してください。それは、もう、だまってたって、二百両や三百両の値打ちのある皿ですから……」

「ふーん、そうかい。そんな値打ちのある皿なのかい。しかし、なんだってそんな絵高麗の梅鉢なんかで、猫にめしを食わせるんだい？」

「へえ、それが、お客さま、おもしろいんでございますよ。この皿で猫にめしを食べさせますとね。ときどき猫が三両で売れるんでございます」


《解説》淡々とした描写の中に、したたかな道具屋の下心《したごころ》と、小気味よいサゲが光彩を放つ、小噺《ショート・ストーリー》。原話は滝亭鯉丈《りゅうていりじょう》の滑稽本「大山道中栗毛後駿足《くりげのしりうま》」（文化十四年刊）。他に道具屋に取材した噺には「**道具屋**」「**火焔太鼓**」「**茶金**」（別名「はてなの茶碗」）「初音の鼓」「肥瓶」「にせ金」「にゅう」がある。

蟇《がま》の油

　むかしは、神社の境内や縁日、人のにぎわう場所には、いろいろな物売りがでていて、口上をのべたり、芸当を披露したりして、人を集めていました。なかでの大立物は、なんといっても蟇《がま》の油売りだったようで……これは立師《たてし》といって、仲間ではかなりはばのきいたもので、黒紋付きの着物に袴《はかま》をはき、白鉢巻、白襷《だすき》なんていう格好で、蟇の干《ひ》からびたのを台の上へのせて、わきの箱のなかには、蟇の膏薬《こうやく》が入っている。蛤《はまぐり》の貝がらが積み上げてあって、横を見ると、なつめがあり、大刀がある。

「さあさ、お立ちあい、ご用とお急ぎのない方は、ゆっくりと聞いておいで、遠目《とおめ》山越し笠のうち、ものの文色《あいろ》と理方《りかた》がわからぬ。山寺の鐘は、ごうごうと鳴ると言えども、童児来《きた》って鐘に撞《しゅ》木《もく》をあてざれば、鐘が鳴るやら撞木が鳴るやら、とんとその音色《ねいろ》がわからぬが道理。だがお立ちあい、てまえ持ちいだしたるなつめのなかには、一寸八分の唐子《からこ》ぜんまいの人形。人形の細工人はあまたありと言えども、京都にては守随《しゅずい》、大坂おもてにおいては竹田縫之介《たけだぬいのすけ》、近江の大椽藤原《だいじょうふじわら》の朝臣《あそん》。てまえ持ちいだしたるは、近江のつもり細工。咽喉《のんど》には八枚の歯車を仕掛け、背なかには十二枚のこはぜを仕掛け、大道へなつめを据え置くときは、天の光と地の湿りをうけ、陰陽合体して、なつめのふたをぱっととる。つかつかすすむが、虎の小ばしり、虎ばしり、すずめ駒鳥、駒がえし、孔雀《くじゃく》、霊鳥の舞い、人形の芸当は十二通りある。だが、しかし、お立ちあい、投げ銭や放り銭はお断わりだ。てまえ、大道に未熟な渡世をいたすといえど、投げ銭や放り銭はもらわないよ。では、なにを稼業《かぎょう》にいたすかと言えば、てまえ持ちいだしたるは、これにある蟇蟬噪《ひきせんそう》四六《ろく》の蟇の油だ。そういう蟇は、おのれのうちの縁の下や流しの下にもいると言うお方があるが、それは俗にいうおたまがえる、ひきがえると言って、薬力《やくりき》と効能の足しにはならん。てまえ持ちいだしたるは、四六の蟇だ。四六、五六はどこでわかる。前足の指が四本、あと足の指が六本、これを名付けて四六の蟇。この蟇の棲《す》めるところは、これよりはるーか北にあたる、筑波山の麓《ふもと》にて、おんばこという露草を食らう。この蟇のとれるのは、五月に八月に十月、これを名付けて五八十《ごはっそう》は四六の蟇だ、お立ちあい。この蟇の油をとるには、四方に鏡を立て、下に金網をしき、そのなかに蟇を追い込む。蟇は、おのれの姿が鏡に写るのを見ておのれとおどろき、たらーり、たらりと脂汗をながす。これを下の金網にてすきとり、柳の小枝をもって、三七二十一日のあいだ、とろーり、とろりと煮つめたるがこの蟇の油だ。赤いは辰砂椰子《しんしゃやし》の油、テレメンテエカにマンテエカ、金創《きんそう》には切り傷、効能は、出痔《でじ》、いぼ痔、はしり痔、よこね、がんがさ、そのほか、はれものいっさいに効《き》く。いつもは、一貝《ひとかい》で百文だが、こんにちは、披露《ひろめ》のため、小貝をそえ、二貝《ふたかい》で百文だ。まあ、ちょっとお待ち。蟇の効能はそればかりかというと、まだある。切れ物の切れ味をとめるという。てまえ持ちいだしたるは、鈍刀《どんとう》たりと言えど、先が斬れて、元が斬れぬ、なかばが斬れぬと言うのではない。ごらんのとおり、抜けば玉散る氷の刃《やいば》だ、お立ちあい。お目の前にて白紙を一枚切ってお目にかける。さ、一枚の紙が二枚に切れる。二枚が四枚、四枚が八枚、八枚が十六枚十六枚が三十二枚。春は三月落花のかたち、比良《ひら》の暮雪《ぼせつ》は雪ふりのかたちだ、お立ちあい。かほどに切れる業物《わざもの》でも、差《さし》うら差《さし》おもてへ蟇の油をぬるときは、白紙一枚容易に切れぬ。このとおり、叩《たた》いて切れない、引いて切れない。拭《ふ》きとるときはどうかと、鉄の一寸板もまっ二つ。さわったばかりでこのくらい切れる。だがお立ちあい、こんな傷はなんの造作《ぞうさ》もない。蟇の油をひとつつけるときは、痛みが去って血がぴたりととまる……」

というような口上を言って売っている。

この蟇の油売り。景気がいいってんで、居酒屋で一杯やり、いい心持ちでふらふら戻ってくると、まだ人通りがあるし、時刻も早いから、もうひと商《あきな》いしようと欲を出したが、なにしろ酔っぱらってるから、うまくいかない……。

「さあ、お立ちあい……ご用とお急ぎの方は……いや、ご用とお急ぎでない方は、ゆっくりと聞いておいで。いいかい……遠目山越し笠の……そと……いや、笠のうちだ……ものの文色《あいろ》と理方《りかた》がわからない。山寺の鐘はこうこう……あれっ、口ッなかから鰯《いわし》の骨が出てきやがった。どうも鰯の骨は歯へはさまっていけねえや……さてお立ちあい、てまえ持ちいだしたるは、鰯……いや、鰯ではない……えーと……蟇蟬噪《ひきせんそう》一六の蟇……一六じゃなかった。そうそう、四六、四六の蟇だ。四六、五六はどこでわかる。前足が二本で、あと足が八本だ……」

「なに言ってやんでえ。八本ありゃあ、蛸《たこ》じゃあねえか」

「その蛸で一杯やって……いや、よけいなことを言いなさんな……この蟇の棲《す》めるところは、これからはるーか……東にあたる高尾山のふもと……」

「おいおい、いつもは、はるか北で、筑波山てえじゃあねえか」

「あっ、そうだったか。まあ、どっちでもかまわねえ。山にはちがいねえんだから……で、とにかくこれは蟇だよ。そこでだ、この蟇の油の効能は、金創《きんそう》には切り傷、出痔、いぼ痔、よこね、がんがさ、そのほか、はれものいっさいに効く。ああ、効くんだよ……いつもは、二貝で百文だが、こんにちは、披露《ひろめ》のために一貝で百文だよ、お立ちあい」

「それじゃあ、あべこべじゃあねえか」

「まあ、だまってお聞き。蟇の油の効能はまだある。切れ物の切れ味をとめるよ。てまえ持ちいだしたるは、鈍刀たりといえども……とにかくよく斬れるよ。お目の前にて白紙を切ってお目にかける……あーあ……」

「あくびなんかしてねえで、さっさとやれっ」

「いや、これは失礼……お立ちあい、一枚が二枚になる。二枚が四枚……四枚が五枚……六枚……七枚……なに？　よくわからねえ？　そうだろう、おれにだってわからねえんだ。まあ、とにかくこまかに切れる。なあ、お立ちあい……春は八月、いや、三月、三月は弥生で、比良《ひら》の暮雪は雪ふりのかたちだ……なあ、きれいだろう？……このくらい切れる業物でも、差うら差おもてへ蟇の油をひとつつけつけるときは、白紙一枚容易に切れない。このとおり、ぱっと切れ味がとまる。さあ、この刀で、腕をこう叩いて切れない。どうだ、おどろいたか？　なあ、お立ちあい、引いて切れ、いや、えへん、えへん……お立ちあい、切れないはずなのに、切れちまったが、どういうわけだろう？」

「そんなこと知るもんか」

「いや、おどろくことはない。このくらいの傷はなんの造作もない。さ、このとおり、蟇の油をひとつつければ、痛みが去って、血がぴたりと……とまらないな……うん、ひとつけでいけないときは、ふたつけつける。こうつければこんどはぴたりと……あれっ、まだとまらないね。切りすぎたかな……こりゃ弱ったな。かくなる上は、しかたがないから、またつける。まだとまらないな。とまらなければ、いくらでもつける。こんどこそ、血がぴたりと……あれあれ、血がとまらないぞ、お立ちあい……」

「どうするんだ？」

「お立ちあいのうちに、どなたか血どめをお持ちの方はござらぬか？」

《解説》 元来は「両国八景」という噺の一部である。両国（俗に向こう両国）は、江戸時代、水茶屋・芝居小屋・寄席・見世物小屋があり、大道芸人、香具師《やし》などが出て賑《にぎわ》った一大レジャー・センター（盛り場）だった。居酒屋でくだをまいている酔っぱらいを友だちが連れ出して、その風景をひやかして歩く。焼きつぎ屋の前で、どんなものでもくっついてしまうという糊《のり》薬を食べ物と間違えて口の中に入れ、口がくっついてはなれなくなったり、のぞきからくり屋にからんだりして行くうちに、この蟇の油売りが出てくる、という噺。その一部を独立さして、とくに三代目春風亭柳好が十八番《おはこ》にして、落語ファンを楽しませた。今日、神社の境内や縁日に蟇の油売りの姿はまったく見かけなくなったし、高座でもまれにしか演《や》らない。時たまテレビの時代物などでその姿を見かけるが、その蟇の油売りが翌週は「仇討屋」（別名「高田馬場」）

になったりする……さもありなん。口上は時代考証の参考として貴重。

〆込《しめこ》み

「こんちは、お留守ですか？　ええ、開けっぱなしになってますが……物騒《ぶっそう》ですよ。ごめんください……え？　長火鉢の鉄瓶《てつびん》がチンチンたぎってらあ。こりゃあ、遠くへ行ったんじゃあないよ。いまのうちに仕事をしなくっちゃあ……」

泥棒の空き巣狙いというやつ……簞笥《たんす》の抽出《ひきだ》しを開けて、大きな風呂敷を出すと、そこへひろげて中のものを……女物でも男物でもかまわずひっぱり出して、一包みにこさえて、こいつを背《し》負《よ》って出ようとすると、路地のほうから足音がした。

「そうですか。そりゃどうもありがとう」

男の声だから、たいへんだとおもって、裏口から出ようとしたが、裏は塀《へい》で行き止まり。しかたがないから、あわてて台所の揚げ板をはずして、縁の下の糠《ぬか》味噌桶のとなりへ逃げ込んだ。

「なあ、日の暮れに家、開けっぱなしだ……しょうがねえなあ。亭主があくせく働いて帰《けえ》ってきて、家にかかあがいねえなんて、こんな張りあいのねえのもねえや……たいへん火を起こしやがって、鉄瓶をチンチン煮立たせやがって……いやだ、いやだ。また長屋を歩いてやがるな、あんなおしゃべりはいないね……はて、なんだい、この包みは？……はあ……古着屋が来やがったな、『きょうは夜店を出しませんからよろしいのをごらんなさい』って、買いもしねえのに、他人《ひと》さまのもの預かっときゃがって留守にしやがって、泥棒でも入って持ってかれたらどうしようってんだ、留守も満足にできねえんだから……まあ古着屋のやつもそうなんだ、こういうものを預けといいちゃ遊んでやがる……あっ、これっ、この風呂敷は家《うち》のだ……あれっ似たようなものばっかりだぜ……なんだい、おれの羽織じゃねえ。え？　こりゃかかあのもんでしょ。こりゃ家の、目星しいものがそっくり包んであるじゃねえか……なんだってこんな大きな荷物をこさえて置きやがったんだろう？　火事でもあったのかな？　あッ、簞笥の抽出しが開いてやがる……あッ、畜生め、やりやがったな。どうもこのあいだから様子がおかしいとおもっていたら、うちのかかあのやつ、間男してやがる。どうもこのごろ、いやに白粉《おしろい》つけたり紅《べに》をさしたり、めかすとおもってたんだが……今日に限っておれが早く帰って来るというのは、なるほど、悪いことはできねえもんだ。ああ、油断はならねえ。おれがもう少し遅かったら、情夫《いろ》と二人でずらかるところだったんだな。畜生めッ、いまに帰ってきやがったら、どうするかみてやがれっ」

「あーあ、いい湯だった……あら、お帰んなさい。早かったねえ。おまえさんもいまのうちにお湯へ行ってきたらどう？……帰りに男湯のほうのぞいたらたいへんに空いてるようだったから……ねえ、ひとっ風呂入って来たらいいじゃあないの？……ねえ、ちょいと、どうなの？……こわい顔しているね、どうしたんだよ？　あたしの帰りが遅いんで怒ってるのかい？　いえね、このところ二、三日、お湯へ行きそこなっちまったから、今日もまた入りそこなっちゃあいけないとおもって、おまえさんがまだ帰る気づかいはないとおもって行ったんだけど、女の湯は遅くなるもので、お向かいのおかみさんが来ていて、なにも言わないのにお湯を汲《く》んでくれたから、あたしもお湯を汲んでかえすと、背中を流してくれるのさ。だから、あたしも向こうの背中を流したりして、早くも上がれず女のお付き合いで遅くなったが……おまえさん、いま時分お湯へ行ってわるかったねえ……それにしても、今日はたいそう早かったね」

「やかましいやいッ」

「なんてえ顔してんの……丁場《ちょうば》でどうかしたのかい？　ちょいと、顔色がわるいよ、心持ちがわるいのかい？……それとも喧嘩でもしたのかい？」

「うるせえやいッ。なにをつべこべぬかしやがるんだ」

「まあ、たいへんな権幕だこと……うふっ、いやだねえ、この人は。よそで喧嘩してきて、うちへ帰って来てあたり散らすやつもないもんじゃないか。およし、およし。喧嘩なんかして、怪我でもしたら困るじゃないか。相手はだれだい？　民さんかい？　源さんかい？　吉っつぁんかい？　六さんかい？」

「よくべらべらしゃべりやがる。だまってろいッ、なんでもいいや、離縁するから出ていけっ」

「あらっ、ちょいと、女房を離縁するような騒ぎが起こったのかい？」

「なんでもいいから出ていきねえッ」

「なんでもいいから出てけ？　そんなに言うなら出てくけども……え……実家《うち》で『なんで出されたい？』って聞かれたら、あたしゃなんと言ったらいいのさ？　『なんでもいいから出てけ』って亭主にそう言われたからなんて、まさか十二や十三の子じゃあるまいし、そんなことが言えるもんかね……それともなにかい、あたしのお湯の帰りが遅いから出てけってえのかい？　へーえ、それじゃあ、世間のかみさんはみんな出て行かなくっちゃあなんないねえ……どうしたのさあ、聞かしておくれよ」

「こちとらあ職人だ。口下手だから口きくのはめんどうくせえや。どうしたもこうしたもてめえの胸に聞いてみろい、ふんッ」

「なにがふんッなの……あらっ、その風呂敷包み、どうしたの？」

「なにを？　どうした？　とぼけやがって……おりゃ、てめえに傷をつけねえで出してやろうとおもって、だまってりゃいい気になりやがって……てめえがこせえねえで、だれがこせえるんだ。ふざけるねえ……てめえがこのごろいやに白粉つけたり紅つけたり変だとおもったら、おれが早出居残りで帰りが遅いとおもって、すっかり支度をして、野郎を呼びに行きやがったんだろう？　てめえのものばかりならともかく、おれのものまでいっしょに持って行こうとしやがって、油断も隙もありゃしねえ。てめえを今日までそんな女とはおもわなかったが、今日という今日は勘弁ならねえ、とっとと出ていきやがれっ」

「ちょっと、おまえさん、どうかしたね……稲荷《いなり》さまの鳥居かなんかに小便ひっかけやしないかい？……ふん、間男だって？　おまえさん、いくら夫婦の仲だって、言っていいことと悪いことがあるんだよ。ほかのこととはちがうよ。あたしゃ小さい時分から前っ尻《ちり》のことをかれこれ言われたことはないんだよ。女は盗人《ぬすっと》よばわりされるよりも間男したと言われるほうが恥なんだからね。なんだってそんなことを言うのさ。人をばかにして……ああ、わかった。おまえさん、女ができたんだね。女に無心かなにか言われて、あたしの留守を幸いに、簞笥から金目のものを選《よ》りだして、自分のものだけ持って行くならともかく、あたしのものまで持ち出そうとしたのを見つけられたもんだから、あたしを間男よばわりして……そうだ、それにちがいないよ」

「あれっ、この女《あま》、なにを言いやがる。反対だい、こんどこの包みをおれのせいにしやがって……盗人《ぬすっと》たけだけしいとはこのことだ……なんぞというと、じきに泣いておどかしやがる。てめえの面《つら》は泣く面じゃねえや、このおたふくめっ」

「なんだって？　おたふく？　ふん、おまえさん、あたしと一緒になったときのことを忘れたのかい？」

「なんだ？」

「あたしが伊勢屋さんにいた時分さ」

「そうよ、てめえは、伊勢屋のおさんどんだ」

「おさんどん？　なに言ってるんだい。あたしゃあねえ、あそこへ修業に行ってたんだよ。冗談言っちゃあいけない。おっかさんの言うにゃあ、『おまえ、お嫁にいくったって、なんにもできないじゃあいけないから、伊勢屋さんへ行って女の仕事をひととおりおぼえておいで』てんで、お手伝いにいってたんじゃあないか。あたしゃ、お給金もらってご奉公してたんじゃないよ。そこへおまえさんが仕事に来て、あたしの袖をひっぱったんだろ？　そのあげく、『みんなが、おめえとおれとあやしいってもっぱらの噂だから、ほんとにあやしくなろうじゃねえか』そう言いやがった、畜生。『伊勢屋のご主人はもちろん、うちの親てえものは堅いから、おまえさんがその気なら、順に話してもらおうじゃないか。そうすれば来年はお暇をもらうから、そのうえで女房になろうじゃないか』と言ったら、おまえさんそのとき、なんと言ったい？　懐中《ふところ》から出刃庖丁を出して、『そんなことは待っちゃあいられねえ。さあ、言うことをきけ。うんと言わねえか。いやならばこれで殺しちまうから……うんか出刃か、うん出刃か？』って、そう言いやがったくせに……しかたがないからおとっつぁんに話したら『うん、八公か、あいつはことによるとなんかやりかねねえな。しかし、まあ、あいつは人間は乱暴だが、腕はいいんだから、おれが野郎におめえを大事にするか、言ってきかせてやる』ってえから、あたしゃおとっつぁんにまかした。そうしたら、おまえ、おとっつぁんに呼ばれて家へ来ただろう？　そのときのことを忘れやしめえ。おまえさんは、おとっつぁんの前でなんて言った、『おふくさんと一緒になれりゃあ、あっしはなんでもします。朝だって早く起きます。ご飯も炊《た》きます。おふくさんみたいないい女はありません。生きた弁天さまみたいだ』って、そう言ったじゃないか。ええ、それがおたふくとは、どういうわけだい？」

「な、なにをぬかしやがるッ。この野郎っ」

「おやッ、ぶったね。ぶつんなら、いくらでもぶちやがれっ」

「ああ、ぶってやるとも、こん畜生め」

「さあさあ、殺しやがれっ、あたしゃ、おまえさんに殺されりゃあ、本望だ。さあ殺せっ」

「なにしやがるっ」

亭主は、いきなり長火鉢の鉄瓶をつかんでぱっと放り投げたが、おかみさんがうまく身をかわしたから、鉄瓶が台所の柱にぶつかってひっくり返った。それが縁の下の泥棒の頭へザァーとかぶったからたまらない。

「あッ、熱いっ、熱いっ……あぶないよ。おかみさん、お逃げなさい。お逃げなさい。まあ、親方も、おやめなさいっ」

「おうおう、どけっ……仲へ入ったって……おや？　おまえさん、どこの人だい？」

「へえ、えっへへへ……あたしはもうずっとこの……つまり、その……どうも、こんばんは……熱いっ」

「なんでえ。どこの人か知らねえがやぶから棒に、よけいなことをするねえ」

「親方、そんなことをおっしゃらずに、わたしはここへ出られた義理じゃございませんが、まあ、ここのところは、あたしにまかせて……」

「どうでもいいが、おまえさん、どっから入《へえ》んなすった？」

「へえ、台所の縁の下から……」

「ええっ、鼠《ねずみ》みてえな野郎だな？」

「ねえ親方……えへへへ……この夫婦喧嘩のはじまりは、この風呂敷包みでござんしょう？」

「おや、おまえさん、よくご存知だね」

「ええ、そりゃあもう……で、つまり、早い話が、あの包みをだれがこしらえたかがわかればいいんでしょう？」

「うん、そりゃどういう経緯《いきさつ》であの包みができたかさえわかれば、勘弁しねえこともない」

「そんなら大丈夫で……あの包みてえものは、ありゃおかみさんがこさえたんじゃない……といって、親方がこさえたというわけじゃあない」

「おかしいじゃねえか。おれがこせえねえで、かかあがこせえねえで、あんな包みがピョコピョコできるかい」

「それができるんでござんす……てえのは、つまり、お二人とも留守になっているところへ、つまり、その……ぬーっと入ってきたやつがあるんで……これが簞笥の抽出しをあけて、風呂敷包みをこしらえて、すーと背負って逃げようとするところへ、親方が帰ってきた。しかたがないから、風呂敷包みをそこへ置いて、台所の揚げ板はずして、縁の下の糠味噌桶のかげに隠れた。すると、おかみさんが帰ってきて、喧嘩がはじまって、あげくの果てに、親方が鉄瓶を放り投げたやつが台所へ飛んできて、熱い湯が揚げ板のあいだからポタポタ……とても熱くって縁の下にいられませんから、飛びだして仲裁に入ったというわけだ……」

「へええ、じゃあ、おまえさんがこの風呂敷包みをこさいたんだ」

「そうそう、まあ、早く言えば……」

「遅く言ったってそうじゃねえ……すると、おまえは、どろ……泥棒さんだね？」

「えへへ……まあ、そういったもんで……」

「それにちげえねえじゃねえか……それ、みやがれっ、日の暮れがた、うちを開けっぱなしにしとくから、こんな泥棒……さんが入《へえ》るんだ。この泥棒さんが出てきてくれなきゃあ、おめえとおれは夫婦別れをしちまうところだったじゃあねえか。めそめそ泣いているどころじゃあねえや、泥棒さんにお礼申しあげろい」

「……泥棒さん、よく出てきてくださいました。ありがとうございます」

「いいえ、どういたしまして、お手をお上げなすって……おかみさん、泣いちゃあいけません……しかし、まあ、無事におさまってようございました。あっしは熱かったねえ、どうなるかとおもいましたよ」

「どうも、ご迷惑をかけまして……」

「いや、どういたしまして……けどねえ、縁の下でうかがってましたがね。お宅なんざあ喧嘩をなさる仲じゃあありませんね。仲がよすぎるてえやつだ。うかがいましたよ。親方とおかみさんの馴れ染めを……うんか出刃か、うん出刃か……って、どうもおやすくない話で……えへへ」

「おい、よせよ」

「えへへへ、まことにおめでたいことで……」

「うん、まあ、すべてがまちげえだったわけだ」

「まちがいだって、ばかげているじゃないか。おまえさんが気が早いからああいうことになったんだよ。あたしがお湯から帰ってきたら、いきなりけんつくを食わすんだもの……」

「すまねえ、すまねえ……まあ、いずれにしても厄《やく》落としだ。一杯《いっぺえ》やろうじゃあねえか……そうだ、泥棒さん、おめえもいけるんだろう？」

「へえ、どうもありがとうござんす。いたって好きなほうで……」

「そうかい、それじゃあ、なんにもねえけど、やってってくんねえ。泥棒さん」

「いえもう、あたしは……泥棒に入ってお酒をご馳走になるのははじめてで……」

「おれも泥棒さんと飲むのははじめて……」

「これをご縁として、親方これからたびたびまいります」

「たびたびこられてたまるかよ……おう、もう燗《かん》がついたか……おい、泥棒さん、まあ、ひとついこう」

「へえ、いただきます……うーん、こいつはいい酒だ」

「ほー……、なかなか飲みっぷりがいいな、泥棒さん」

「そういちいち泥棒さんと言うのはよしてくださいよ」

「うん、そうだなあ。すまねえ、すまねえ……どうも小せえもんじゃあはかがいかねえようだから、この湯飲みでぐっとやんねえ」

「こりゃ、どうもご親切に……どうか、おかみさん、お気になさらないでください……ねえ、ご馳走になったから言うわけじゃないが、親方はおかみさんに惚《ほ》れてるくせに、むやみにひっぱたくのはいけませんよ。また、ひっぱたかれたおかみさんのせりふがよかったね。『さあ殺せ、あたしゃおまえさんに殺されりゃ、本望だ』ってねえ、あははは、いい心持ちになったね。唄でも唄いましょう」

　と、鼻唄かなんか唄っているうちに、だんだん酔いがまわってきて、泥棒はそこへ酔いつぶれて気持ちよさそうに高いびき。

「やあ、見ねえ、罪はねえや、泥棒さん、寝ちまったぜ」

「ほんとうだねえ。起こそうか？」

「寝た者を起こすわけにもいかねえから、布団をかけてやんねえな……それはそうと、おれも明日《あした》、早いぜ。物騒だから戸じまりをして、これから寝ようじゃあねえか」

「おまえさん、物騒だって言ったって、泥棒は家に寝ているじゃあないか」

「そうか、それじゃあ、表から心ばり棒で、しっかりしめ込んでおけ」

《解説》 泥棒のつくった風呂敷包みの一件から、計らずも典型的な長屋の職人の夫婦像をまざまざ見せられたおもいがする。この夫婦喧嘩のやりとりのなかに、夫婦の日常、愛情の機微といったものが、自然で現実感をもって伝わってくる。お互いに惚れ合っていながら、ひとつもそれを感じさせない、美しいとさえいえる言葉づかいである。「前っ尻」という言葉さえ、いやらしくなく、情がこもっている。鉄瓶が小道具として利いているし、泥棒の善意で一件が落着《らくちやく》する、噺としてもさわやかだ。泥棒噺は数が多く、いずれもナンセンスな滑稽噺だが、この噺の泥棒などは、忍び込んだ家の主人と客が碁を打っていて、自分も碁に夢中になってしまう**「碁どろ」**や、宴会のあとの大店《おおだな》の座敷へ上がり込み、幼児をあやしているうちに穴蔵へ落ちてしまう「穴どろ」と同類であろう。上方噺の「盗人の仲裁」を、三代目柳家小さんが東京に移入し、改作したという。

花見酒

世の中は月雪花に酒と三味線

人間一生のうちの、これが楽しみとしてある。そのうち、月雪はおもに雅人が好むが、花となると、雅俗ともどもみんな出かけます。しかし、酒飲みにとっては、月を見ようと花を見ようと、酒がなくてはつまらない。

「酒なくてなんのおのれが桜かな」……桜咲く花の山も酒がなければただの山……というわけ。

「どうだい、いま花盛りだってんで、みんなぞろぞろ出かけるのに、家にくすぶっているのはつまらねえじゃあねえか、どうしたんだい？」

「どうしたもこうしたもねえよ。兄《あに》いの前だが、出かけようとおもうんだが、懐中《ふところ》がさびしかったひにゃあ、どこへ行ってもつまらねえからな。しかたがねえよ」

「よせよ、こん畜生。不景気なこと言うなよ……いま向島《むこうじま》はまっ盛りで、この四、五日というところが見ごろだぜ」

「そりゃそうだろうが、こっちは花見どころじゃあねえ」

「じつはおれも花見に行こうとおもったんだが、おれもおめえとおなじ、すっからかんってやつよ。でな、それについておれはいろいろ考えて、花見をしながら、ひとつ銭儲《もう》けをしようとおもいついた」

「へえー、さすが兄いだな」

「どうだ、おめえにひとつ片棒を担がせようとおもってきたんだが、どうだ、一緒に行かねえか?」

「お、そいつはありがてえや……で、その銭儲けってえのは?」

「なあに、造作はねえ……じつは、きのう向島へ行ったんだ。ずーとひとまわり下見をしてきたがね。白鬚《しらしげ》から奥深く行くってえと、花は見事だね。人も大勢出てやがってね。みんな花見気分になってやがんだよ。ところがね、茶店が一軒もないよ。茶店がないくらいだから、あそこへ行くと、酒飲みはみんな酒がとぎれてしまうんだ。これでおれは考えついたんだが……どうだい?そこへ酒樽を担いで行って、『一杯一貫』っていったら、飛ぶように売れるとおもうんだがねえ」

「うーん、なるほど、こりゃいいや……酒飲みというのは、なくなるとよけい飲みたくなるもんだから……こりゃ、たしかに商《あきな》いになる。だけど兄い、その酒はどうする?」

「いいってことよ。心配するねえ。そりゃなあ、いまここへくる途中、伊勢屋の番頭にかけ合って二升借りこんだ。わけ話して今夜、帰ってから勘定ということにしてな。これを三割《みつわり》の酒樽へ入れ、天秤《てんびん》にて持ち出そうてえわけよ」

「兄いは、うめえことを考えついたもんだなあ」

「いいか。もうけは山分けということにして、……五貫の銀貨《たま》を持ってきて一杯くれってえ客はねえ、そういう客には『いま小銭は出払いました』ってねえ言やあいいが、二貫の銀貨《たま》出されて、『二貫の釣銭がねえ』と言うのはいけねえから、ここに一貫の釣銭を持ってきたよ」

「そりゃ、なにからなにまで兄い行き届いてるね。じゃあ、すぐ出かけるかい」

「すぐ出かけようじゃねえか。いまいい天気だが、花に嵐というたとえ、いつなんどきポツリとこねえもんでもねえから、これから出かけよう」

「そうしよう」

「これでうまく儲けて、あとでうんと飲もう」

二人は酒屋へ行って酒樽に二升の酒を入れ、柄杓《ひしやく》と竹棹《たけざお》を一本借りて水で三割《みつわり》にして、揃いの股引《ももひき》、腹がけ、新しい手拭で向こう鉢巻して、商いに出かけた。

「さあ、いさましい門出だ。行く先は向島だ」

「ホラショ……ドッコイショ。花見の場所へ酒を持ってって、一杯一貫で売れば、どのくらい儲かる?」

「まあ、おれの考えじゃ倍に儲かるとおもうんだがね、倍はかたいぜ」

「ふーん、原価《もと》が二両だから、倍になりゃあ四両じゃねえか。なあ、売れたら、おれがさあーってんで、四両仕入れてくら。な、こいつをまた売っちまえば、四両の倍だから、うーん、はは、八両にならあ。な、そうしたらまた、いやーってんで仕入れてきて、八両の酒を売りゃ、八両の倍だから、ええーと、ええー……ちょいと指を貸せ」

「情けねえ野郎だ。八両の倍ぐれえ、指を貸さなくたってわかるじゃねえか、ええ？　十六両よ」

「うーん。こいつは剛気だ……おい、兄い、このなあ、樽の底のほうでもってバチャバチャっとしてやがるんだよ、音が……なあ、ふつうの水の音とはちがうねえ。やっぱり、ねばりがあるんだね。なんとも言えねえや、こりゃ」

「おい、寝てる子を起こすようなことを言うなよ」

「なにが？」

「なにがって、おまえは風上だから気がつくめえが、後棒《あとぼう》のおれは風下にいて、鼻っ先に酒樽があるんだ。風がさあっとくると、匂いがまともに鼻にぶつかる……ああ、飲みてえ」

「そうか、そりゃわるかった」

「なあ……商売物だからただ飲んじゃわるいけれども、買うぶんにはいいだろう？　なあ……」

「そりゃ、そうだ。ほかの酒屋で飲みゃあ、その酒屋に一貫払って、倍儲《もう》けられちまわあ」

「そりゃ、そうだなあ。ほかの酒屋に儲けられるよりは、この酒を一貫で買って飲みゃあ、おれとおめえが儲けるんだからなあ、無駄はねえとおもうんだがな」

「うん、よし……じゃここへ酒樽、降ろすよ」

「じゃあ、この湯飲み、そこの柄杓《ひしやく》で一杯くんでくれ……え、じゃ、一貫おめえに渡すよ」

「へえへ、どうもお客さま、ありがとう……しかしなんだな、兄いは頭がいいねえ。おれはそこまで気がつかなかったよ……なるほど、こりゃ無駄がなくっていいや」

「じゃまあ、飲むよ……飲みてえときに飲めるってえのは幸せだ……ああ、おいしいっねえ」

「おいしいだろうよ。飲んでるやつはうめえだろうが、見てるやつはちっともおいしくねえや、……おい、のどがビクビク言ってるよ。どうだい……少し残しておれにくれる気持ちはないのかい？」

「なにを言ってやんでえ。おまえは商人《あきんど》じゃねえか。商人が『酒、残しておれにくれ』なんて、ぐずぐず言うやつがあるかい？　おめえだってそこに一貫もってるじゃねえか、ほしけりゃ、買ったらいいじゃねえか？」

「この一貫？　あ、そうか。これで買やあいいのか」

「いいのかって、どうせ商いものだ。だれに売るのもおなじだ」

「じゃ、ひとつ売ってもらおうか」

「おお、いいとも、いいとも……へい、お待ちどうさま……」

「ああ、ありがてえ……買った酒だ遠慮することはねえ……フゥ、なるほどうまい、いい酒だあ、なんとも言えね」

「なにを言ってやんでえ……早く飲めよ」

「そうはいかない。たしない酒だから……」

「なんだ、指を突っこんでやがる。グッとやんなよ……おれもう一杯《ぺえ》、買うんだからよ。おい、早く飲めよ……往来の人は笑ってらなあ……よしよし、この一貫渡すよ。なあ、ほかの酒屋のを飲みゃあ、無駄だ……こいつを飲んでりゃあ、お互いに儲かるんだから、ははは……なんとも言えねえや」

「兄い、おれにも一杯《ぺえ》くれ、ここに一貫おくから」

「ああ、よしよし。おなじみだから、量《はか》りをよくしておいてやらあ、ははは……飲め飲め……うん、うん。うまそうに飲んでやがら、いいか、なるべく早く飲むんだぞ。おれもまた一貫買うんだから……いや、いや、もうひとつ……」

　てんで、向島へ来た時には、ふたりともへべれけになってしまった。

「こおらこおらっと……さあ、来た、来た、ここんとこへ店を出そうじゃねえ、なんでもかまわねえから、ここへ天秤おろせ」

「ドッコラショ……」

「さあ、店開きだ。なんでもかまわねえから景気をつけてどならなくちゃいけねえ」

「ええ、さあ、いらっしゃいッ、いらっしゃい。一杯一貫、飲んで酔わなきゃお代はいりませんてえやつだッ、さあ、いらっしゃいッ」

「おい、あそこで酔っぱらいが酒売ってるよ。一杯一貫だとよ。……おもしろそうじゃねえか。こんなに酔いますってとこを見せてやがんだ。おもしろい。やい……酒屋さん、一杯、おくれ」

「へえ、いらっしゃい、えー、そのへんへお掛けなさい……」

「おいおい、見渡したところどこにも掛けるところがないじゃないか」

「じゃ、その桜の木にでもぶらさがりなさい」

「冗談じゃない……ところで酒屋さん、さっきから、樽の中かきまわしてるが、柄杓に少しも入らねえじゃねえか、ねえ」

「こうやってね、うーい……かきまわしているうちには、ひっかかります」

「なんだい、水飴みたいなことを言って……樽のなか見せろ……おい、空《から》じゃねえか」

「あ、空ですか……はぁん、ははは……売り切れちゃった。またいらっしゃい……あれっ、兄い、そこへ寝てちゃあしょうがない、ちょっときてくれ」

「うん、……なんだ？」

「もう商いおしまい。売り切れた。一滴《ひとたらし》もねえや」

「うーむ……そいつは剛気だ。さあ、売り溜め出せ、勘定しようじゃねえか」

「う、おい、これ一貫だよ」

「えっ？　おめえ二両の酒が売れて一貫てえのはおかしいじゃねえか。四両なきゃ勘定が合わないよ」

「おかしいじゃねえかって、おめえ、これっきりしかねえんだからしようがねえ」

「腹掛けの中よく捜して見ろ……おかしいぞ」

「おかしいにもなんにも、どこにもねえよ」

「一貫の銀貨《たま》、これ一つか？」

「それで、いいんだよ。兄い、よく考えてみねえ。おまえがはじめそれを持ってて一杯買ったろ？」

「買ったよ」

「で、またおれが買ってよ。な、兄いが買って、おれが買って、おめえが買って、おれが買ってよ……やってるうちに、酒二升、みんな飲んじゃったってわけだ」

「ああ、そうかあ……勘定はよく合ってる。してみると無駄はねえや」


《解説》「考え落ち」の極め付きである。サゲの分類では、今村信雄氏をはじめ「間抜け落ち」

が定説になっているけれど「間抜け落ち」では絶対にない。「まったく勘定はよく合っているし、無駄はない」のである。今日の社会構造、経済機構の仕組みを考えれば、それがいかに不合理で、矛盾にみちたものであるか、この「花見酒」の商法が、いかに理想的であるかが示されよう。江國滋氏は、この噺の作者は、きっと数学の天才だったのではなかろうか、と卓見を述べている。しかし、いつの世にも理想と現実の落差《ギャップ》はあまりに大きい。「花見酒」の商法が実現する可能性はまったく皆無に等しいようだ。この解説「間抜け落ち」。

崇徳院《すとくいん》

「ああ、熊さんか……上がっとくれ、忙しいところをご苦労さまだな」

「どういたしまして、若旦那がお加減わるいってえことを聞いて、いっぺんお見舞いにあがらなくちゃならねえとおもいながら、つい貧乏暇なしでねえ。で、どんな様子です、若旦那？」

「ありがと、ありがと。伜《せがれ》は、ひと月ほど前から、ぐわいがわるいと寝こんでしまったが、熊さんの前だけど、どうも弱ったことになってしまったよ」

「へえー、ちっとも存じませんで……そいつぁ、お気の毒なことをしましたねえ。で、なんですか、寺だの葬儀屋のほうは、もう人がまわりましたか？」

「なんだい、その寺だの葬儀屋だのってえ……うちの伜は死んだわけじゃないよ」

「へえー、まだ？　なんだはかがいかねえ」

「なに言ってるんだ。はかなんぞいかれてたまるかい。なにしろいろいろと医者にも診《み》せたんだが、どの医者も診立《みた》てがつかないと首をかしげるばかり……病名がわからない、これがいちばん始末がわるい。今朝、ある名医におみせしたところが、これは、気病《きやま》いだとおっしゃる。なにか腹におもいつめていることがあるにちがいない。薬を飲ますよりもそのおもいごとを聞いてあげるほうが治りが早い。このまま放っておけば、重くなるばかりだと言う。そこで、あたしと番頭とでいろいろ責めてみたが、どうしても口を割らない。内気てえのも困ったもんだ。では、だれならば話すんだと問いつめたら、熊さん、おまえさんならば打ち明けると言うんだ……なあ、そう言うわけだから、ひとつ、伜に会って、そのおもいつめてることを聞き出してもらいたいんだ」

「へえ、そうですか。若旦那は小さいときからよくあっしになついていて、親にも言いにくいことも、あっしならたいがいのことは、話すでしょ。ええ、大丈夫ですよ。あっしにまかしてください」

「そうか。そりゃありがたい、さっそく頼むよ」

「若旦那、どちらへおやすみで？　へえ、奥の離れに……へえ、へえ」

「あ、それから、熊さん。伜はひどく身体が弱って、先生の話じゃあ、あと五日ぐらいしか保《も》たないというんだから、あんまり耳もとで大きな声を出しちゃあいけない、身体に障るといけないからな」

「へえへえ、承知しました。まあ、あっしに万事……ええ、奥の離れと……ああ、ここだ。うわー、病人の部屋をこう閉めきってたらいけねえなあ、もし、若旦那、若旦那っ」

「あ、あ、あー、大きな声をしちゃ、いけないっていうのに……ああ、熊さんかい？」

「ああ、こりゃ葬儀屋へ行ったほうがよさそうだなあ……若旦那、そんな情けねえ声をだして、熊五郎でござんす」

「ああ、熊さん、こっちへ入っとくれ」

「若旦那、どうしました？　病名がわからないって言うじゃありませんか」

「医者にはわからないけど、あたしにはよくわかってる」

「へえー、医者にはわからなくって、若旦那にはわかってる？　じゃ、おまえさんが医者になったほうがいいや、そりゃ。なんです、病気は？」

「これだけは、だれにも言わずに死んでしまおうとおもっていたが、おまえにだけは言ってもいいけど……でも、あたしがこんなことを言えば、おまえ、笑うだろう？」

「冗談言っちゃいけねえや。他人《ひと》が患っているのに、笑うやつがあるもんですか。言ってごらんなさい」

「ほんとうに笑わないかい？」

「笑いませんよ」

「笑わなきゃ言うけど……恥ずかしいっ……あははは、笑うよ」

「おまえさんが笑ってるじゃあねえか……あっしは笑いもどうもしねえから、きまりのわるいこともなんにもないから、言ってごらんなさいってえのに」

「そうかい、ほんとうに笑わないかい？　じつはね……じつは……わたしの病《やまい》は……恋わずらい」

「ぷっ」

「ほら、やっぱり笑ったじゃないか」

「すいません、いっぺんだけ笑わしてもらいました……しかし、また、恋わずらいとは、たいそう古風な病気を背負いこんだものですねえ。いったい、どこで背負いこんできました？」
「ひと月ほど前に、上野の清水《きよみず》さまへお詣りにいきました」
「へえへえ、それで？」
「久しぶりにお詣りしたけれど、おまえも知ってる通り、清水堂が高台で見晴らしがよくってい
い気持ちだったよ」
「そうそう、下に弁天さまの池が見えるし、向が岡、湯島天神、神田明神が見えて、左のほうに、
聖天《しょうでん》の森から待乳山《まっちやま》……いい眺めですからねえ」
「で、清水さまのそばの茶店で一服した」
「あそこのうちは、縁台に腰かけると、すぐにお茶と羊かんを持ってきます。あの羊かんが厚く
切ってあって、うめえのなんのって……羊かん、いくつ食べました？」
「羊かんなんぞ食べやしない……こっちが休んでるところへ入って来たのが、お供の女中を三人
ぐらい連れた、年のころは十七、八のお嬢さんで、この女《ひと》の顔を見ておどろいた……それはそれ
は水もしたたるようなお方だ」
「へーえ、ひびの入った徳利みてえな人ですね」
「ちがうよ、きれいな女の人を、水がしたたるようなと言うんだよ」
「へーえ、じゃあ、きたねえ女は、醬油がたれるかなんか言うんで？」
「ばかなことを言うんじゃないよ。あんまりきれいなので、ああ、世の中には、美しいお人もあ
るもんだと、あたしがじーっと見ていると、その方もこっちをじーっと見ていたかとおもったら、
にこっと笑った」

「それじゃ、向こうの負けだ」

「にらめっこじゃない……そのうちに、お嬢さんが立って出て行くと、膝においてあった茶袱《ちゃぶく》紗《さ》が忘れてある」

「それだよ、信あれば徳あり、袱紗だって、いま安くはありませんよ」

「拾いっぱなしにしやしないよ。あたしが追っかけて行って『これは、あなたのではございませんか』と、手から手へ渡してあげると、お嬢さんがていねいにお辞儀をなさった。とたんに、だれが桜の枝へさげたか、短冊がさがっている、それが風の加減で糸が切れたとみえて、ぱらぱらと落ちてきた。その短冊をお嬢さんが拾って、じいっと見ていたが、なにをおもったかあたしのそばへ短冊を置いて、軽く会釈してお帰りになってしまった。その短冊を手にとってみると、ごらん……『瀬をはやみ岩にせかるる滝川の』と書いてあるじゃあないか……」

「なにも泣かなくても……へえー、『瀬をはやみ岩にせかるる滝川の』……ふん、火傷《やけど》のまじないかい？」

「そんなもんじゃあないよ。これは、百人一首にも入ってる崇《す》徳院《とくいん》さまの歌で、下の句が、『割れても末に逢わんとぞ思う』というんだが……これは、いまここでお別れしますが、末にはまたお目にかかれますようにという……あのお嬢さんのお心かとおもうと、もうあたしゃあうれしくて、うれしくって……」

「よく泣くねえ、若旦那、およしなさいよ」

「その短冊をもらって帰ってきたが、それからというものは、なにを見てもお嬢さんの顔に見えて……あの掛け軸のだるまさんがお嬢さんに見える。横の花瓶がお嬢さんに見える。鉄瓶がお嬢さんに見える」

「へえー、ひどくおもいつめたもんですねえ……わかった、早い話が、若旦那とそのお嬢さんと一緒になりゃあ、あなたの病気は治っちゃうんだ、え？　なんでえ、心配することもなんにもねえじゃねえか。ようがす、あっしがね、大旦那にかけあいましょう。で、相手は、どこの方なんです？」

「それがわかりゃ、おまえ、苦労はない……」

「わからねえ？　ずいぶん頼りねえ話ですねえ……なにか手がかりは？……うん、その短冊ねえ……ちょっと貸してください、いえ、じきにお返ししますから、心配しないで……大丈夫、心得てますから……万事、あっしの胸のうちに、まかしといてくださいよ」

「ご苦労さま、ご苦労さま、どうした、熊さん、伜のやつはなんて言ってました？」

「ええ、伜のやつはと……」

「おまえが、伜のやつてえのはあるかい」

「へえ、でも……ついね、若旦那はひと月ほど前に、上野の清水さまへお詣りに行って、茶店へ腰をかけたんですがね、あそこの茶店てえものは、腰かけると、すぐお茶と羊かんを持ってきます。その羊かんの厚く切ってあって、うめえのなんのって……」

「ふーん、すると伜は下戸だから、その羊かんが食べたいと言うのか？」

「いえいえ、羊かんは、あっしが食いてえんで……」

「だれもおまえのことなんぞ聞いちゃいないよ」

「若旦那が腰をかけてる前に、お供の女中を三人ぐらい連れた、年ごろ十七、八のお嬢さんが腰をかけたんですが、この人の顔を見ておどろいた、ひびの入った徳利みてえなんで……」

「ほほう、傷でもあったのかい？」

「いいえ、ほら、いい女のことを言うでしょ？　水がびしょびしょ……」

「それを言うなら、水のしたたるような……」

「あっ、そうだ、それ……そのしたたるってえやつ……で、若旦那が、そのお嬢さんをじっと見ていると、そのお嬢さんも若旦那をじっと見ていたとおもったら、にこっと笑った……大旦那、これをにらめっこだとおもいますか？」

「そんなことおもいやしないよ」

「そうですか、あっしゃあ、てっきりにらめっこだとおもったんですが……そのうちに、お嬢さんが立ちあがって出て行ったあとに、茶袱紗が忘れてあった。若旦那はああいう親切な方だから、これを拾って、お嬢さんに手から手へ渡してあげると、お嬢さんがていねいにお辞儀をなすった。とたんに、だれかが桜の枝へぶらさげた短冊が、風の加減で糸が切れ、ぱらぱらと落ちてきた。その短冊をお嬢さんが拾ったってんだけど、清水堂てえところは、銭にならねえものが落っこったり、拾ったりするところだとおもってね。その短冊をお嬢さんがじいっと見ていて、若旦那のそばへそれを置いて帰ってしまった。その短冊てえのがこれなんですけど……百人一首にあるす、い、い、っとこ……どっこいとかいう人の歌だってんだ」

「ちょっと、見せておくれ……『瀬をはやみ岩にせかるる滝川の』……こりゃ、崇徳院さまの歌だ」

「火傷《やけど》のまじないだとおもうでしょ？」

「そんなことおもやしないよ。このくらいのことは知ってるよ。たしか下の句が『割れても末に逢わんとぞ思う』……」

「へえー、親子だけあって言うことがおんなじだよ、こりゃ」

「親子でなくたっておんなじさあ……この短冊がどうした？」

「そこですよ、若旦那が言うには、下の句が書いてないところをみると、いまはここでお別れしますが、末にはまたお目にかかれますようにという……そのお嬢さんの心かとおもったら、若旦那はぼーっとなって、それからというものは、なにを見てもお嬢さんの顔に見えて……掛け軸のだるまさんがお嬢さんに見える、鉄瓶がお嬢さんに見える……」

「やあ、そうかい。よく聞き出してくれた。ありがとう。親ばかちゃんりんとはよく言ったもんだ、いつまでも子供だ子供だとおもってたが……熊さん、おまえさんは、伜の命の恩人だ。一人息子のあれが、それほどおもいつめた娘さんなら、なんとしてももらってやろう。で、熊さん、頼まれついでに、先方へかけあっておくれ」

「ええ、かけあえと言えば、あっしも乗りかかった舟ですからよろしゅうござんすが、あいにく、相手のお嬢さんが、どこの方かわからないんで……」

「わからないと言ったって、日本人だろ？」

「そりゃまあ」

「熊さん、おまえ、もう一骨折っておくれ。なんとかしてこのお嬢さんを捜しておくれ、江戸中を捜してだめならば、東海道、中仙道、日光街道、木曾街道……しらみつぶしに捜しておくれ。ただは頼まないよ。いまおまえさんが住んでいる三軒長屋、あれをおまえにあげようじゃないか」

「へえ、そりゃありがたい話ですが、こりゃ、なにしろ雲をつかむようなことですから……」

「この歌がなによりの手がかり……そこに、硯箱《すずりばこ》がある。『瀬をはやみ岩にせかるる滝川の、割れても末に逢わんとぞ思う』……これを持って出かけておくれ……この短冊は伜へ返しといてくれ、大事にしているだろうから……さあ、こうなったら一刻をあらそうよ……伜の命にかかわることだから、なんとでもして捜しておくれ……そんなことを言わないで……おまえと伜は仲よしじゃないか……そうだ、捜しまわるのには草履《ぞうり》がいるな……おい、定吉、ぼんやりしちゃあいけない、そこに草履が十足ばかりあるだろう？　かまわないから、熊さんの腰へぶるさげちまいな」

「おいおい、なにするんだよ。人の腰へむやみに草履をぶらさげちまって……仁王さまの申し子みてえになっちまったじゃねえか。まあ、大旦那、できるかできねえかわかりませんが、まあ、とにかく出かけます」

「できるかできねえかなんて、そんな心細いことを言ってちゃあいけない。医者の話じゃこのままでは伜の命はあと五日ぐらいしか保《も》たないそうだ。五日のうちに捜しておくれ。もしも捜し出さないで、伜に万一のことがあったら、あたしゃ、おまえさんを伜の仇《かたき》として名乗って出るから……」

「冗談じゃねえ。さようなら……こいつぁ、とんでもねえことを請けおっちゃったな、この忙しいのに……親ばかちゃんりんか、なるほどうめえことを言うもんだなあ……おう、いま帰ったよ」

「お帰り。なんだったんだい、お店のご用は？」

「ちゃんりん」

「なんだい、ちゃんりんてえのがばかばかしいったって、おめえ……おれもおどろいたよ。若旦那が病気だってんだが、その病気てえのがおめえ、どこかのお嬢さんに恋わずらいだとよ。ところが、そのお嬢さんがどこの人だかわからねえ。そのお嬢さんをおれに捜し出してくれってんだ。ただは頼まねえや。大旦那のことだ。うまく捜し出したら、この三軒長屋をおれにくださるとよ」

「あーら、おまえさん、おまえさんに運がむいてきたんだよ。しっかり捜しておくれよ」

「おめえはそう言うけど、それがまったく雲をつかむような話で、どこのお嬢さんだか、まるっきりわからねんだぜ」

「たいそう草履がぶらさがってるね、え……歩いて捜すからって？　十足？　十足じゃあ足らないよ、ここにも十足あるから……」

「おいおい、おめえまでがおなじように……おい、おれの腰は草履だらけよ。荒物屋の店先みてえにしちまって……」

「しっかり捜してくるんだよ」

あっちを捜し、こっちを尋ねましたが、その日はわかりません。そのあくる日は、朝早くから弁当持ちで捜したがわからずじまい、またそのあくる日もわからない。

「あー、とんだことを請けおっちまったな。こうへとへとに疲れちまっちゃあ、わるくすると、若旦那よりもおれのほうが先にまいっちまうぜ……帰りゃあ、かかあのやつが文句言いやがるし、まったくいやんなっちまわあ……おう、いま帰った」

「お帰り、その顔つきじゃあ、きょうもまただめだったんだね、どうするんだよ、じれったいっ」

「じれったい？　やかましいやい、こん畜生、おれだって一所懸命捜してるんじゃねえか」

「どんな捜し方してるんだい？」

「このへんに、水のたれる方はいませんか……」

「土左衛門を捜してんじゃないよ、この人は。水のたれる方なんて言ったってわかるもんかね。おまえさん、旦那に歌を書いてもらったんだろ？　それがなによりの手がかりじゃあないか、それを表を歩いてて、人の大勢集まっているようなところで、大きな声でどなってごらん。そうすりゃ、それを聞いた人のなかには、その歌ならどこそこの娘さんが、どこそこのお嬢さんがって、名乗って出る人があるかも知れないじゃあないか。それでもだめなら、床屋とかお湯屋とか、人の集まるところへ行ってどなってごらん。床屋もお湯屋も空いているところはだめだよ。あした捜して来なかったら、おまんま食べさせないよ」

　たいへんな騒ぎで……あくる日になると、熊さんは、朝めしもそこそこにして出かけた。

「ああ、情けねえなあ、三軒長屋どこじゃあねえや、しまいに捜してこねえと、めしを食わせねえっていいやがらあ……あの歌をどなって歩けったって、きまりがわるいじゃあねえか……大勢人が集まってらあ、瀬をッ……瀬をッ……えへんっ……瀬をッ」

「ちょいと豆腐屋さん」

「ちがうちがうッ。豆腐屋とまちがえてやがら……こっちは都合があって、こういう声を出してるんだよ。瀬をはやみっ、岩にせかるる滝川のおっ……あれっ、ずいぶん子供がついてきたね、人を気ちがいとまちがえてやがる。あっちへ行け、あっちへ行けってんだ……瀬をはやみー」

「ウー、ワンワンワンっ」

「シッ、シッ、犬までばかにしてやがる。こりゃ、どなりながら歩いてもうまくいかねえや。床屋へでも行ってみるか……こんちはぁ」

「いらっしゃい」

「混んでますか？」

「いまちょうど空いたところで……」

「さようなら」

「もし、空いてますよ」

「空いていちゃいけねえんだ。こっちは都合があって、混んでる床屋を捜してるんだい……こんちは」

「いらっしゃい」

「混んでますか？」

「ええ、ごらんの通り、五人ばかりお待ちなんで、ちょっとつかえてますから、あとで来ていただきましょうか」

「いえいえ、そのつかえているところを捜しているんです」

「どぶ掃除みたいな人だね……ま、一服おやんなさい」

「そうさせてもらおう……すいません、そこでお待ちの方、ちょいとたばこの火を……へえ、ありがとうございます……えへん、瀬をはやみーッ」

「ああ、びっくりした。あなた、なんです？　急に大きな声をだして……どうしたんです」

「すいません。別におどかすつもりじゃあないんですが、ちょいと都合があるもんですから……やらしてもらいます……えへん、えへん……瀬をはやみ岩にせかるる滝川の……」

「ほう、あなた、それは崇徳院さまのお歌じゃありませんか？」

「よくご存知で？」

「ええ、なんですか、このごろうちの娘が、どこで覚えてきたか、始終その歌を口にしておりますので……」

「えっ、お宅のお嬢さんが？……つかぬことをうかがいますが、お宅のお嬢さん、いいご器量ですか？」

「親の口から言うのもなんですが、ご近所では、鳶《とんび》が鷹を産んだなんて申しておりますがね」

「そうですか……水がたれますか？」

「水？　ときどき寝小便はしますが……」

「おいくつで？」

「五歳《いつつ》です」

「さようならッ……瀬をはやみ……」

それから熊さん、床屋へ三十六軒、お湯屋へ十八軒、まわって、夕方になるとふらふらになって……

「こんちは……こんちは」

「いらっしゃい」

「お宅は床屋さんでしょう？」

「そうです」

「やってもらえますか？」

「ええ、やらないことはありませんがね、おまえさん、朝から三べん目じゃあありませんか」

「そうかもしれません。床屋は三十七軒目ですから……顔なんぞヒリヒリして……」

「まあ、一服おやんなさい」

「やすましてもらいます……瀬をはやみ……」

「はあ、だいぶ声も疲れてきましたね」

そこへ飛びこんで来たのが、五十がらみの鳶《とび》の頭《かしら》で……。

「おう、親方、ちょっと急ぐんだけど、やってもらえねえかい？……あっ、そこに待っている人がいた、弱ったなあ」

「あたしですか？　あたしならいいんですよ」

「もう、どこも剃るところがないんですから……」

「そうですか、すいませんねえ。じゃあ、親方ひとつ頼まあ」

「ああ、いいよ。しかし、ばかに急ぐんだねえ」

「うん、お店《たな》の用事でな」

「お店といえば、お嬢さんのぐあいはどうだい？」

「それがな、かわいそうに、もうあぶねえってんだ」

「えっ、あぶない？　気の毒になあ、あの小町娘が……」

「旦那もおかみさんも目をまっかに泣きはらっしゃって、気の毒で、見ていられやしねえ」

「けど、あのお嬢さん、いったい何の病気なんだい？」

「それがおめえ、病名がわからねえってんだ。こりゃ始末がわるいじゃねえか。一人娘だけに大旦那は心配をしてね、家の者だけじゃ手が足りねえってんで、出入りの者をそっくり集めて、あすこの先生はお上手だ、あすこの医者へ行ってこいって、毎日駆けずりまわって、こっちはおめえ、湯へ入る間もなきゃあ、髭をあたる間もねえってんだよ。それが三、四日前にやっとわかったんだけどね、ばかばかしいったって、おめえ、恋わずらい」

「へえ、あたしに？」

「ずうずうしいことを言うない。おめえなんぞにだれが恋わずらいをするかよ……なんでもひと月ばかり前に、お茶の稽古の帰りに、上野の清水さまへお詣りに行って、茶店へ入ると、前に若旦那風のいい男が腰をかけていたそうだ。あまりいい男なので、お嬢さんが見とれているうちに、茶袱紗を落としたのも気づかずに茶店を出て来ちまったら、その若旦那が親切な人で、茶袱紗を拾ってくれたってんだ。いい男ってえものは、なにをしても得なもんだね。お嬢さんがその茶袱紗を手から手へ受けとるときには、身体がびゅうと……震えてね。それから三日のあいだ震えがとまらなかった」

「へーえ、うちのおやじなんぞ、三年も震えがとまらないよ」

「ありゃ中気じゃねえか。なに言ってんだ……そんなことだから、うちへ帰ってきたって、ご飯がのどに通らない、おまんまばかしじゃねえ、おかゆが通らない、重湯が通らない、お湯が通らない、水が通らねえ……身体は糸みてえに細くなっちまって、床についたっきり頭もあがらねえというありさまよ。それがその若旦那に恋わずらいてえことがわかったもんだから、なんでもかまわねえから、その若旦那を捜せということになって、出入りの者がみんな狩りだされて、江戸中を捜しまわったんだが、どうしてもわからねえ、若旦那を見つけた者には、五十両出そう、そのうえに樽を積もうじゃないか、積み樽をしてくれようってんだ。それも一樽や二樽なんて、そんなしみったれなんじゃねえんだぜ、二十本積んでくれようってんだ」

「へえっ、四斗樽《しとだる》を？」

「そうさ、五十両に酒樽二十本積んでみねえ。お祭りみてえな騒ぎだぜ、さあ、みんな目の色かえて、なんでもかまわねえ、若旦那を捜せ。おれが捜す、われが捜すって、江戸中はおろか、日本人にはちがいないからって、こうなったら日本じゅうを捜せって、おとといの朝、番頭が東海道を捜そうって京大坂へ発《た》って、きのう中仙道を捜せって奉公人が五人、組をつくって発った。あっしはこれから奥羽、仙台へ……」

「へーえ、たいへんな騒ぎだね……けど、なにか手がかりになるようなものでもあるんですか？」

「なんでもね、短冊ってえやつをお嬢さんが若旦那に渡してあるんだそうだ。それがむずかしい歌でねえ……ここに書いてもらって持ってんだが……『瀬をはやみ岩にせかるる滝川の、割れても末に逢わんとぞ思う』……この歌がなによりの手がかり……」

「三軒長屋っ……三軒長屋っ」

「おいおいっ、なにをするんだ。いきなり人の胸ぐらつかまえて……」

「てめえを捜そうとおもって、床屋へ三十六軒、お湯屋へ十八軒……ここに三軒長屋が落っこっていようとはおもわなかった……瀬をはやみ岩にせかるる滝川のっ……」

「おやっ、この野郎、てめえ、よくその歌を知ってやがる。え？　てめんところのお店の若旦那が？……こりゃ、いいところで会った。もう少しで奥羽、仙台へ出かけちまうところだった……この野郎っ、ここに五十両と酒樽がころがっていようとはッ……さあ、離さねえぞ、この野郎っ」

「なにを？　こっちこそ離さねえぞ、てめえをうちのお店《たな》へ……」

「てめえをうちのお店へ……」

「おいおい、待った待った。二人でそんなところで取っ組み合いなんぞしちゃあ、あぶないよ……あぶないったら……よしな……よしなッ」

言ってるそばから、大きな花瓶が倒れて、前の鏡にぶつかったから、花瓶も鏡もめちゃくちゃ……。

「ほら、言わねえこっちゃあねえや。鏡をこわしちまって、しょうがねえじゃねえか」

「いや親方、心配しなくていいよ。割れても末に買わん（逢わん）とぞおもう」

《解説》「宮戸川」「おせつ徳三郎」と並ぶ、恋愛を主題《テーマ》にした世話物。「宮戸川」のは、夜遊びで遅くなり、戸締めをくった同士のお花、半七が伯父夫婦の早のみこみの計らいで結ばれ、「おせつ徳三郎」のは、店のお嬢さんと使用人の徳三郎の仲を小僧が取り持ち、親の反対にあい心中しようとするところを、店の出入りの者、町内の者が捜しに来る、という具合いに、恋愛事件《ラブ・アフェア》にはきまって、世話焼きが入ったり、出入りの者が狩り出される。この噺の場合も、町内サイドの事件から大きく展開しそうになるが首尾よく大団円《ハッピー・エンド》となる。落語の中の男女の結びつきは「たらちね」の家主の仲介や「佃祭」の店の主人の口利きというのがまともで、それ以外は「〆込み」のような「うん出刃か」式の口説文句で一緒になるケースが多いようだ。元来は、上方落語の中興の祖、初代桂文治作の上方噺、本篇は三代目桂三木助の東京版を定本《テキスト》にした。東京にも別名「皿屋」「花見扇」という同じ筋立て《ストーリー》の噺がある。

大工調べ

「おう、与太郎いるか？」

「ああ、棟梁《とうりゆう》、おいでなさい」

「どうした？　ぼんやりしてるじゃねえか。おめえ、身体でも悪いのか？　おう、仕事に出てこねえでよ」

「えっへへへ……棟梁のまえだけどもね、おれは身体なんぞ悪くねんだよ。身体は丈夫すぎて、しょうがねんだ。どうしてこんなにめしが食えるんだろう……とおもってね、おれは情けねんだ」

「なにを言ってやがんでえ。おふくろはいねえようだが、どうした？　なに？　墓詣りか？　ああ、そいつァ結構だ。年寄りは墓詣りがいちばんだからなあ。それにおめえは感心だ。よくおふくろの面倒を見るからなあ。それについてって言うのもなんだが、今度はまたいい仕事ができたぜ。番町のほうのお屋敷の仕事でなあ、とにかく一年と続こうてえ大仕事だ。おれたちはまあ、仕事さえありゃ大名《でえみよう》ぐらしだ。もう心配《しんぺえ》するこたあねえや。あしたっから仕事がはじまるんでな、今日じゅうに道具箱を屋敷へ持ち込んじまおうとおもうんだ。そうすりゃなあ、あしたは手ぶらで行けるってえ寸法だ。だから、道具箱をおれんところへ持ってってとけ。若え者《わけ》が車で引っぱって行くからな。ええ、おい与太、わかったか？」

「仕事はいつからはじまるんで？」

「だから、あしたっからよ」

「そいつは困っちゃったなあ」

「どうした？　ほかに請《う》けあった仕事でもあんのか？」

「いや、仕事なんか別にありゃあしねえ」

「じゃあ、困るこたあるめえ？」

「それがよくねえんだよ、道具箱がねんだもの」

「あれっ、この野郎、ばかっ、職人が道具といやあ命から二番目のものじゃねえか。そんなに長《なげ》え休みでもなかったじゃねえか。おもちゃ箱を食っちまうやつもねえもんじゃあねえか？」

「なあに、食やあしねえ。あんな堅えもの、金槌なんぞかじれやしねえや」

「なに言ってやんでえ。その食ったんじゃあねえよ。質へ持ってったのか？」

「質なんぞに持ってくもんか。持ってかれちゃったもの」

「なんだなあ、商売道具を持ってかれちまうなんてだらしねえじゃあねえか、まったくどうも……よく戸締まりをしねえで寝てるからよ」

「ううん、寝ているとき持っていかれたんならいいんだけど、起きてるとき持っていかれちゃったんだよ」

「じゃ、てめえ、うちにいなかったのか?」

「いたんだよ。ちゃんと……」

「居眠りでもしてたのか?」

「なあに、居眠りなんぞしてるもんか。ちゃんと大きな目をあいて、持ってくやつを見てたんだ」

「よせやい、この野郎、見てるやつもねえもんだ。どうして泥棒とかなんとかどなんなかったんだ?」

「うん、どなってやろうかとおもってね、そいつの顔を見たら、怖《こえ》え顔しやがったからやめちゃった、ここが堪忍のしどころだと……」

「ばかだな、こん畜生。てめえは弱くっても、意気地《いくじ》がねえにしろよ、おめえがどなりゃあ、長屋の者はだれだって出てきてくれらあな、泥棒だって重いものを持ってるんだ。早くは逃げられやぁしねえ。近所の人がみんな出てくりゃ、すぐにふんづかまえちゃったんだ。しょうがねえ、じゃあ、そいつの面《つら》ァ、覚えてるな?」

「うん、忘れようったって、忘れられねえ面だ」

「そうか」

「うん、今朝もそいつと井戸端ンとこで会っちまった」

「そりゃうまくやりやがったな。とっつかまえたか?」

「それからおれが、お早うございます」

「挨拶なんぞしてるやつがあるか……ああそうか、しらばっくれてあとをつけて、そいつの家をたしかめようてんだな？」

「いや、家なんぞたしかめなくってもいいんだ。前からわかってんだから」

「教えろ、おれが取り返してやるから、どこだ？　そいつの家は」

「この露地をでた右っ側の角の家よ」

「右っ側？……ありゃおめえ、家主《おおや》の家じゃあねえか？」

「そう」

「家主の家を聞いてんじゃねえんだ。その泥棒野郎の家を聞いてんだよ」

「だから、家主さんが持ってったんだよ」

「すると、おめえ、たまってた店賃《たなちん》の抵当《かた》かなんかに持ってかれたんじゃあねえか？」

「あはははは、当たった」

「ばかっ、当たったじゃあねえ。そんならそうと早く言うがいいじゃあねえか。いってえいくらためたんだ？」

「一両二分と八百文《はっぴゃく》」

「ずいぶんためたなあ」

「ちっとも骨を折らねえでたまっちまった」

「あたりめえだ、こん畜生は。……ま、そんなこともあるだろうとおもって用意してきたがなあ……一両二分と八百は困ったなあ……さあ、じゃあ、ここにこれだけあるからな、これを持ってって、よく家主にわけを話して道具箱を返してもらえ。さあ早く言ってこい。なにをぐずぐずしてるんだ？」

「どうもすいませんねえ。いつも棟梁にゃあお世話になっちまうからどうも……でも、棟梁、こりゃ、額が六枚じゃあねえか？」

「そうだよ」

「そうするてえと、こりゃなんだな、一両二分だなあ」

「そうだよ」

「店賃の借りが一両二分と八百あるんで……そこんとこへもってきて、ここんところに一両二分しかねえから……ええーと……」

「じれってえなこの野郎。八百不足だというんだろう？」

「ああそうだ」

「しっかりしろやい。いいか、一両二分と八百のところへ、一両二分持ってくんだ。あとの八百ぐれえ、おんの字よ」

「なんだ？　おんの字てえなあ」

「あたぼうてんだ」

「なんだ？　あたぼうてえなあ」

「いちいち聞くない。あたりめえだべらぼうめてんだよ、江戸っ子だよ、あたりめえだべらぼうめなんか言ってりゃあ、温気《うんき》の時分にゃあ言葉が腐っちまわ。だから、つめてあたぼうでえ」

「へーえ、うまくつまっちまうもんだなあ」

「感心してるやつがあるかい……考《かん》げえなくたって八百足りねえにきまってる、一両二分持ってって道具箱を早く取って来いってんだ」

「渡すか？」

「てめえは人がいいなあ。渡すも渡さねえもあるもんか。よく考《かん》げえてみろ、道具というものがあるから大工は仕事をして、暑くなく寒くなくして暮らしていかれるんだ、その道具箱を取り上げて店賃を催足するてえのはまちがってる。言い尽《ず》くならただでも取れる仕事だ。だが、相手が悪《わり》いやい。町役なんぞやってるんだから、まあ長えもんには巻かれろってえことがある。下手にでて、犬の糞で敵《かたき》をとられてもつまらねえから、よくわけを話して、これだけ持ってって道具箱をおくんなさいと言うんだ。いいか、わかったら、早く行ってこい、おれは待っててやるから。門限があるんだ。門留め食っちまうとおめえ困るぜ、さあ、早く行ってこい」

「じゃあ、行ってくらあ……ああ、おどろいちまった。棟梁もいいけど二言目《ふたこと》にはまっ赤になって、けんつくばかり食わせるんだからやりきれねえや。おまけに家主ときたひにゃあ、しみったれで話がわからねえときてるんだからやんなっちゃうよ。あーあ……家主さーん」

「おい、婆さん、与太郎の野郎……やって来やがった。え、人の家の前に突っ立ってやがる。なんとか言え……なにしに来たんだ？」

「道具箱……よこせ」

「なんだ、口のきき方を気をつけろよ。よこせてえ言い草があるか？……おい、婆さん、おまえそういうことを言うからいけないんだ。そんなこったからあいつがいつまでたっても甘ったれ了見でいるってんだよ。店賃《たなちん》の抵当《かた》に預かった道具箱だ。店賃をもってこないうちに返しちゃあだめだ。おまえは黙ってなさい……おい、与太、道具箱がほしけりゃ、店賃をもってこい」

「店賃、ここに、あらあ」

「あるんなら出せ」

「うん、ほれ、受けとれ」

「なんだばか野郎、放り出すやつがあるか。なんてえ罰《ばち》あたりだ。いいか、お宝てえぐらいのもんだぞ。こういう了見だからてめえは貧乏する、ほんとうに……婆さん、そっちのほうへ銭は飛んでねえか？　なに？　飛んでねえ？　おかしいな。おい、与太、いつまでも突っ立ってねえで座りなよ。いいからお座りよ。おい、こりゃ一両二分のようだな」

「そう」

「そうなんてすましちゃあいけねえな。八百足りねえじゃあねえか」

「ああ」

「八百足りねえよ」

「いいよ」

「よかあねえや……この足りねえところはどうしてくれる？」

「だからあの、八百はなんだ、あの、おんの字だい」

「なんだ、おんの字てえのは」

「だから、あたぼうだい」

「なんだ？　そのあたぼうてえなあ」

「教えてやろうか。おれも知らなかったんだ。あたりめえだべらぼうめってえのをつめて言うとあたぼう」

「ふざけたことを言うな……ばか野郎、どうかしてやがる。てえげえにしろ、まぬけめ。おれはてめえの気を知ってるから怒りゃあしねえが、そういうわけのもんじゃねえぞ。なんぼ職人で口のききようを知らねえたって、言いようもあるもんだ。それを、おんの字だの、あたぼうだのと、それも足りなく持ってきやがって、なにを言やがんだ」

「ほんとうなら、なんだい、ただだって取れるんだい」

「なんだ？」

「あ、相手が悪《わり》いやい。あの……相手が町役でもって……ええと、長いものに巻かれて、犬の糞だい」

「なにを言ってやがる、ただだって取れる？……そうか、どうも変だとおもったよ。てめえの知恵じゃあねえな。だれかてめえ、尻押しがいるんだろう？　てめえはともかく、その尻押ししたやつが憎いや。ただ取れるものなら取ってみろ、女郎買いや博奕《ばくち》の貸借とはちがう。店賃をなんとおもってる。だれでも連れてこい。おどろくんじゃねえや。その差し金したやつをここへ出せ」

「だめだい、差し金は道具箱ん中へ入《へえ》ってらあ」

「その差し金じゃあねえや、ばか野郎……いいから帰《けえ》れ帰《けえ》れ」

「だから、あの……道具箱を……」

「ふざけるな、もう八百持ってこい」

「じゃあ、その銭を返《けえ》してくれ」

「こりゃあ店賃の内金に預かっとく」

「じゃあ道具箱は？」

「あと八百持ってこいてんだ」

「ずるいや。そんなのねえや。道具箱をよこさねえで、銭だけ取っちゃうなんて、ず、ずるいぞ」

「なにをぐずぐず言ってやがんだ。どんな野郎がついてようとおどろくもんか。矢でも鉄砲でも持ってこい、さっさと帰れ」

「さようなら……さあてえへんだ……棟梁」

「棟梁じゃあねえや、この野郎、手ぶらで帰《けえ》ってきやがった。どうした、道具箱は？」

「むこうにある」

「持ってこなくっちゃあだめじゃねえか」

「くれねえもの」

「くれねえ？　銭はどうした？」

「むこうで取った」

「え？　なんだと？　道具箱をよこさねえで、銭だけ、取り上げばばあか？」

「ばばあじゃねえ。じじいが取った」

「なに言ってやんでえ。どうしたんだ？」

「八百足りねえって言うんだ」

「だから、よくわけを話したんだろう？」

「うん、八百はおんの字だ、あたぼうだってんだ」

「少し待てよ。てめえ、家主におれの言った通りにしゃべったのか？」

「ああ、あたぼうってなんだって言うから、わけをすっかり教えてやったら、家主は怒りやがった」

「しょうがねえ野郎だな。あきれてものが言えねえ。そんなことをむこうへ行って言うやつがあるもんか。家主は怒ったろう？」

「うん、まっ赤になって怒って、てめえの知恵じゃあねえな、だれか尻押しがいるにちがいないって言やがるから、べらぼうめえ、ただでも取れるんだが犬の糞で、長いものには巻かれて、ず、ずるいぞっ……」

「おやおや、みんな言っちまったのか。しょうがねえ、そんなこと言やあ、家主でなくたって、旋毛《つむじ》まげちまわあ……まあいいや、じゃあ、おれが行って、わけを話してもらってやるからよ。とにかく、一緒に来《き》ねえ……おれのうしろへついてこい、てめえ、なにも口をきくな、ただ頭をさげてりゃいいんだ、いいか……ごめんください……ごめんください」

「はい、どなた？　ああ、なんだい、棟梁じゃあねえか。どうなすったい、裏からなんぞ入っちゃいけないよ。いつものように表から入って来てくださいよ。……おい婆さん、棟梁が見えたよ。お茶を入れなさい、それから、座蒲団を持っといで……さあさあ、どうぞどうぞ……そんなところでお辞儀されちゃあ困るなあ、いやどうもなあ、いつも婆さんと噂をしているんだ。年が若くても、よく仕手方の面倒を見なさるしね。それから裏のばか野郎ねえ、いろいろ面倒みてもらってありがとうよ。どうかまあこっちへあがって……え？　だれかお連れさんがいるのかい？　なんだ、ばか野郎、そこにいるんだな……やあ、棟梁、困るなあ、なんだか様子がおかしいとおもったら、おまえさん、そのばかを連れて詫《わ》びごとに来なすったかい？　やあおよしよ、そんなやつの口をきいたってしょうがねえ。こんなばかはねえ。いえ、いま、あんまり言い草がひでえから、こんなやつに腹を立ったってしょうがねえんだが、叱言《こごと》を言って帰したまでの話なんだ」

「へえ、まことにすいません。なにしろ理屈もなんにもわからないやつなんで、へえ、なにしろ人間がおめでたくできあがっておりますが、これで仕事をさせりゃあ一人前以上の仕事をするもんで……それにおふくろの面倒はよく見ますし、仲間の者も目をかけてやっておりますが、長えこと遊ばしちまって……ところが、こんどいい仕事ができたんです。番町の屋敷の仕事で、まあこりゃあ、一年と続こうというような大きな仕事で、まあ、口はばってえようですが、職人なんてものは、仕事せえありゃあまた大名ぐらし、野郎を喜ばしてやろうとおもって、いま行って話をしてみると、あんまりうれしそうな面《つら》をしねえんですよ。だんだん聞いてみると、道具箱がねえ、一両二分と八百、店賃が滞《とどこお》ってって言うから、さんざっぱら叱言を言ってやったんで、そんなにたまってしまうまでうっちゃっておく法はねえ、なぜおれんところへ金を借りに来ねえんだ、ちょうど持ちあわせが一両二分しかなかったもんですから、それだけこの野郎に渡しまして、よーく家主さんにお願え申して道具箱をもらってくるように言ったんですが、根が気のいいやつですから、なにを言いましたか知りませんが、どうかご勘弁を願いたいもので……」

「いや、棟梁にそう言われりゃあ、わたしも文句はない。人の商売道具を取り上げるようなことはしたくないが、あまりこの野郎が乱暴だから、道具箱でも取り上げてやったら、いやがおうでも店賃を入れるだろうとおもって、持って来たようなわけなんだ」

「そりゃあごもっともでございますが、どうか道具箱を渡してやっておくんなすって」

「道具箱はいつでも渡してやるが、さっき持ってきた金は八百足りねえ。わたしゃまことに几帳面な性格《たち》で、たとえわずかでもそういうことはきらいなんだ、あとの八百を出しゃあ、道具箱は渡してやる」

「そいつぁ困りますね。仕事はあしたっからはじまるんで、今日じゅうにねえ、道具箱をお屋敷へ持ち込んじまうと、あしたは手ぶらで行かれるって寸法、まあ職人の貫禄をつけさしてやりてえとこうおもいますんで……門限があるんでねえ、門留めを食っちまうと困るんで、これから家へ帰って金を取って来たりしていたひにゃあ、間に合わない、それでこいつをつれて、お詫びにあがったようなわけなんでござんす。まあ、あとのところはたかが八百のことでござんすから、ついでもあったら若え者《わけ》に届けさせるようにいたしますんで、まあ家主さんひとつ、道具箱のほうをお願えいたします」

「ああわかった、わかった。だけど棟梁、おめえさんもずいぶんおかしなことを言うねえ。だってそうじゃあないか。あとはたかが八百てえなあなんだい？　そりゃあおまえさんは立派な棟梁だ。八百ぐらいの銭はたかがかもしれないがねえ。あたしにとっちゃあ大金だね。それになんだい？　ついでもありましたらてえのは？　ついでがなければ八百の銭はそれっきりになってしまうんだろう。そんなことじゃあ承知ができねえ」

「いいえ、そんなつもりで言ったんじゃあねえんで……まあ、あっしの口のきき方はぞんぜえだから、気にさわったら勘弁しておくんなさい。まあ、あとの八百は、うちの奴《やっこ》にすぐ放り込ませますから……」

「よしとくれ。うちは賽銭箱じゃあねえんだから、むやみに放り込まれてごらん、あたりどこがわるけりゃあ怪我しちまわあ」

「べつに表から放り込もうってんじゃあねえんでさあ……家主さんのところだってねえ、道具箱を預かっといたってしょうがねえでしょう？　あっしのほうじゃあ道具箱がいるんだ。それだからさんざんあっしがこのとおり頭をさげて頼んでいるんで……」

「なんだ？　おまえさんが頭をさげたからどうなるってえんだい？　棟梁、おまえさんの頭は八百の銭でピョコピョコさげるようなそんな安い頭か。だれに言うんだい、そりゃあ？　あたしゃこう見えても町役人《ちょうやくにん》だよ。おめえはたかが大工じゃあねえか。職人が町役人の前で頭をさげたのがどうだっていうんだ？　生意気なことを言うねえ。頭なんぞさげてもらいたくねえや。どうしても道具箱が欲しかったら、あと八百持ってきな、鐚《びた》一文欠けたって渡してなんかやるもんか」

「家主さん怒っちゃあ困るね、あっしはおまえさんとこへ喧嘩をしに来たんじゃあねえんだから、どうかそんな因業《いんごう》なことを言わねえで渡しておくんなさいな」

「ああ、因業だよあたしゃあ、このあたりでも因業家主で通ってるんだから、ああ因業ですよ」

「なにもそんな大きな声を出さなくとも……」

「大きな声は地声だよ。まだせりあがらあ」

「じゃあ家主さん、あっしがこれほどお願え申しても、どうあっても道具箱を渡してくれねえっておっしゃるんですかい？」

「いやに念を押しやがるな、渡さねえと言ったら、どんなことがあっても渡すこたあできねえんだ。金を揃えて持って来たら渡してやるが、それまでは渡すことはできねえ。渡さなけりゃあどうしようというんだ？」

「どうもこうもしようはねえ。いらねえて言えばそれでいいんでえ。道具なんざあ集めりゃいくらでもあるんだ、家主《おおや》さんとかなんとか言ってりゃあつけあがりやがって、なにをぬかしやがんでえ、この丸太ん棒めっ」

「な、な、なんだ、丸太ん棒だあ……おっ、婆さん、おめえ逃げるこたあねえやな、逃げるときゃ一緒に逃げらあな……おい、棟梁、他人《ひと》の家で尻をまくって大あぐらかいて、人間をつかまえて丸太ん棒とはなんてえ言い草だっ」

「なにを言ってやんでえ。てめえなんざ丸太ん棒にちげえねえじゃあねえか。血も涙もねえ、目も鼻もねえ丸太ん棒みてえな野郎だから丸太ん棒てえんだ。呆助《ほうすけ》、ちんけえとう、株っかじり、芋っ掘りめッ。てめえっちに頭をさげるようなお兄いさんとお兄いさんのできが少うしばかりちがうんだ。なにぬかしやがんでえ。大きな面ァするない。黙って聞いてりゃあ増長して、ごたくがすぎらい。むかしのことを忘れたか、どこの町内のおかげでもって、家主とか町役とか膏薬とか言われるようになったんでえ、ばかっ。もとのことを知らねえとおもってやがるか、蛸《たこ》の頭、あんにゃもんにゃ。うぬはなんだ、てめえの氏素姓を並べて聞かしてやるからな、びっくりしてしゃっくりとめてばかァなるな。やい、よく聞けよ。おう、どこの馬の骨だか牛の骨だかわからねえ野郎が、この町に転がり込んできやがって、そのときのざまァ忘れやしめえ、寒空にむかって洗いざらしの浴衣《ゆかた》一枚でもってがたがたふるえてやがったろう？　幸いと町内にはお慈悲深え方が揃っておいでにならあ。あっちの用を聞いたり、こっちの使いをしたりしてまごまごしてやがって、冷や飯の残りをひと口もらって、細く短く命をつないだことを忘れやしめえ。てめえの運の向いたのはなあ、ここの六兵衛さんが死んだからだ。六兵衛番太の死んだのを忘れたら罰があたるぜ。そこにいるばばあは、六兵衛のかかあじゃねえか、その時分にゃあぶくぶく太って、黒油なんぞつけて、オツに気どりやがっていやらしいばばあだ。ばばあがひとりでもって寂しいばかりじゃあねえや、人手が足りなくて困ってるところへつけこみやがって、『おかみさん、水汲みましょう。芋を洗いましょう。薪を割りましょう』と、てめえ、ずるずるべったり、そのばばあとくっついて、入夫《にゅうふ》とへえり込みやがったろう？　その時分のことをよく知ってるんだい。六兵衛はなあ、町内でも評判の焼き芋屋だ。川越の本場のを厚く切って安く売るから、みろい、子供は正直だい。ほかの芋屋を五軒も六軒も通り越して遠くから買いに来たもんだ。てめえの代になってからはなんてえざまだい。そんな気のきいた芋を売ったことがあるか、場ちげえの芋を売りやがって、焚きつけを惜しみやがるから、生焼けのガリガリの芋でもってな、その芋を買って食って、腹をくだして死んだやつが何人いるかわからねえんだ。この人殺しめっ」

「なんだ、なんだ。べらべらべらとよくしゃべりやがる。黙って聞いてりゃあおもしれえことを言いやがるな。ええ、おい、なんだ？　細く短くだ？　それを言うなら、よくおぼえとけよ。太く短くてんだ」

「なにを？　このばかっ、太く短くてえなあ世間にいくらもあるんだ。てめえなんぞ細く短くにちげえねえじゃあねえか。三度のめしを三度ちゃんと食ったか？　一度食って、ひくひくひくひくついでに生きてたこのばか家主めっ、飲まず食わずでもって銭を貯めやがって、高《たけ》え利息で貧乏人に貸しつけやがって、さんざん人を泣かせたじゃねえか。家主も蜂のあたまもあるけえ。さあ、こうなったら意地ずくだ。出るところへ出りゃあきっと白い黒いを分けて見せるんだ。てめえに町役てえ力があるならな、弱えこっちとらにゃあ、強えお奉行さまてえ味方がついてら。お白洲へ出て、砂利をにぎって泣き面をするねえ。こん畜生っ」

「よく大きな声をだしやがるな」

「大きな声は地声だい。まだまだせりあがらあ……おう、与太、もっと前へ出ろ」

「棟梁、あの、もう帰ろうか」

「なにを言ってるんでえ。ふるえてやがらあ、こん畜生ァ。なんだってふるえてやんでえ」

「どうも陽気がよくねえようだ」

「なに言ってやんでえ。さあ、こうなりゃあ破れかぶれだ。行きがけの駄賃でえ。かまうことあねえから、意趣返しに文句のひとつも言ってやれ」

「え？」

「文句のひとつも言ってやれよ」

「なんて言う？」

「てめえ、こんなひどい目にあって腹が立たねえのか？」

「腹が立った」

「腹が立ったら文句を言ってやれ」

「怒りゃあしねえか？」

「まぬけめっ、こっちで怒ってるんだ。かまうこたあねえから、毒づいてやれ」

「ど、ど、ど、毒づいてやろうか」

「この野郎、おれに相談を持ちかけるねえ、ほんとうに」

「じゃあ、毒づくぞ……やい、あの、毒づくから覚悟しろ、あのう、家主……さん」

「さ、さ、さんなんぞいるもんか。家主でたくさんでえ」

「ああそうだ。家主でたくさんだい。なんだい、ほんとうに、家主……ははは、ごめんなさい」

「謝るな、この野郎、おれがついてんだ、しっかりしろい」

「あ、あ、謝ることあるか、べらぼうめえ」

「そうだ、そうだ」

「そうだ、そうだ」

「真似するない」

「てめえはなんだ、ほんとうに、てめえなんぞは、なんだぞほんとうに、えれえぞ」

「えらかねえや」

「あ、えらかねえやい、まちげえた。なんだい、てめえなんぞなんだろうほんとうに、家主だろう、家主、おーやおーや」

「なにを言ってやがる」

「家主のくせに店賃取りやがる」

「あたりめえじゃあねえか」

「てめえはなんだ……えーと、忘れた……」

「忘れちゃあいけねえ、てめえはどこの馬の骨だか牛の骨だかわからねえやつだ、とこう言ってやれ」

「てめえはどこの骨だ、馬の骨だ、牛の骨だ、犬の骨、軍鶏《しゃも》の骨、豚の骨、唐傘の骨……」

「骨ばっかり並べるな、こいつは、馬の骨だよ」

「あは、ああそうだ。馬の骨だい。で、もってなんじゃあねえか。転がり込みやがって、ざまあみろい。家主コーロコロ、ひょうたんボックリコ」

「なにを言ってやがる。ちっともわかんねえじゃあねえか」

「おれにだってわかんねえ……てめえなんぞなんだろうほんとうに……寒いときにガタガタしやがったろう？　ガタガタうれしがりやがって……」

「うれしがるんじゃあねえ。まごまごしたんだい」

「そうだ、まごまごしたんだい。でもって、なんじゃねえか。てめえ、そのう……細く短く……おめでたく……」

「めでたかねえや。さっさとやれ」

「細く短く、太えや」

「なに言ってやがる。細く短く命をつないだろうてんだ」

「ああ、そうだ。いま言った通りだい」

「この野郎、おれので間に合わせるな」

「なんだぞ。てめえの運の向いたのは、ここの六兵衛が死んだからだぞ。六兵衛が死んだって、てめえなんぞしみったれで香奠《こうでん》やるめえ」

「いいぞ、いいぞ」

「おれもやらねえ」

「よけいなことを言うない」

「そこにいるばばあは六兵衛のかかあじゃあねえか。その時分にゃあぶくぶく太ってやがって、黒油なめたもんだから、そんなにひかからびちまったろう、干物ばばあめ」

「黒油はつけるんだ。まちがってらあ」

「ごめんなさい」

「謝るな、さあ、先をやれ」

「それから……そうだ、ばばあがひとりで寂しがってやがると、てめえがそばへ来やがって……うふふ、うまくやってやがら」

「なに言ってやんでえ」

「な、な、な、なんだい、ばばあがひとりでまごまごしてると、てめえがそばへ行って、『薪を洗いましょう、芋を割りましょう』って……」

「あべこべだい」

「あ、あ、あべこべだい。でもって、あべこべでもって、生焼けでもって、てめえ、ガリガリの芋とくっついたろ？　場ちがいのばばあめ」

「芋とくっつけるかい」

「そりゃ、いもいもしいや」

「なに言ってるんだ。ばばあとくっついたんだ」

「その時分のこたあ……おらあ、よく知らねえぞ」

「知ってるって言うんだ」

「そうだ、知ってる、知ってる。よかあ知らねえけど……そうだ、飲まず食わずで銭を貯めやがって、いまじゃこんな立派な家主さんになっちまって……どうもおめでとうございい」

「なんだっ、おめでとうございってやつがあるもんか。毒づくんだ、毒づくんだ。しっかりしろい」

「うん、毒づくんだい、なんだいほんとうに。てめえなんぞ、出るところへ出るぞ。そうすりゃあ、白い黒いがわかるんだから、強えこちとらにゃあ、弱いお奉行さまが味方に……」

「あべこべだい」

「そうだ。あべこべがついてるんだ。でもって……あの……お白洲へ出て、砂利を食うねえ」

「砂利を食うやつがあるか。にぎるんだ」

「そうだ。にぎるんだい。砂利にぎって喜ぶない」

「喜ぶんじゃあねえ。おどろくなてんだ」

「お、お、おどろくない、ほんとうに……ざまあみろ。おどろいたか……あーあ、おれがおどろいた」

「なにを言ってやがんだ。さあ、いいや、行こう」

「どこへ行くんだい？　棟梁」

「おそれながらと駆っこむんだ」

「お茶漬けかい？」

「なに言ってやんでえ。そうじゃねえ。南の御町奉行大岡越前守さまへ駆《け》けこみ訴えをするんだ。さあこい、おれが願書を書えてやるから、細工はりゅうりゅう仕上げをごろうじろてんだ。さあ、いいから一緒に来い……やい、糞ったれ家主、おぼえてろっ」

これから、大工の政五郎が与太郎をつれて、奉行所へ訴え出たが、そのころ、差し越し願いはあいならん、順当を経てお取上げということで、なかなか取り上げてはくれないのがたてまえ。ところが政五郎の願書の書き方がうまかった。

「このたび与太郎こと、家主源六かたへ二十日あまり道具をとりおかれ、一人の老母養いかね候」という文面ですから、これはおだやかならんこと、さっそく奉行所でお取り上げになり、家主のところへお呼び出しの差し紙。

「神田三河町、町役家主源六、願人源六店大工職与太郎、差し添え人神田竪大工町金兵衛地借大工職政五郎、ならびに付き添いの者一同揃ったか？」

「はい、一同揃いましてございます」

「与太郎、おもてをあげろ……」

「与太、おもてをあげろとよ」

「え？　たばこ屋の表を頼まれてたんだけど、道具箱がねえから直すことができねえ」

「その表じゃあねえ。面《つら》をあげろてんだ」

「ああそうか……へえ」

「そのほう、何歳にあいなるか？　何歳じゃ？」

「おい、年はいくつだってんだよ」

「だれの？」

「おめえのだよ」

「おれの？　おれの年は……棟梁、いくつだったたっけなあ」

「この野郎、てめえの年を人に聞くやつがあるか。たしか二十八じゃあなかったかな」

「ああ……たしか二十八だなあ」

「てめえでたしかをつけるやつがあるけえ」

「ええ、二十八でございます」

「うん……政五郎、そのほうは何歳じゃ？……うむ、願書の趣によれば、これなる与太郎、源六かたへ二十日あまり道具を留め置かれ、一人の老母を養いかねるとの文面じゃが、それに相違ないか？　うむ……これ、源六」

「へえ」

「そのほう、大工与太郎の道具なにゆえあって二十日あまりも留め置いた？　その儀はどうじゃ？」

「おそれながら申しあげます。この与太郎めは、店賃の滞《とどこお》りが四月にもあいなり、一両二分八百文ございまして、再三催促をいたしましたが、いっこうに入れようとはいたしませんので、道具箱でも持ち帰れば、その気になるかとおもいまして、ええ、その道具箱を預かりましたものに相違ございません。ところが、過日、一両二分持参いたしまして、道具箱をくれと申しましたので、八百の不足はとたずねますと、八百はおんの字だの、やれあたぼうだの、やれただでも取れるのと、さまざま悪口《あっこう》を申しましたので、つい言い争いをいたしまして、それがためにお上《かみ》にお手数をおかけいたしまして、恐れ入りましてございます。道具箱を預かり置きましたるは、右様《みぎよう》の次第に相違ございません」

「うん、しからば、一両二分と八百文借用のあるところへ一両二分持参いたし、八百文不足のために言い争いができたと申すのじゃな」

「御意にございます」

「うんさようか。しかし源六、そのほうの聞きちがいではないか？　まさか町役を勤めるもののところへまいって、さような悪口を申すことはあるまい。これ、与太郎、そのほう、そのような悪口を申したおぼえはなかろう？　どうじゃ？」

「いいえ、あの……あの、家主さんがあんまりわからねえもんですからねえ、わかるようにねえ、言ってやったんで……へえ、あたぼうだって、あたりまえだべらぼうめって、たしかに言ってやりました」

「ひかえろッ、かりにも町役を勤める者の前でさような悪口を申すやつがあるか？　不埒《ふらち》なやつ、うむ、恩金ではないか……そのほう、ひとりの老母を養いかねると申す者が、いかがして一両二分の金子を工面いたした？」

「申しあげます。その金子は、この政五郎が貸したものに相違ございません」

「うん、政五郎、そのほうが貸し与えたか？　奇特《きとく》のいたりであるのう。だが、一両二分八百ということを承知していて、一両二分貸す親切があるならば、八百文のことゆえ、なぜ一両二分八百全部貸してつかわさぬ。さすればかように御上《おかみ》の手数をわずらわさずともよいではないか？一両二分八百持ってまいれば、道具箱は取り戻されると申さば、与太郎にあと八百文貸し与えてはどうじゃ……ああ、さようか？　では一両二分は源六が……これ、源六、政五郎はああ申すが、一両二分はそのほうへ預かり置いたか？」

「へえ、店賃の内金に預かり置きましたに相違ございません」

「さすれば、あと八百文でよいのじゃな。……さようか、では、政五郎、あと八百文与太郎に貸し与えるわけにはいかぬか？　うん、与太郎、政五郎より八百文借りうけ、源六のほうへさっそく持参いたせ。そして、道具箱を取り戻し、明日から渡世に励み、老母を養うようにいたせ。与太郎、あと八百文を家主にすみやかに払え。日のべ猶予はあいならんぞ、立てっ……」

一同、ぞろぞろ、白洲の外の腰かけへ引きあげてきた。

「源六さん、どうでしたい？」

「ありがとう存じます。世の中にはばかほどこわいものはない。あきれかえってものが言われません。店子《たなこ》が家主を訴えるなんて、そんな話は聞いたことがねえ。いいえ、あいつのばかはわかってますがね、そいつを尻押しをした大ばか野郎がいるんだからおどろきますよ。高いところへあがって、トンカチやることは上手だろうが、お白洲へ出ちゃあ、まるっきり形なしだ。あたしなんざあ、毎朝大神宮さまへ手をあわして、町内繁昌なんてこたあ拝みやしねえ。町内騒動を祈っているくらいの家主だ。そういう者を相手どって、楯ついて訴えやがったって、ばかな野郎だよ、ほんとうに……おいおい、与太、さあ、八百持ってきなよ、日のべ猶予はならねえんだからな。銭がなけりゃあ尻押しのところへ行って借りてこい」

「棟梁、もう八百貸してくれよ」

「まぬけめっ、貸さねえたあ言わないが、なんだってあすこで、おんの字だの、あたぼうだのと言やがるんだ？」

「だってお奉行さまの前だもの、ものは正直に言わねえと悪かろうとおもったんだ。それにだんだん聞いてみると、こっちもあんまりよくねえみたいだ、なあ棟梁」

「ばかっ、ここまで恥をかきに来たようなもんだ……さあ、貸してやるから、持ってけ」

「うん……家主さん、持ってけッ」

「なんだ、この野郎、ふざけやがって、持ってけって言い草があるか……それじゃ、済口《すみぐち》の書面をあげるんだから、みなさん、もう一度、恥のかきついでに願います」

家主が先立ちで、ぞろぞろと白洲へ入ってずらりと並んだ。

「これ、源六、八百文うけとったか？」

「へえ」

「しからば、帰宅ののちそうそう道具箱は与太郎に渡せよ。政五郎、そのほう八百文を与太郎に貸しつかわしたか？……うむ、奇特なことじゃ。……そこで与太郎、そのほうにたずねるが、源六がそのほう宅に参り、それなる道具箱を持っていったのか？」

「家主さんがガミガミ言って店賃を払わなけりゃあ持って行くと言って担いで行っちまったんで……」

「さようか、源六、そのほう道具箱をなにがために預かった？」

「へえ」

「一両二分と八百の抵当《かた》に預かりおったのだな？」

「さようにございます」

「金子の抵当《かた》に品物を預かるというのは、いわば質屋であるな？」

「へえ」

「そのほうは質屋の株はあるか？」

「いえ……そのう……恐れ入ります」

「いや、ただ恐れ入ったではわからん。質屋の株を所持しておるのか？　おらんのか？」

「へえ……どうも……恐れ入りましてございます」

「これこれ、恐れ入ってばかりおってはわからん。町役を勤めるほどの者、さようのことは心得ておろう。あるか、ないか、どうじゃな？」

「へえ、ございません」

「なに、所持しておらん？　質株なくして質物を預かるとは、なんたる不届きなやつじゃ。重き罪科を申しつけるところなれども、訴え人が店子ゆえ、このたびはさし許す。しかし、二十日の余、道具を取り上げ、これなる与太郎、ひとりの老いたる母を養いかねるというのは許しがたい。願人が大工ゆえに、科料として、与太郎に二十日分の手間賃をそのほう払いつかわせ……これ、政五郎、大工の手間賃は、一日どのくらいじゃ？」

「おそれながら申しあげます……へえ、一日の手間賃と申しますと」

「よいから、はっきり申せ。いくらだ？」

「一日に、まあ、十匁《もんめ》ぐれえで……」

「うん、さようであるか。しからば、二十日で二百匁《もんめ》とあいなるな。金子になおして三両二分……

……これ、源六、三両二分、与太郎に払いつかわせ。日のべ猶予はあいならん。立ていっ」

また腰かけへぞろぞろさがってくる。

「さあ、与太、家主から三両二分、行ってもらってこい。天道さま見通しだい。ざまあみやがれ」

「家主さん、あの……おくれよ。三両二分だあ。あははは、あの、日のべ猶予はならねえんだからなあ」

「ちえっ、汚い手を出すな、まあ、待て」

「銭がなかったら尻押しに借りてきて」

「真似するない……さあ、持ってけ」

「ありがてえ……棟梁、おまえに預ける」

「よし、それじゃみなさん、どうもご苦労さまだが、もういっぺんご迷惑ついでに……」

こんどは政五郎が先立ちで、ぞろぞろ白洲へ。……よく出たり入ったりする調べで……。

「これ、与太郎、いかがいたした？　受け取ったか？　うん、さようか。これにて調べも落着《らくちゃく》じゃ。源六、そのほうにとって、与太郎は店子であるぞ。下世話に申せば、家主といえば親も同然とやら……以後、与太郎をいたわってとらせよ。また与太郎も、家主に対し悪口など申すことはあいならんぞ。よいか……では、一同の者、立てっ……ああ、政五郎、これへ参れ。一両二分と八百の公事《くじ》、三両二分とは、ちと儲かったな。しかし、徒弟をあわれみ世話する奇特、奉行感服いたしたぞ」

「ありがとう存じます」

「さすが、大工は棟梁（細工は流々）」

「へえ、調べ（仕上げ）をご覧《ろう》じろ」

《解説》 落語国の大立者、与太郎の登場である。与太郎は愚か者、馬鹿《ばか》、半人前、おめでたい人間の代名詞のように考えられている。そこに人間の差別意識が働いていなければ幸いだが、少なくとも戦前までは、低能児、日かげでぼーっと育った、差しさわりのない人間として取り扱われていた。つまり、こちらの都合で、見下げられたり、甘い人間として煽《おだ》てられたりした、肩身の狭い人物であった。しかし、与太郎は与太郎というはっきり個性を持った人間である。棟梁曰《いわ》く「理屈もなんにもわからないやつ」にしろ、次々に理屈をつけて事件《こと》を大きくしていく家主と棟梁は、はたして利口なのか。所詮《しょせん》、人間はすべて愚か者なのではないか。その人間の愚かさを与太郎ひとりに押しつけ、それを一身に背負わされて生きているのが、じつはこの与太郎ではないのか。与太郎が棟梁の啖呵《たんか》をなぞって、しどろもどろに毒づく、いわゆる〝鸚鵡《おうむ》返し〟は、落語の笑いの基本的な典型だが、おかしみのなかに、与太郎の人間味が横溢している。

また、長屋の構造《つくり》、人物の位置など舞台のように的確に描写され、そこに家主と店子の関係、職人の師弟関係などが見事に織り込まれている。いかにも落語らしい落語で、とくにクスグリやギャグの多い前半が受け、後半の大岡裁きの部分はたいてい省略《カット》されてしまうが、本来は、前半、笑わすだけ笑わしておいて、後半の奉行登場で、しィーんとさせ、奉行の風格、度量を十分に示し、ちょっとほろっとさせる。大真打《しんうち》噺である。名人、三代目柳家小さんの得意の噺とされているが、小さんは高座には年に一、二度しかかけなかった、伝家の宝刀でもあった。

四段目《よだんめ》

「定吉や……定」

「へい、ただいま、番頭さん」

「ただいまじゃあないよ。ちゃんとここへおいで、え？　お使いに出たっきりいったいいままでどこを歩いていたんだ」

「へえ、京橋の三河屋さんへお使いに参りました」

「それはわかっているよ。あたしが頼んだんだから……おまえに聞くが、日本橋から京橋といえば目と鼻の先じゃあないか。それがどうしていま時分までかかるんだ。朝早く出て、ええ？　もうそろそろ夕方だ。一軒の使いにこんなにかかりますか」

「へ、たいしたことはしておりません。お叱言《こごと》はあとでうかがいますから、すみませんが、ご膳を食べさしてくださいな」

「あきれたやつだ。おまえはお腹《なか》がすくと帰ってくるんだね。いけませんよ。先に旦那さまにお詫びをしてきなさい。旦那さまもたいへんにお怒りだ」

「へえッ、旦那さまも怒ってるんですか？」

「ああ、怒ってますよ」

「それじゃあ、やっぱり先にご膳を食べさしてください。お叱言は食後にゆっくりといただきますから」

「なんだい、食後にいただくてえのは……おまえがそういう了見ならよけい勘弁しません。早く旦那にお詫びをしてきなさい」

「そうですか。じゃお詫びをすればご膳をいただけますか。しょうがない。それじゃ……へえ、定吉でございます。ただいま戻りました」

「こっちへお入り。おまえさん、いままでどこへ行っていた？」

「へえ、京橋の三河屋さんに参りましたら、ご主人が留守でございまして、待っておりまして遅くなりました。……うう……ご主人に会いましたら、旦那に会ってから話をすると申されました」

「そんなことでいままでかかるか、嘘をつけッ、おまえ、どこかで遊んでいたろう」

「う、あたくし嘘ついとりません。ほ、ほんとついとります」

「ほんとつくてえやつがあるか。なあ？　おまえの帰りが遅いので、店の者に四、五軒聞きにやった。そうしたら、向かいの近江屋さんの婆やと、歌舞伎座の前で会ったって、おまえに定どんてったらびっくりして、歌舞伎座の中へ、横っとびに入ったと、それまでわかってるんだ。それでもしらをきるか」

「それまでお調べが行き届いてるんなら、なにもかも白状します……向こうへ参りましたらご主人が留守で、待っておりましたら、女中の申しますのには、定どん、旦那の帰るまで歌舞伎座の狂言が変わって看板が変わってるから、看板見てきたらどうだとこう申します。看板なら別段お銭《あし》はいらないと、こうおもいまして、看板を見ていてこんなに遅くなりました」

「いままで看板を見ていたのか？」

「早く帰ろうとおもったら、うちのおっかさんに会いました」

「おお、そうか。おっかさん、このごろちっともお店《みせ》にお見えなさらない。おっかさんどこぞお悪くはなかったたか？」

「へへ、おっかさんは悪くないけど、おとっつぁんがちょっとお悪い……」

「自分でお悪いてえやつがあるか。おとっつぁん、どこがお悪い？」

「へ？」

「おとっつぁん、どこが悪い」

「うう……おとっつぁん、中、中、中気で足が立たないと申します。『うちのおとっつぁんが中気で足が立たなきゃ、うちの煙が立たん』とかよう申します。『そんなことなら、なんでわたしに教えてくださらない、いくらお店が忙しくても二日や三日お暇をもらって、帰らしてもらいます』。そうしたらうちのおっかさんの言うのには、『こんなみすぼらしい格好をしてお店へ出入りすると、おまえの肩身がせまくなる』てえから、『なんでそんなことがございます。わたしにとってはかけがいのないおとっつぁん、万一のことがあったらたいへんで……おっかさん、これからどこへ行くんだ？』って言ったら、『これから聖天《しょうでん》さまへお百度を踏みに行く』とこう申します。『それなら、わたしも一緒に行って、母子《おやこ》もろともにお願いしたら、ご利益も早くあるだろう』

と、こう心得まして、おっかさんと一緒に、聖天さまでお百度を踏んでいて遅くなりました。どうぞ今日のところはご勘弁を願います……」

「なぜ早くからそう言わない、早くからそう言ってりゃわたしは叱言は言わない。親孝行はしなさいよ。うん？　おまえさんとこのおとっつぁん、車屋じゃないか。車屋がおまえ、中気で足が立たなきゃ、商売できない。そうか、そりゃあどうも……いつごろから足が立たん？」

「そ、そんなことはどうでもいい」

「どうでもよくない。いつごろから足が立たん？」

「……むにゃむにゃ……にえンげうのうおくい……」

「はっきりものを言いなさい、なに？」

「へ……先月のにゅうよくちおろ」

「……先月の十五日ごろか？」

「へい」

「ふうん？　……先月の二十八日か、深川の不動さまのお詣りに、おまえさんとこのおとっつぁんの車に乗ったぞ」

「そのときは紋日《もんび》で足が立った、やれやれ」

「なにがやれやれだ。おまえはまた芝居を見てたんだろう？」

「いえ、芝居なんぞ見ちゃあおりません。あたくしは芝居が嫌いでございますから」

「おまえは芝居が嫌いか？」

「へえ、男のくせに白粉を塗って女の真似をしたり、もう、看板を見ただけで頭がずきずきして、中へ入ったらもう……目を回して死んじまいます」

「おまえが？　そりゃちっとも知らなかった……与兵衛さんや、与兵衛、番頭……」

「へえ」

「いやいや、ほかじゃあない、あすの歌舞伎座、定吉だけおいて行くから」

「あの、みなさんでどちらかへお出かけで？」

「うん、久しぶりに、みんなを芝居に連れていこうとおもってな。おまえも連れていくつもりだったが、嫌いじゃあしょうがない。留守番がいなくて困ってたんだが、ちょうどいい、おまえ、あした一人で留守番しておくれ」

「……いえ、わたしだけって……それならわたしも参ります」

「おまえはうちにいろ。おまえを連れてって目でも回されたら困る」

「いえ、もうもう、少しくらいなら、もう、心地よく拝見いたします」

「ふッふふふ、こいつ……あたしはあんまり芝居ってえものは好きではないが、こんどの歌舞伎座の『仮名手本忠臣蔵』がたいへんな評判で、いいそうじゃないか。市村羽左衛門という役者が五段目の猪をするとよ。それがたいへんにうまいそうじゃないか。それからなあ、中村歌右衛門という役者が師直《もろのお》になって、ええ……市川左団次という役者が、これが判官か……」

「へへへ、そんなことを人に言ったら笑われます、旦那さま、市村羽左衛門ったら猪をする役者じゃあない、判官と勘平と二役やってる。仁左衛門が大阪からやってきて、師直と由良之助、ふふ、市川左団次が石堂右馬之丞《いしどううまのじょう》、斧定九郎。段四郎が平右衛門、へへ、旦那さん、みんなちがってる」

「なぜおまえがそんなことを知ってる？」

「でも……」

「あたしゃ、きのう見てきた人からちゃんと聞いたんだ」

「あたしゃいままで見ていた」

「こういうやつだッ……問うに落ちず語るに落ちるとは貴様のことだッ」

「しまったッ。(芝居の口調となり) 謀《はか》る謀《はか》るとおもいしに、この家の主人《あるじ》に謀られしか。ちぇッ、口惜しや残念なり」

「いいかげんにしろ。番頭さんや、ちょいと来てください。いやいや、今日という今日は勘弁できません。素直に、芝居を見ていて遅くなったと言えば、許してやらないこともない。それを嘘をついた上、おっかさんに会ったとかおとっつぁんが中気だとか、とんでもないやつだ。こらしめのためだ。蔵へ入れてお仕置きだ。さあ、蔵の中へ入れちまいなッ」

「うェーん、うェーん、ば、番頭さーん、助けてーえ」

「みろ、ほんとうに。旦那の計略にひっかかってみんなしゃべっちまった。今日はおまえが悪い。観念しなッ」

「いやだ、いやだ。わたしは蔵が嫌いでございます。朝からなにも食べてなくて、もう腹がぺこぺこで、死にそうです。……番頭さん、ご膳だけ食べさせてくださいよ……そんなこと言わないで、……ご膳をいただけたら蔵の中でゆっくりとひと休みしますから……やめてください、番頭さーんっ」

　いやがる定吉を蔵の中へ、がらがらがらがらぴしゃん。

「旦那っ、わたしが悪うございました。ほんとうに悪うございました。旦那……旦那っ……勘弁してください……旦那……番頭さんッ……威張るな、奉公人あっての主人だぞっ。主人ひとりでみんなできるか……芝居見たくらいがどこが悪いんだ……店の金で見たんじゃねえんだぞ。自分の金で見たんだぞ……旦那ァ、勘弁してください……番頭さーん……ちッ、弱ったなあ……早く帰ってくりゃよかった、三段目の道行だけ見て帰ってくりゃこんなことはなかった、なあ、歌右衛門と羽左衛門、ふふ、片岡市蔵が伴内、清元延寿太夫の出語り、見て帰ろうとすると、後幕っ、後幕っ……いくら？　五十銭っ……ガマ口見たら七十銭、まだ二十銭残るとおもって……よかったなあ、四段目っていう幕は、芝居好きの見る幕だっていう……がらがらがらがらがらがらがら……と来て、えやッで、すーと開《あ》くとな、さしもにひろい歌舞伎座の平舞台……丸に鷹の羽の定紋で襖《ふすま》がこう……だれもいない。しばらくすると上手をすーと開いて出てくるのが、斧九太夫と原郷右衛門、斧九太夫が中村鶴蔵、原郷右衛門、河原崎権十郎……下手へきて頭《かしら》を下げる……すっと花道、杉戸が開くと、石堂右馬之丞、市川左団次……大統領ッ……高島屋ッ、舞台背負《しょ》って立てェ…ッ…つ、つ、つ、つ……あとから薬師寺、片岡市蔵……片市イッ……これがな、すうッと上手へ……正面の襖をすッと開いて出てくるのが、市村羽左衛門……橘屋ァ…ッ…耳をピンと立って……つッ、つッ、つッ、つッ、……座るだけで五万三千石の格式を見せないと、判官という役はできない。ぴったり座る、上使のやりとり……黒装束をぱッととる、下が白装束に無紋の裃《かみしも》。うしろを向いていると、さむらいが四、五人で畳を二枚裏返し、白い布を……しきみを四つ置いて引きさがる……片岡千代之助、大星力弥、三宝の上へ九寸五分、検視の前で検閲済みになると、判官さまの前へ出して、これ今生《こんじょう》のお名残と、下からじっと見上げる顔、上から見下ろす顔と顔……向こうへ行け……とあごで教える……キッとにらまれると、ご不興になってはいけないと、力弥がつつつーと下がるっ……でェん……でェん……という三味線にあわして、こう……上《かみ》をとる……白をぬぐと白い襦袢一枚、九寸五分をぎりぎりッと紙に巻いて、一寸ばかり出したやつを左に持つ、三宝をおしいただいて……うしろへ……腹を切ってもうしろへ引っくりかえらない。用意周到をきわめ……『力弥力弥、由良之助は』（と、芝居がかりになって）……『ははッ』……『由良之助は』……。つ、つ、つ、つ、つ……花道のつけぎわまで……どうしてこんなにおとっつぁん遅いのかしら……早く来てくれればいいがなあ、という思い入れがあって……『いまだ参上』……『つかまつりませぬ』……『存生中《ぞんじようちゆう》に対面せで』……『無念なと伝えい』『ご検視、お見届けェくだァさァ……れェ』と、右へ持つというと……もうものの言えないのが切腹の作法だそうだ。ぐうッと腹をもんで……向こうを見るのがこれが判官さまの腹芸で、この幕だけはな、出物を持って入ろうとおもっても、出方がじいっと待ってる……出物止めというやつ……向こうでもこっちでも見物が涙をぽろぽろぽろぽろこぼす……もうこれまでという思い入れあって左の脇腹から、ぐうッと突き立てる……のがきっかけ、ばたばたばたばたばたばたッ、大星由良之助の出ッ。これがまたよかった、本物の由良之助はこんな人かとおもわした仁左衛門、松島屋ッ……と、前の人の頭を唾《つばき》だらけによろこぶところ、花道へはあッとへたばるのを見てとるのが石堂右馬之丞、『城代家老、大星、由良之助とはそのほうか』……『へへッ』……『許すッ、近《ちこ》う近うッ』……『はッ』と、顔を上げてみるとご主君が腹を召している。ああ遅かったという思い入れあって、腹帯をなおして……つッ、つッ、つ、つつつつつつ……花道から本舞台、腹を召しているご主君の耳へ口をあて……『ご前……ン』『くッ、……由良之助かあッ』

『へへェッ』……『待ちかねたァ』……つつ、つつつつ……旦那ァ、勘弁してくださぃ……ほんとうにあたくしが悪うございました……旦那、番頭さーん、お腹がへってもう死んじまいますよおー。あとで後悔するな、あはは、弱ったな。……でもな、な、こうやって芝居の真似をしている間はお腹空いたのが少しはまぎれらあ……白の一反風呂敷……こいつを敷いて……これが腹切り場……ええと、お膳のふちのとれてるの、あ、これが三宝のかわりだ……九寸五分は……あったッ、北海道の熊切り……よッ、よッ……こりゃ切れるぞォ……よし、この格好ではさまにならない」

と、定吉、一枚二枚ととると、さらしの半襦袢たった一枚、刃物を持って、お膳をおしいただいて、腰の下へつっかい棒、

「ご検視、お見届けくだされェ……うう……ッ」

と、蔵の中から変な声がした。そのとき、女中のおまきどん、夕方のことで、物干しへ上がって干し物を取り込みながら、さっきから、定吉はかわいそうに、蔵へ入れられたが、どうしているんだろうと、そこは朋輩《ともがら》の人情、物干しから蔵の窓を通して見ると、うす暗い中で定吉が刃物をもって、尻を持ち上げて、ぎゃッと、わき腹へ突き立てていたから、びっくり仰天、物干しからひと足踏みはずして、がらがらがら、がちゃがちゃがちゃ……。

「……だ、旦那ッ、旦那ッ……定どんが……蔵の中で、腹切っておりますッ」

「……定吉が？　あっ、蔵へ入れっぱなしだ、あたしゃすっかり忘れてたぁ、ま、忙しいもんだから……なに、さっきから腹へった腹へったっていってるけども、それを苦にして、さあ、そりゃたいへんだ……いや、なんでもいい、お膳で間に合うか、お櫃《ひつ》を……」

と、旦那みずからお櫃をかかえて、蔵の大戸をがらがらがらがら……。

「ご膳ッ（御前）」

「くッ……く、蔵のうちでか（由良之助か）」

「ははッ」

「うむ、待ちかねた」


《**解説**》江戸っ子の芝居好きの一面をよく伝えている。集録したのは二代目三遊亭円歌の口演で、素材になっている『忠臣蔵』の舞台は昭和初年ごろの歌舞伎座興行とおもわれる。江戸、明治までの庶民の娯楽は芝居、寄席が中心であった。その寄席が歌舞伎の影響を受けないはずはない。噺家は歌舞伎狂言のあら筋をパロディ化し、仕方をまじえ声色《こわいろ》を使いわけて、盛んに高座に再現した。落語にはそうした芝居を材料《ネタ》にした、また芝居もどきの噺が多量にある。『忠臣蔵』に関するものだけで「二段目」（別名「芝居風呂」）「五段目」「七段目」「九段目」、その他「**掛取万歳**」「菅原息子」「猫忠」「搗屋無間《つきやむげん》」、役者の逸話《エピソード》を扱ったものに「淀五郎」「**中村仲蔵**」「武助馬」「団子兵衛」、芝居見物を背景にした「なめる」（別名「重ね菊」）、素人芝居では「**蛙**《かわず》**茶番**」「権助芝居」「田舎芝居」等々がある。これとは別種に寄席の高座に書き割りを飾る正本芝居噺というのがある。八代目林家正蔵が伝えていたのが、それである。

付き馬

むかし、吉原通いを馬でした時代があって、ただいまの並木という地名のところが松並木になっていて、あのへんに馬子がでていて、廓《くるわ》通いの客が乗ると、馬子がそそり節かなにかで吉原へ往来した。途中に馬道と町名が現在も残っている。

大門《おおもん》の中へは馬を乗り入れることができないので、大門際《ぎわ》で馬を降りて、大門の前に編笠茶屋という茶屋があって、ここで編笠を借りうけて、素見《ひやか》して歩いた……どういうわけでそんなものを被ったかというと、素見《ひやか》して歩くのに、まともに顔を合わすというのは面映《おもは》ゆい……笠のない人は扇を半びらきにして、格子から三尺さがって、花魁の顔を骨の間から透かして見る。

「見ぬようで見るようで客は扇の垣根より」（浄瑠璃「吉原雀」）

つまり三尺さがって見るのが素見《ひやかし》の法としてある。……なかには三尺さがるどころか、格子の中へ三尺首を突っ込んだなんてえ人もいる。

大勢の馬子は、朝帰りの客を大門の外で待ちうけている。その馬子へ遊び先のほうから、「このお客は勘定が足りないから、このお客をお宅へお送りして、勘定をいただいてきてくれ」

と、頼まれる。馬子がお客を家まで送り届ける。勘定の出来る間《あいだ》、馬を門口に繋《つな》いで待っている。

「おい、見なよォ、銀ちゃんはまた勘定が足らねえんで、馬ァひっぱってきたよ」

これを俗に馬をひいて帰る。付き馬などという。これが、そうそう馬子に駄賃をやってたのでは、店のほうで合わないから、若い衆を代わりに出すようになった。……宵に〝牛《ぎゆう》〟（妓夫《ぎゆう》）と言っていた男が、あくる朝、〝馬〟に早変わりする。これを付き馬、あるいは馬とよぶ……名称だけが残った。

「いらっしゃいッ。えへへへ、ええ、いかがさまで？　一晩のご遊興をねがいたいもんで……」

「いけないいよ。だめだよ」

「へへ、定めしお馴染《なじ》みさまもございましょうが、たまには、ちょっとお床の変わりましたのも、オツなもんでございまして……どうかお上がりを……」

「じゃあ、厄介になってもいいが……ただ遊ばせるかい？」

「えへへ、ご冗談を……お勘定はご遠慮なくいただきます。さあ、どうぞお上がりを……」

若い衆《し》の世辞に送られてトントントンと上がる。酒肴、芸者をあげて、ドンチャン騒ぎの大陽気。いいかげんな時分にお引けになって……。

朝、目がさめて、一服していると、

「へえ、お早うございます」

「ああ、ゆうべの若い衆か……はい、お早う。ゆうべは、いい心地に遊んだよ」

「どうも恐れ入ります」

「いえさ、まったくだよ。この女郎買いというものは妙なもので、遊ぶときにはいい心地に遊んでも、あくる朝になると、変に里心のつくことがあるもんだがね、ゆうべは、ほんとうに愉快に遊ばしてもらったよ。ときに若い衆、朝になって、罫《けい》のひいた紙を持って入ってくるでしょ、ええ？　ご勘定てえ……あれがないと、女郎買いもオツなもんだが……ご持参かい？」

「へえ、持って参りました」

「覚悟はしているよ。いくらだい？」

「へえ、これに明細《めいさい》にしたためてございます」

「まあ、明細なんぞは、面倒くさいから、どうでもいいよ。しめていかほど？」

「ええ、十四円五十銭ということになります」

「十四円……おい、それはほんとうかい、まちがいじゃないね？」

「いいえ、まちがいはございません。昨晩は、少々よけいなものが入りましたために、ちとお高くなりました。恐れ入ります」

「そんなことはどうでもいいがね、あの、芸者衆のご祝儀というのはどうなったんだい？」

「あれは、そのなかに……」

「入っているのかい？」

「へい」

「それから、みんなのご祝儀も入っているのかね？……するとみんなで十四円五十銭かい？……それは、ひどく安いね。いや、おどろいたね、どうも……ゆうべはあんな騒ぎをして、これだけの勘定とは……ただみたいなもんだね」

「へえへえ」

「うん、ご当家のご内証は、なかなか頭が働くね。商売を細く長くというわけだねえ。恐れ入りました。これからまたちょいちょい、ご厄介になるよ」

「ありがとう存じます」

「遊び好きな友だちが大勢いるからね、みんな連れてくるよ」

「恐れ入ります」

「どうも安いね、それじゃあこうしよう。こう安くっては気の毒だ。十四円五十銭というところを十五円と勘定よくあげる。それから一円はうちの帳場へあげてくれ、おまえに一円、三円別に家じゅうの者にやってもらうことにして、二十円あげよう」

「へえ、どうも恐れ入ります。そんなにご散財をかけましては……」

「いいよ、わたしも江戸っ子だ。出した以上は引っこますわけにはいかない、とっておきねえ、さあ、遠慮なく……」

「へえ、まだいただきません。どうかおねがい申したいもので……」

「なにを？」

「ご冗談でなくお勘定をいただきたいもので……」

「ああ勘定か、金はないよ」

「へえ？」

「ないんだよ、一文も」

「ご冗談おっしゃってはいけません、お遊びになってお勘定をいただきませんでは、まことにてまえども、迷惑をいたします」

「そんなに赤くなって口を尖《とんが》らかさなくってもいいや。やらないとは言わない。あげるが、若い衆、ちょいと前へお進み、あまり出すぎると、わたしのうしろへ来てしまうが、一寸五分ばかりお進み」

「へえ」

「じつは、おまえだから打ち明けて話をするが、わたしの叔父は金貸しが商売なんだ。この仲之町のお茶屋さんにたくさん貸しがあるんだ。ちょっと行けば三百や五百の金は返してもらえるんだが、じつは叔父貴が四、五日風邪っぴきで寝ているんだ。『どうだい、おまえ、からだが空いているんなら、代わりに行って取ってきておくれ?』『よろしい、行って参りましょう』と、安請け合いにやって来たがね。しかし、お金を取りに来たくらいだから、紙入れは空《から》だよ。大門へ入って見ると、いま灯が入ったばかりだ。相手があいう縁起稼業《しょうばい》、これから客が来ようというところだ。そこへわたしのような者が入っていったら、あんまりいい心持ちはしなかろう。こうおもって遠慮して、時間つぶしにひとまわり回って来ようとおもって、ぐるり回って当家の前へ立つと、おい、若い衆さん、だいぶ玉揃いだ。よだれこそたらさないが、しばしうっとりとして見とれているうちに、おまえさんのお世辞につい釣り込まれて上がってしまった、とこういうわけなんだが、仲之町の茶屋へ行きさえすれば、金は出来る。すぐに払ってやれるのだ」

「へえ、……それでは仲之町のお茶屋へ行けば、お金が出来ますので……」

「そうなんだよ、どうだい、ひとつ、一緒に行ってくれまいか?」

「どうもそれは困りましたな。じつは奉公人が外へ出ることはやかましゅうございまして……」

「いいじゃないか。そんな野暮なことを言うものじゃあない。遠くではない。仲之町の茶屋まで行けばいいんだ。ひとまたぎだ。その代わりただは頼まないよ。少ないが一円あげよう」

「へえ、どうも恐れ入ります。それではてまえがお供をいたしましょう」

「おまえさんが行ってくれるって、そりゃどうもありがたい。おまえさん、なかなかわかりが早い、だいいちお世辞がいいや。おまえさん、いくつになる？」

「へえ、当年三十六歳でございます」

「いままでずいぶん苦労をしたね、いまにきっと出世をするよ」

「どうも恐れ入ります」

「そう話が決まったら、さっそく出かけよう。……おいおい、まちがやぁしないか？　こんな汚い下駄はわたしのじゃないよ」

「いえ、あなたさまが履いていらしったので……」

「なに？　わたしが履いて来た……ああ、出るときに、あわをくって、うちの番頭の下駄とまちがえてきたんだ。汚い下駄だね。困ったねえ。仲之町の茶屋へ行くというのに、こんな汚い下駄を履いて行くことはできない、といって買いに行くのも面倒だし……」

「ええ、粗末な下駄でございますが、きのう買ったわたくしの下駄がございます」

「きのう買った下駄？　新しいのだね、そうかい、すまないね。それじゃあそれを借りて行くのもなんだから買って上げよう」

「いえ、それでは恐れ入ります。粗末でございますが、お履きください」

「なに粗末だって結構、じゃあ気の毒だが借りるよ。おまえさんは気風《きっぷ》がいいや。おいくつだい？　三十六？……出世をしますよ」

「へえ、どうも恐れ入ります」

「そういちいち恐れ入らないでもいいよ。……こういう繁昌なところは朝はひっそりとしているね。ああ、ちょいと、ここの店にも貸しはあるんだが……ああ、しまった、若い衆」

「へえ、なんでございます」

「少しまずいことをしたね、早すぎたねえ、いま九時ちょいと前でしょう。なにしろみんな朝寝坊だからね。十時ってえ声を聞かないと起きないいんだ。いくら貸してある金でも寝ごみをふんごんで、『おい起きてすぐに金を出してくれ』なんてえのは向こうもいやだろうし、こっちもちょいと、そういう仕事をしたくないじゃないか、ね？　まあ、ちょいと、一時間ばかり、もうひとまわり回って、顔でも洗っているところへ入って行こうじゃないか？　なあに、一時間ぐらいわけはないよ。ちょいと表のほうをぶらつこうじゃあないか、ね？　まあ、いいから付き合いたまえ」

　と、大門を出て、土手を通って右へ、田町へ来……。

「ねえ、若い衆、遊びをして、朝のお湯へ入らないと、なんとなく身体がしまらないような心地がするが、ひと風呂お付き合いな……おや、変な顔をしてるね。勘定のことを心配してるのかい？　大丈夫、大丈夫、大船《おおぶね》に乗ったつもりでまかせておおきよ……おい、番台、すまないが、手拭を二本貸しておくれ。それから流《なが》しが二枚……おい、若い衆、すまないが、ちょっと湯銭を立て替えといておくれ」

「へえ？　てまえが払いますんで？」

「変な顔をしなさんな、あとでまとめて返すから……」

「へえ……」

　お湯へ入って外へ出る。

「どうだい、いい心持ちだね、ええ？　朝湯は……身体の脂《あぶら》を取って、ゆうべの飲みすぎのつかえが降りて、すゥーとしたが、とたんに腹がへってきたね。どう、若い衆、朝めしを食べたのかい？」

「いいえ、まだいただきません」

「そうか、それじゃあ湯豆腐かなにかで軽く、おまんまといこうじゃあないか？　ああ、ちょうどいいや、どうだい、ここに湯豆腐なんて書いてあるが、ちょいと、まあお付き合いよ」

　さんざん飲んだり食ったりした揚句、ポンポンと手を叩いて、

「おい、ねえさん、こっちこっち……あの、お愛想だよ。いくらだね？　その皿、二枚重なってるよ、まちがわないように……なに？　一円六十銭かい？　よろしい……おい、君、ちょっとすまないが、二円お立て替えをねがいたい」

「へ？」

「勘定だよ、二円」

「まことにすいませんが、あいにく……」

「おや、持ち合わせがないというのかい？　冗談言っちゃあいけないよ。こんな飲み屋で恥をかかせないでおくれ。ありませんということはないよ、さっきお湯銭を払ったときに、君の紙入れ

のなかをあたしがちらっとにらんでおいたんだ、一円札が三枚、それをお出しよ。三円借りたって五円にして返しゃあ文句はないだろう。いやなことを言うんじゃあないが、男てえものは、貸すときにすぱっと、気前よくするもんだよ……ちょいと、ねえさん、じゃあ、ここに二円おくよ。お釣りは、おまえさんにあげる……それから、お茶をね、熱いのを差してくれ、楊枝が来てないよ……と、この一円はあたしが預かっとくよ……」

「それは……」

「いや、これは、これから途中でたばこを買ったりするから、わたしが借りておく」

「それは……どうも、あなた……」

「いいってことよ、遠慮はしなさんな」

勝手な太平楽をならべて、表へ出ると、浅草のほうへぶらりぶらり……、

「なんだい君、ぽーっとしてるね、少ししっかりしておくれよ。酒を飲んだら飲んだらしく景気よく歩いたらいいでしょ……いい心持ちだね。こうやって天気はよし、ほっぺたがぽーっと赤くなってきたやつを風に吹かれているなんぞは、まさしく千両だね。君もしっかり歩きたまえ、こうやって歩いているのが身体にいいんだから……おや、こんなことしているうちに、観音さまのところへ出てきちゃいましたよ……観音さまの御身体は一寸八分だっていうが、お堂は、相変わらず立派だなあ、大きなもんですね、十八間四面てんだ。家賃がいくらだか知ってるかい？　ええ？　知らない？　ああ、そうあたしも知らない……それから見ると、仁王さまはばかだね、大きな図体をして、年中裸で金網のなかへ入っている。自分の身体に合わせて大きな草鞋《わらじ》をこしらえたから、だれも買い手がありゃあしない。どうだい、いい身体をしてるじゃあないか。紙をこ

う噛んでねえ、ぶっつけて、ぶつかったところへ、こっちに力が出るって言うんだが、やってみるかい？　ええ？　つまらないからよそう？　そうかい……」

「もしもし、あなた、冗談じゃない、どこへ行くんです？　わたしはね、仲之町のお茶屋さんまでと言うんで店を出たんですが……勘定のほうはどうなりますんで……ここは雷門ですよ」

「あはははは、なるほど、なるほど」

「なるほどじゃあありませんよ、ほんとうに。とにかく廓へ帰って、お払いをねがいましょう」

「ねえ、君、そんな変な顔をしなくてもいいよ。大丈夫だよ。そう君、声を荒げちゃあいけませんよ。人が見るじゃあないか。つい興に乗ってここまで来てしまったんだが、これから廓へとって返す……というのも億劫《おっくう》だ。ここまで来たんだから、君、田原町まで一緒に行っておくれ、すまないが」

「田原町まで行けば、どうにかなりますか？」

「そこへ行けば、わたしの叔父さんがいる。そこで勘定をするから……」

「叔父さんのお宅？　どうもおまえさんの言うことはたよりないねえ……」

「そう疑《うたぐ》ったりしちゃあいやだよ。じつはね、さっきから言おうとおもっていたが、その叔父さんとこの稼業《しょうばい》というのがいやだからね、それでつい言いそびれていたんだ」

「へえ、なんのご稼業《しょうばい》なんで？」

「早桶屋なんだよ。つまり葬儀屋てえやつだ。おまえのとこだってお客商売だろう？　そっちもいやだろうとおもってさあ……」

「いいえ、そんなことはけしてございません。そういうご稼業は、てまえのほうでは、はかゆき、い、い、がするなんて言って、喜びますので……」

「なるほど、はかゆきなんざあいいね。さすが商売柄で客をそらさない。うれしいねえ。それじゃあ、叔父さんとこまで一緒に行っておくれ。ええと、だいぶ立て替えてもらったねえ……ああ、わかってる、わかってる……ええと、ゆうべの勘定が十四円五十銭……それから、さっきのお立て替えやなにかあって……さあ、じゃあ、こうしよう、足代やなにかで、もう少しなんとかしたいんだけども……どうだい、三十円でひとつ承知してくれないか？」

「いえ、それでは、お釣りになります」

「釣りなんざあどうでもいいよ。そりゃあ、いまも言ったように君の足代さ。で、いろいろご厄介になったから、なにかお礼をしたいが……さっきから拝見していたんだが、失礼ながら、君の帯はだいぶやまがいってるね。貝の口にきゅーと結んだ帯のかけが、猫じゃらしになっているなんぞは、あんまり女っ惚れはしないよ。男は帯に銭をかけなくちゃあいけねえ。たしかあたしは二度ぐらいしかしめてない、茶献上の帯が叔父さんの家に預けっぱなしになってるんだが、そんなものでよかったら、あげるからおまえ、しめておくれ」

「どうもいろいろご心配をしていただきまして、恐れ入ります、頂戴いたします」

「なあに、礼を言われるほどのものでもないよ。じゃあ、しめておくれ、叔父にそう言っておくから……あすこが叔父さんの家だ……ああ、いるいる。叔父さんが店に出ている。なんでもわたしの言うことは聞いてくれるんだが、おまえさんが一緒ではぐわいが悪い」

「ごもっともさまでございます」

「ごらん、あの、じろじろ外を見ながら、たばこを喫《す》っているのが叔父さんなんだ。顔はむずかしいけど、若い時分には、かなり道楽をしたんだ。だから、親戚じゅうじゃ、いちばん話がわかるんだ、まあ、わたしがわけを話せば、ああいいよって、すぐ承知してくれる。じゃあ、わたしが先へ行って掛け合ってくるから、おまえはその柳の陰に待っておいで、いいかい。……へい、こんちは、叔父さん、こんちは」

「はい、おいでなさい」

「へい、（大きな声で）叔父さん、どうも無沙汰をいたしまして……きょうは、叔父さんに少しおねがいがあって上がったのでございますが、ぜひ聞いていただきたいものでございますが、いかがなもんでございましょう」

「大きな声だねどうも、そんな大きな声を出さなくとも聞こえますから……」

「えへへ、おねがいというのは（小声になって）じつは、あの柳の木のところにぼんやりしゃがんでおります男ですが、あの男の兄貴というのが、昨晩、急に腫《は》れの病《やまい》で亡《な》くなりまして、身体の大きな人で、それが腫れがまいりましたので、とても並みの早桶じゃ納まらない。小判型の図抜け大一番《おおいちばん》でなけりゃ入らないというので、ほうぼうへ行きましたが、小判型の図抜け大一番なんてえ早桶は断わられ、こちらさまで（大声になって）ぜひこしらえていただきたいんでございますが（小声になって）いかがでございましょうか」

「そうですかい、それはお気の毒だったな……それにしても小判型の図抜け大一番なんて、そんなものはこさえたことはねえが……ちょっと職人のほうの手都合を聞いてみましょう。……おおい、どうだい、そっちは？　ええ？　うん、あれは、あとでもいいじゃあねえか……うん、そうかい、やってみる？　いいね？　そうかい……じゃあねえ、職人が、変わった仕事でおもしろいから、やってみるてえますがねえ、手間賃は、ふつうの仕事よりもよけいに払ってもらわなくちゃあならねえが、ようがすか？」

「(小声で)いえ、もう、手間のところは、いかほどでも結構なんで……」

「そんなら、すぐにこしらえて上げましょう」

「へえ、どうも叔父さん、ありがとうございました。(小声で)いや、それでひと安心いたしました。なにしろ、兄貴を亡くした上に、ほうぼうで断わられたもんですから、少し頭へぽーっときて、ときどきおかしなことを申しますが、どうか気になさらねえように……で、あの男が参りましたら、『大丈夫だ、おれがひきうけた。出来るから安心しろ』と、こうおっしゃっていただければ、当人も落ち着くこととおもいますんで……」

「そうですか。無理はねえ……こっちへ呼んでおあげなさい」

「ありがとう存じます。なにぶんどうかお頼み申します……おいお……、君、こっちへおいで」

「へえへえ、どういうことになりましたので……」

「どうもこうもない。叔父さんが、万事こしらえてくれるというから大丈夫だ……じゃ、叔父さん、この男でございますが出来ましたら、この男に渡してください」

「はい、かしこまりました。出来ますから心配しなくってようがす。いますぐにこさいますから……」

「ああ、さようでございますか。ありがとう存じます」

「どうだい？　安心したろう？　叔父さんは話がわかるんだから……いいかい？　出来たら、受けとってね。店へ帰ったらよろしくいっておくれ、そのうちにまた行くから……わたしはちょっ

と買いものがありますから、これで、ごめんなさい」

「はいはい、ごめんなさい……おまえさん、こっちへお掛けなさい」

「へえ、ありがとう存じます。もう結構……」

「いや、いま少し間《あいだ》がありますから、どうぞお掛けなすって……おい、奴《やっこ》、蒲団を持ってこい……さあさあどうぞ……お茶を持ってきな」

「では、ちょいと失礼させていただきます……へえ、どうもあいすいません。お忙しいところ、とんだご無理をねがいまして……」

「なに、無理と言ったって、あっしのほうも稼業《しょうばい》だ。しかし、まあ、いろいろあとのこともあるだろうけど、なるたけ心配をなさらねえほうがようござんすよ」

「へえへえ」

「なんですねえ、とんだことでございましたなあ」

「……？　へえへ」

「お気の毒なことだったな」

「いいえ、なに、えへへへ……昼間は別にこれという決まった用もございませんし、へえ、もうご都合でこういうことはありがちでございますんで……」

「……ここへ、きているな……、おまえさん、しっかりしなくちゃあいけませんよ」

「……？　へえ？」

「行っちまったものはもうどうおもったってしょうがねえんだから、ね。これからあと気をつけるようにしなくちゃあいけないよ」

「……へえへえ、さようでございます。てまえのほうもまた、あとあとということもございましてな」

「そうだとも……で、よっぽど長かったのかい？」

「いえ、べつに長いことはございません。ええ、昨晩一晩で……」

「ふーん、ゆうべ一晩……それはおどろいたろうねえ……してみると、急に来たんだな」

「ええ、さようで……出し抜けにいらっしゃいました」

「……？　いらっしゃった？　たいそう腫《は》れたそうですねえ」

「はあ、惚れましたか、どうですか……そこはよくわかりませんが、ご様子はだいぶよろしいようで……して……へえ」

「よくあるやつだ。じゃあ、ゆうべがお通夜ですかい？」

「お通夜？　ああ、ああ、なるほど、ご稼業柄《しょうばい》ですねえ。お通夜は恐れ入りましたな。へえ、昨晩、お通夜をいたしました」

「どうだったい？」

「へえ、だいぶおにぎやかでございまして、芸者衆などが入りまして……」

「へえェ……芸者をあげて？　なるほどねえ。めそめそしねえで、芸者あげて騒ぐなんてなあ、かえっていいかもしれねえな……仏は、よろこんだろう？」

「仏？　なるほど、仏さまねえ……へえへえ、仏さまは、だいぶご機嫌でした」

「……？　ご機嫌だ？　おまえさん、ほかにいるものはないか？　ほかに付くものはないか？」

「あ、あ、なんですか、帯を一本……」

「ああ、ああ……おい、帯が一本付くんだとよ……それから帷子《かたびら》とか笠やなんかはいいのかい？」

「……？　それは、別になんともおっしゃいませんでしたが……」

「あ、そうか、笠はいらねえ、施主がねえんだろう……おまえさん一人でどうやって持って行きなさる？」

「へえ、てまえは、これへ紙入れを持っております」

「紙入れなんぞ持ってたってしょうがない。ずだ袋はこっちにある。……あああ、できたか？　こっちへ出して見せてあげな。……さあ、おまえさん、ちょっとご覧なさい。急ぎの仕事で気に入るめえが、まあしょうがねえや、間に合わしたところを買ってもらうんだ」

「ほほう、大きなもんでございますなあ」

「手間は少しよけいかかると連れに申し上げたら、いいとおっしゃった。木口、手間代ともで十二円だ」

「へーえ、どちらさまのお誂《あつら》えで……？」

「なにをとぼけているんだ。しっかりしなよ。おまえさんの誂えでこしらえたんじゃあねえか」

「……あたくしが？……えへへへへ、冗談言っちゃあいけません」

「おいおい、こっちがおめえ、冗談言っちゃあいけねえやね。おまえさんのお連れがそう言ったろ？　おまえさんの兄貴が、ゆうべ腫れの病で死んで、身体が大きいところへ腫れがきたんで、ふつうの早桶じゃあとても入らないから、小判型図抜け大一番にしてくれって、ほうぼうで断わられて困っている、なんとかしてくれって頼まれたから、こさえたんだ」

「へーえ、あたくしの兄貴が？……おかしいね」

「なにが？」

「あたくしに兄貴なんぞありゃあしません……どうもさっきから、話がおかしいとおもっていたんだが、じゃあなんですか？　いま帰ったのは、お宅のご親戚じゃあねえんですか？　ありゃ、お宅の甥御さんではないんで……？」

「いま帰った男、知らねえよはじめて見た面だ。おまえさんの友だちじゃねえのか？」

「あれっ……そうですか、畜生ッ。逃げられちゃった……うーん、畜生めッ、しまった、こりゃとんでもねえっ」

「どうしたんだ？」

「いえ、あたしゃ吉原《なか》の若い衆《し》で、ゆうべあいつが、うちで遊んだ勘定が出来ないでこちらまでついて来て……途中、湯へ入《へえ》るの、めしを食うのと、なんのって、その銭もみんなあっしが立て替えたんだ」

「そうか……それで様子がわかった……最初《はな》っからおかしな野郎だとおもったよ。ここへ入《へえ》ってきやがったときに、ばかに大きな声を出すかとおもやあ、急に小さくしやがって、おれのことを叔父さん、叔父さんてえやがった……なんだか薄気味の悪いやつだとはおもったが……おめえもまぬけじゃあねえか、相手を逃がしたあとで、じたばたしたってしょうがねえ。そりゃ勘定を踏まれようが、立て替えものを損しようが、おめえがどじだからよ。いい巻きぞえを食ってんのはおれんところだ。……これがね、並みの早桶ならとっといて、他所《わき》へまわせるが、見ろ……図抜け大一番小判型なんて、水風呂桶《すいふろおけ》の化け物みてえなものをこしれえちまった……ちえっ……まあ、そう言ったところで、おめえも勘定を背負《しょ》うんだから、考《かんげ》えりゃ気の毒だ。じゃあこうしよう、おれもわからねえことは言わねえ、手間のところは昼寝したとあきらめてやるから、木口の代だけ五円に負けるから、この早桶……おめえ背負《しょ》って帰《けえ》ってくれ……これ、置いても融通できねえからな」

「ちえっ、冗談言っちゃあいけねえや、勘定を踏み倒された上に、こんなまぬけな早桶を担いで……まっ昼、大門をくぐって帰《けえ》りゃあ、……みんなにあっしは殴られらあ……だれがこんな縁起の悪いものを担いでくやつがあるもんか、べらぼうくせえ」

「おいおいおい、もう一ぺん言ってみろ……なんだ、いま言ったなあ……こんなものを担いで行けるか?……縁起が悪い?……ばか野郎っ……こっちでそんなことは言うことだ……てめえがまぬけだからこういう災難にあうんだ、いいか、だからおれのほうじゃあわからねえこたあ言わねえから、五円に負けてやるから背負って帰《けえ》れてえのに……ええ、こん畜生、わからねえやつだ……みんなで手伝って、早桶を背負《しょ》わしちめえ」

「冗談言っちゃあいけない……なにをする……ひとにこんなものを背負わして……あっ痛い痛いッ」

「さあ、背負ったらなんでもいいから、五円置いて帰《けえ》れっ」

「金はもう一銭もありませんよ」

「なに、銭がねえ?　それじゃ奴《やっこ》、吉原《なか》までこいつの馬に行って来い」

《解説》 別名「早桶屋」。落語犯罪史上、完全軽（？）犯罪、未解決のままの噺。それを懸念して、後味の悪い、いやな噺とする見解もあるが、この噺は廓噺と泥棒噺を兼ねる、洒落《しゃれ》気分と逆説《パラドックス》がこめられている。廓噺も数あるが、「**五人回し**」「**お直し**」「**三枚起請**」「**文違い**」「**品川心中**」「お見立て」など、なんと客がまんまとしてやられる噺の多いことか。一方に、この「付き馬」や「突落し」「**居残り佐平治**」など、廓への憂さ晴らしの噺もあって、はじめて均衡《バランス》がとれるというもの。本篇、落語ファンなら気のついたはずだが、現在の型は、客が登楼《あがる》前に文なしであることを若い衆に断わる、そのほうが良心的（？）という見方もできるが、それではかえって計画的なので、編者はその部分を伏せてしまった。それにしても、ワキ役の廓の若い衆の立場から見ると、幕切れはなんとも悲惨で、泣かせる噺である。してみると、この噺では若い衆が落語的人物であり、じつは、かれがこの噺の主人公なのかもしれない。

松山鏡《まつやまかがみ》

古い中国の笑話本「笑府」のなかに、鏡のない国の女が酒壺をのぞいて、その映った顔を見て嫉妬心を起こした、というのがあって、これをもとにして謡曲「松山鏡」が出来たと言われているが、その謡《うた》いに「総じてこの松の山家《やまが》と申すは、無仏世界のところにて、女なれども歯鉄漿《はごね》をつけず、色を飾ることもなければ、まして鏡などと申すものを知らず候ひしを云々……」とある。

その越後の国、松山《まつのやま》村に、庄助という百姓、まことに素朴で、評判の孝行者。これが領主に聞こえおよび、褒美《ほうび》を下しおかれるということになった。

「松山村庄助、村役人一同付き添いおるか？」

「ははあ、一同付き添いましてございます」

「庄助、面《おもて》をあげ」

「はい」

「そのほうは何歳になる？」

「四十二歳でごぜえます」

「うん、そのほうはよく親に孝行をいたすそうであるな」

「いえ、ふた親はとうに死んでしめえやした」

「いや聞けば、そのほうは、ふた親がこの世を去ってより十八年の間、親の墓詣りを欠かしたことがないそうではないか、その孝心、ほめおくぞ」

「いや、殿さまからほめられるなんて、とんでももごぜえません。とっつぁまとかかさまがこの世におりました時分には、親孝行をしたくも貧乏でおもうようになんねえ、うめえものを買って食わせべえとおもっても銭はなし、ええ着物を買って着せべえとおもってもそれも出来ねえ、親孝行をすることが出来ねえでがした」

「いやいや、その一言《いちごん》のうちに親孝行の心はじゅうぶんに籠っておる。しかし、そのような心では、定めて孝行がしたらんとおもうであろうが、そのしたらんとおもう心が、孝行である。感心なやつじゃ、褒美をとらせるぞ」

「いやあとんでもねえ、おらあ殿さまからご褒美なんぞもらわねえでございます。よそのとっつぁまやかかさまを大事にしたのならご褒美ももらうだけど、おらのとっつぁまかかさま、おらが大事にした、こりゃあたりめえのこんでごぜえます。もらえねえでごぜえます」

「いや、そのほうの心底《しんてい》ではそうおもうであろう。褒美はなんでもそのほうの望みのものをとらせるであろう。人としての望みのないものはない、なにかそのほうの望みのものがあろう」

「いえ、なんにも望みなんてものはありませんだ」

「なにかあるであろう。田地が欲しいか、屋敷でも欲しいか、金子《きんす》か……なんなりともそのほうの望み通りのものを遣《つか》わすから、遠慮なく申すがよい」

「へえ、ありがとうごぜえますが、田地田畑はとっつぁまからもらいましただけで手いっぱいでごぜえます。これ以上ふえましたら一人で手におえねえ、小作人おかねばなんねえ、屋敷なんぞはおらあ、一日じゅう野良へ出ておりますので、雨露しのぐいまの家で結構でごぜえますだ……それから、金もよけいにありますと、働く気がなくなりますので、身のためになりませんので、お断りするでごぜえます」

「うん、感心な心がけじゃ、それにしてもなにかひとつぐらい望みはあるであろう」

「へえ、そらあ、おらあでも望みはあるでがす……望みあるだけど、それは願い申したところでだめでがす」

「いや、だめとはどういうわけじゃ、いかなる無理難題でも上の威光をもって叶《かな》えてつかわす。なんなりと望め」

「へえ、そんだば申し上げますが、おらあ死んだとっつぁまに、夢でもええから、いっぺん顔が見てえとおもっておりますだあ。無理なこんだけども、殿さまのご威光で、死んだとっつぁまに、一目会わしてくんろ」

これは無理な願いにはちがいありませんが、いまさらそれはならんと言うわけにはいきません。

「これ、名主、権右衛門」

「はい」

「庄助の父、庄左衛門は、何歳でこの世を去ったのじゃ？」

「はい、なんでもはあ四十五歳とおぼえております」

「して、庄助は、父親に似ておるか？」

「はい、村人は生き写しだと申しております」

「うむ」

領主が目配せをすると、そのころ、諸国の領主は八咫御鏡《やたのみかがみ》の写しを京の禁裡より預かり、唐櫃《とうびつ》に納めてあった。それを庄助の前へ持ち出して……。

「こりゃ、庄助、その唐櫃の蓋《ふた》を取ってみよ」

庄助が唐櫃の蓋を取りなかをのぞいて見ると、それへ自分の顔が映りましたから、

「あっ、あれまあ、とっつぁまでねえか。おめえさま、こんなところにござらしゃったか。おらでがすよ。庄助でがす。まあ、とっつぁま、そんなに泣かねえでもええだ。泣くでねえってば……とっつぁまがあまり泣くだから、おらも涙が止まんねえで困るでねえか……まあ、とっつぁま、達者でなによりだあ、それにちょっと若くなっただな……久しぶりで会ったで、こらあこんなうれしいことはねえ、とっつぁま、泣かねえでもええだよ。おらあ殿さまにお願え申して、おめえさまをもらって帰るだから、安心しゃっせえ……ええ、殿さまへお願えがごぜえます」

「なんじゃ」

「このとっつぁまをおらにくだせえまし」

「いや、それは遣わすわけにはまいらん」

「これこれ控えろ、庄助、これは御家の重宝、こやつにお遣わしの儀は堅くおとどまりくださいますように……」

殿さまはしばらく考えていたが、

「いや、苦しゅうない。聖教の教えにも唯、善をもって宝とす、とある。孝行に越す宝はないはず……これ、庄助、その品は、当家の重宝であるが、そのほうの孝心に愛《め》でて遣わす。かならず余人に見せてはならぬ、たとえ名主村役人、妻子兄弟たりとも見せることはあいならぬ。よいか」

殿さまはみずから筆をとって、「子は親に似たるものぞと亡き人の恋しきときは鏡をぞ見よ」という歌をつけ、この鏡を庄助に遣わした。

「なんせはあ、ありがてえこんで……さあ、とっつぁま、おまえさまを殿さまからもらっただから、うちへ一緒に帰るだ……あれ、とっつぁまよろこんで笑ってござらっしゃるだ、うれしかんべえ、おらだってうれしいだあ……殿さま、ありがとうごぜえます。じゃいただいて帰りやす」

「これこれ、庄助、ただいま申した通り、かならず人に見せることあいならんぞ、そち一人にて大切に秘めおくようにいたせ、わかったか」

「はい、どんなことがあったって、おらのとっつぁまでがす、大切にして他人《ひと》には見せねえでがす。ありがとうごぜえます。……はい、さいなら……」

庄助は、この鏡を背負って自分の家へ帰ったが、妻子にも見せるなと言われているから、裏の納屋にある古葛籠《つづら》のなかに、この鏡をしまって、朝夕、

「とっつぁま、行ってめえります」

「ただいま帰りました」

と、挨拶をしている。これを女房が不審におもって、

「どうもこのごろ、亭主の様子がおかしい、納屋になにか隠しているんじゃあんめえか」

と、ある日、庄助の留守に裏の納屋へいって古葛籠の蓋を取るとなかに女の顔が見えたのでおどろいた。

「あれッ、たまげたなあ。やあ、これだっ、どうりでおらに隠してるとおもったら、こげな女子《あまつこ》を隠しとくだね……われどこの者だっ、よくもまあ、うちのとっつぁまを欺《だま》くらかして、こんなところに隠れていやがったなっ、てめえの面をみろ、そんなろくでもねえ面しやがって、畜生っ……きまり悪いもんだから泣いてやがんな、お、おらのほうが泣きてえくれえだ、ずうずうしい女子《あまつこ》だ、おらがを出そったってそうはいかねえぞ。とっつぁんが帰ってきたら、てめえひきずり出してぶっ叩くだから、そうおもえっ、よくもこんなところへ隠れていやがったな……」

と、女房が腹を立てているところへ庄助が帰って来た。

「これ、いま帰っただ。どうした？　わりゃ泣いてるな」

「なに言ってるだ。隠しごとされたり、だれだっておもしろくねえべ」

「隠しごと？　あれっ、おめえ裏の納屋へ行ったな。あれほど裏の納屋へ行ってはなんねえって言ってるのに……もしや、おめえ、おらがの大切なもの開けて見たでねえか？」

「はあ、見ただよ、見たがどうしたえ。おめえさま、あの葛籠《つづら》のなかの女子《あまつこ》はどっからひっぱってきただ？」

「葛籠のなかの女子《あまつこ》？　ばかこくでねえ。おらがとっつぁまでねえか」

「そんな嘘ついたってだめだ。さあ、あの女子《あまつこ》をどこから連れて来ただ。さあ、言わねえかっ」

「女子《あまつこ》でねえ、とっつぁまだって言うに……これ、この野郎、おらの胸ぐらとってどうするだ。これっ、放せっ、放せちゅうに……これ、放さねえと、こうしてくれるぞっ」

「あれっ、おらをぶっただね。内緒で女子《あまっこ》をひっぱりこんでおきながら、おらをぶった
あ、なんてえ人だ。あんなろくでもねえ面した女子《あまっこ》を隠しておきやがって、とっつぁまだなんて、
よくもそんなとぼけたことが言えたもんだ。さあ、ぶつならぶたっせえ」
と、ふだん仲のいい夫婦が、とっ組み合いの大喧嘩になった。
そこへ通りかかったのが、隣村に住む尼寺の尼さんで……、
「まあまあ、待ちなさい。ふたりともどうしたもんで……これ、待ちなさいと言うに、これこれ、
いい年齢《とし》をしてなんで喧嘩などしなさる？　え？　なに？　泣いてたってわからない……話をし
てみなさい……え？　庄助さんが、女子《あまっこ》を納屋の葛籠のなかに？　ほんとうか？　ふん、ふん、
そうか、そりゃ、庄助さん、おめえがよくねえぞ」
「とんでもねえ。いつおらが女子《あまっこ》を隠した？　あれはとっつぁまでがす。というのは、じつは、
こねえだ、殿さまにおらが呼ばれただ。なんだとおもって行くと、よく孝行をした。褒美になん
でも望むものをくれると言うから、死んだとっつぁまに逢わしてくれろっと言っただ。すると、殿
さまがあのとっつぁまの入ってる箱をくださって、これはだれにも見せてはなんねと、堅く言わ
れたで、おらあ内緒にしていただ」
「なに、あんなとっつぁまがあるもんか、ろくでもねえ女子《あまっこ》だ」
「まだそんなことを言うか。とっつぁまだってえのに……」
「女子《あまっこ》だ」
「まあまあ、そうお互いに喧嘩しててもきりがねえ。とっつぁまか、女子《あまっこ》か、わたしがとにかく
見てやるべえ、もしも女子《あまっこ》やったら、おらがとっくりと話をして、始末をつけてやるべえ。よし

よし……この葛籠か？　開けてよく見てやるべえ。よいしょと……」

と、葛籠の蓋を払い、錦の布《き》れを除いて、ヒョイと見ると、坊主頭が映ってるので、

「ふふふ、ふたりとも喧嘩はやめたほうがええよ。なかの女は面目ないとおもったか、坊主になって詫びている」

《解説》　この噺の原流は、遠く仏典の『百喩経《ひゃくゆきょう》』に採集されている、古代インドの民間説話である、といわれる。これらが中国、朝鮮、トルコにまで流布し、今日さまざまな形で各地に伝えられ、存在している、と聞く。鏡という不思議な物体がもたらす珍奇で、滑稽な行状を千古不易に、これほどまでに自然に、巧まずに描いた民話を「落語」が所有していることに感嘆する。また、このような名作の存在が目立たぬこともいい。サゲは「見立て落ち」。

豊竹屋《とよたけや》

芸事というものは、結構なものだが、それでもひとつの芸に打ち込むというのは、なかなかたいへんで……よく芸をかじる人があります。音曲でも、ちょっと常磐津《ときわず》をやってみたが、これはどうも向かないから、清元にしてみよう……これもおもしろくないから、こんどは小唄を習ってみようか……いや、新内もよさそうだって、あっちを少し、こっちを少々、なにものにならない。ほうぼうを食いちらす……というので、これを芸をかじるといって、師匠のほうでは、たいへんにいやがるそうで……。

またなかには、一つものにたいへん凝《こ》る人もいて……豊竹屋の節右衛門という方がいて、この人は、義太夫が好きで、といってもまともに段物を語るというのではなく、見たり聞いたりするものをなんでもすぐ節をつけて、義太夫にして語る……。

「ちょいと、おまえさん、お起きなさいよ……ちょいと、おまえさん、目がさめないのかい？」

「あいよ、あいよ」

「起きなさいよ……ちょいと」

アァ……ァ…ァ…ァ…あ…ァ（と、義太夫節）」

「いやだね、あくびに節をつけてるよ、この人ァ……まだ目がさめないの？」

「おとといからの寝続けに、まだ目がさめぬゥ……はァ…はァ…あァくゥ…びィ……かかるところへ春《しゅん》…藤《どう》…玄《げん》…蕃《ば》。首ィ見るゥ役ゥは、松王ゥ丸…病苦を助《たす》ゥくる駕籠《かご》ォ乗ィ物、しずゥしずゥと……昇《か》きィ据《す》ゆゥ…うゥればァ（と、「菅原伝授手習鑑」寺子屋）…そのォ間おそしと駆け入るお染、逢いたかったアと…久…松ゥ…に、すがりィ…ィい、つゥけェば、声荒げェ（と、「新版歌祭文」野崎村）、やァ、武田方《たけだがた》の廻し者、憎い女と、引き抜いてェ……突っ込ォむ、手錬《しゅれん》の槍先に、うわァ…と魂消《たまぎ》る女の泣き声、合点ゆかずと引き出す手負《てお》い（と、「本朝廿四孝」十種香《じゅこう》の場）、真紫にあらで真実の、母の皐月ィがァ…七転八倒ォ…ォお…ッ……いやァッ、ややややややッ…こは母人《ははびと》かァッ、しなァ……したりィッ、残念至極とばかりにて、さすがの武智も仰天しィ…（と、「絵本太功記」十段目）、ただァ茫…ォ…おゥ…おゥ…おゥ…おォォ然たア…ァるゥッ…ばァかんン、なァ…あァ…あァりィなァ…りィ…（と、納めると、口三味線で「恋飛脚大和往来」新口《にのくち》村の段となり）ちちちちちちち、いいいいいい、ちちちっつん、つんつな。巡礼姿の八右衛門、あとにつづいて八幡太郎、かっぽれかっぽれェ…えッ、甘茶でかっぽれェ…ッ」

「なにを言ってるんだねえ、この人はまあ……くだらないことばっかり言ってないで、さっさと顔を洗って、ごはんを食べておくれ、いつまでも片づかないから。さあ、早くおあがんなさいよ」

「して女房、めしの菜《さい》は……」

「お味噌汁《おつけ》と納豆だから早く食べておくれよ」

「なに？　今朝はお味噌汁《つけ》に、納豆、納豆ォ（と、義太夫節）」

「さあ早くおあがんなさいてえのに」

「つん（と、口三味線）箸《はし》取り上げ……て、お椀《わん》の蓋《ふた》ァ…ァッ……ちちん……あくゥ…れェばァッ……味噌汁《みそしる》八杯豆腐……煮干しの頭の浮いたるは……あやしかりけるゥ…ゥ…ゥ…ウッ、ぶるるるッ……」

「あ、いやだよ、お膳を引っくる返しちまったよ、この人は……駄々っ子みたいなことをしてないで、しょうがないねえ、手数ばかりかけてさあ……」

「てん、ちょっとおたずね申します。（と、義太夫節）豊竹屋節右衛門さん…ン…ンは、こちらかえェ」

「ほら、また変な人が来たよ……まあ、ちょいとおまえさん、出ておくれよ。おまえとおなじような気ちがいが来たよ」

「これこれッ、なんだ気ちがいとは、失礼なことを言うな……おや、これは、ようおたずねを……さあさあ、こっちらへお入りを……。どなたで……？」

「いや、てまえは浅草三筋町三味線堀に住む花林胴八《かりんどうはち》という、でたらめの三味線を弾くのが、なによりの楽しみで、ええ、あなたがでたらめの浄瑠璃を語るということをうかがって、ぜひ、お手合わせを願いたいとおもいましてうかがいました」

「いやあ、これはこれはまあようこそ……さあさ、こっちへお入りを……さっそく、お手合わせを願いたい……が、今日は、三味線はお持ちになりませんので……？」

「いや、あたくしのは三味線といってもな、糸が切れる皮が破れるといううれいのない、口三味線で……」

「あ、口三味線、ああ、こりゃいい。腹さえへらなければいくらでも弾ける……いやあ、さっそくお願いをいたしましょう」

「口はばったいことを言うようですが、あなたがどんなでたらめの浄瑠璃を語ろうとも、あたくしもでたらめの三味線を合わせるつもりで、さ、どうぞ、お語りを……」

「いや、そりゃいけません……あなたの三味線によって先に弾き出さないことには、あたしも語れませんよ。さ、あなたのほうから先に……」

「いや、あなたが太夫なんだから先へお語りを……」

「そっちが先……」

「いや、あんたが先へ……」

「あんたが先へ」

「先へ」

「先、さき、……さきィにィ、旗ァ持ちィ…ぃ（と、節になる）おどォりィつゥつゥ…ゥ、三味ィやァ太ィ鼓ォでェ打ちィはァやァしィ…ッ」

「はッ、ちィん……ちん……はッ、ちんどん屋……」

「あ、それが三味線……？」

「さよう」

「ああ、こりゃおもしろい、ちんちんとうけて、ちんどんや……はあ、こりゃいい」

「さ、どうぞあとをお語りを……」

「ええ……おいおい、なにをしているんだ、その、水をざあざあ流して、うるさいな」

「隣ですよ、うちじゃありませんよ」

「なに？　隣？」

「隣のおばさんがいま洗濯をしているんですよ」

「なに、隣の婆さん……ン、せん……ンだァ……あ……ァく、うゥ、ううウゥ、うゥうゥ……」

「はッ、じゃ、じゃッじゃッじゃッじゃッじゃッじゃッ、しゃぼォん、しゃぼォん……」

「あ、こりゃおもしろい三味線だなあ……二十ゥ五にィちィの、ごォえェんンにィち」

「はッ、てんじんさん」

「あ、なるほど、天神さんか」

「さあさ、あとをお語りを」

「りんを振ったァはァ…あ、ごォみィいやァ…かァィえ」

「はッ、ちりちりん……ちんりんちんりんちんりん……ちりつんでゆく」

「うまいッ……ああ、ちりちりんでりんを聞かして、ちりつんでゆくはいいねえ」

「さあ、あとをお語りを」

「去年の暮のォ…ゥ…お、おォおォみィいそォおォか、米屋と酒屋に責められェ…えてェえ」

「てんてこまァい、てんてこまい」

「口の悪い三味線だな……障子がらりと縁《えん》ばなに、たおれて泡ァを、吹いたのォ…おは？」

「てんかん、てんかん、てんかん」

「子供の着物を……親が着て」

「はッ、つんつるてェん、つんつるてェん」

「襦袢に、袖のないものは？」

「はッ、ちゃん、ちゃん」

「うまいな、これは……これはァ…あ、夏の売りもので、そばに似れどもそばでなく、うどォんンに似れどもうどんでなく、酢をかけ蜜かけたべェるゥうのォおは？」

「とォころてェん、かァんてん」

「それをあんまり食べすぎて、おなかをこォわァしィて、かよ…ォうのォはァッ？」

「せっちん、せっちんせっちん」

「きたない三味線だなあ……あれあれ、むこうの棚に……鼠が三《み》つ出《い》でてェ、また三つ出でてむつましィく、ひとつの供えをォ…ォ…お、引いィ…いィてェ、ゆゥく」

鼠が
「ちゅうちゅうちゅうちゅうちゅうちゅう」

「いやあ、節右衛門さんところの鼠だけあって、いやあよく弾きますなあ」

「いやあ、なんの、少々、かじるだけで……」


《**解説**》音曲噺。落語の形式《ジャンル》の一つに音曲噺がある。落語でなく声音《のど》を聴かせる音曲師という芸人の芸が、以前は寄席の雰囲気に色どりをそえる景物になっていた。この噺は義太夫の素養のある六代目三遊亭円生の演《レパートリー》目になっていた。「**寝床**」の義太夫好きにくらべれば、本篇の主人公は、ひそやかな、罪のない、愛すべき芸事好きである。軽妙洒脱で、洒落《しゃれ》たサゲが利いている。

一つ穴

「ちょいと、権助や」

「ひァッ」

「こっちへおいで」

「ひぇッ、なんだっちゅうに……」

「まあ、なんていう返事をするのさ。そこへお座り」

「なんでがす？」

「おまえも知ってるだろうが、旦那がもう三日も帰っていらっしゃらないね」

「へえ、そりゃまあ、旦那どんのお帰りになんねえのは、おらだって知んねえこともねえが、まあ、あれだけの年齢《とし》だで、まさか迷子になるようなこともなかんべえし、と言って、どこかでおっ死んだちゅうわけも……」

「なにを言ってるんだねえ。縁起の悪いことをお言いでないよ。おまえ、旦那さまの居所を知ってるんだろう？」

「おらあ知んねえ」

「そんなことがあるもんかったって、知んねえことは知んねえだ」

「だって、おまえ、いつも旦那さまのお供をして歩いてるじゃあないか」

「そりゃあそうだが、いつもおらあ、はぐれちまうだ」

「どうしてさ？」

「こねえだだってそうだ。となり町の絵草紙屋の前まで行くと、えかくきれいな女っ子《あまっこ》が画《け》えてあるで、これァなにけえ、どこの女っ子だんべえったら、ばかっ、これは女っ子《あま》ではねえ、女形の役者だァって……だから女形ってあんでがすって聞いたら、男が女っ子に化けとるだって……まあ、えかく腰ぬけ野郎があるもんだとおもって、おらがながめているうちに、気がついて振りむいたら、旦那どんの姿がねえ」

「いやだねえまあ、じゃあおまえ、絵草紙屋の前でまかれたんじゃあないか」

「いや、まかれたではねえ、はぐれただ」

「おんなしこったね、おまえがぼんやりしているからいけないんだよ」

「おらがぼんやりではねえ。野郎がはしっこいだもの」

「なんだい？　野郎というのは」

「あっ、こりゃあいけねえ、はっはっは。あんたのめえで言うこんじゃあなかったな。おらあ陰じゃあ旦那どんのことはてえげえ、野郎って……」

「あきれたね、まあ。自分の主人をつかまえて野郎ということがあるもんかね。あたしのことは

なんというんだ?」

「なあに、あんたのことは、うちの女っ子《あまこ》が……これからそんな口のきき方をしたら承知しないよ」

「いやだねえ……」

「へえ、どうか勘弁しとくんなせえ」

「他人《ひと》さまでもいらっしゃると赤面するよ。とにかく口のきき方は気をつけないと困りますよ。おまえ、ここへ来て何年になるねえ?」

「早えもんでがんす。もうかれこれ八年になりやすなあ」

「八年もいたら、旦那のお供で行った先まで、ちゃんとついて行って、どこへいらっしゃるか、おぼえていてくれなくちゃあ困るじゃあないか、ほんとうに……この節、旦那さまが夜泊まり日泊まりをなすっておいでになるが、そりゃあなにもあたしがとやかく言うわけじゃあない。男の働きだからなにをなすってもいいけれども、出先をいい聞かしてくださらないと、お屋敷からの急のご用だ、そらなにかあったというときには、出先がわからなくっちゃあ困る。また今夜はお帰りなさらないなら帰らないからとおっしゃれば、そのつもりで時刻がくれば寝かしてしまうけれども、いまお帰りなさるだろうと万一に引かされてあたしが起きてるもんだから、清《きよ》も竹《たけ》もやっぱり遠慮して起きてる。店もあたしが起きてるからやっぱり起きているようなわけで、自然あくる日の商売にさわってくる……。つまり、うちのためにならないから、旦那さまに聞こうとおもうけれど、あたしの口からいずれで泊まりなさると聞くのもおかしいから……またうかがったからっておっしゃる気づかいもない……きっと表《そと》へ、囲い者でも出来たんだろうとおもうんだよ、ねえ、権助?」

「おれもそうおもってるだ。なんでもはあ、表へ出来たにそういなかんべえとおもっていただあね。そりゃ考《かん》げえうめえのう。表へなにが出来たんだあね？」

「それがわからないから聞いてるんだよ」

「なにを？」

「わからない人だね。いいかい、権助、旦那がきょうお帰りになって、で、もしも、またお出かけになるようだったら、おまえにお供を言いつけるから、こんどは途中でまかれたふりをして、どこへいらっしゃるか、よく見て来ておくれ」

「はあ、ようがす」

「それから、これは少ないけれどもね、鼻紙でもお買いよ」

「あんれまあ、もらっちゃあすまねえのう」

「いいから取っておおき」

「そうけえ、まあせっかくのおぼしめしだで……なんぼ入《へえ》っとるか……」

「なぜ開けて見るんだよ」

「なあに、銭高によって忠義の尽《つく》し方を考《かん》げえなくては……」

「現金だねえ、言うことが……」

「いやあ、えかくたくさん入っとる。何《あに》を買うべえ」

「鼻紙でもお買いよ」

「こんだにたくさん鼻紙買って、いちどきに鼻ァかんだら、鼻がおっちぎれべえに」

「なにもこんなに鼻紙ばっかり買うことはないさ。好きなものをお買いよ」

「そんじゃあ、おらあ、褌《ふんどし》でも買うべえ」

「なにを言ってるんだね。おまえの買い物の相談してるんじゃあないよ」

「あっ、肝心なことを聞くのを忘れた」

「なんだい？」

「こりゃ給金とは別でがしょうね？」

「なに、給金から差し引くもんかね。その代わり頼んどくよ。こんどはきっと向こうまでついて行って旦那のおいでになるところを突きとめておくれよ」

「へえ、向こうまでついて行きますだ」

「そうして、どこかを知らせておくれ。頼むよ……そら、旦那さまがお帰りだ。あっちへ早くおいで……お帰りなさいまし」

「はい、ただいま」

「早くあっちへおいでよ」

「なんだって権助を座敷へ入れるんだい？」

「いえ……その……いま掃除をさせましたもんですから……」

「掃除をさせるなら清や竹がいるじゃあないか。あんな者を座敷へ入れるんじゃあない。あいつの歩いたあとをごらんなさい。足跡がついているから……どうも汚いやつだ。このあいだもあいつの足を見ておどろいちまった。なんだか、踵《かかと》をつかずにぴょこぴょこ歩いてるから、『踵になにかついてるのなら、取ったらどうだ』と言うと、『これは取れねえ』という。どういうわけだと聞いたら、『郷里《くに》を出るとき、踵のあかぎれのなかへ粟《あわ》をふんづけてきやしたが、ことしは天候がうまくいったもんで芽《め》を吹きやした。この踵を見るにつけても郷里《くに》のことをおもいだしやす』と涙ぐんでやがる。踵へ田地《でんち》をつけて歩いてるんだからあきれたもんだ」

「これから用のときは、あちらへ参って申しつけるようにいたしますから」

「いや、べつに叱言《こごと》じゃないが……」

「どちらへ？」

「こんなに長くなるつもりはなかったんだが……いや……その……なあに、中村屋が一緒なもんだから、あいつときたら梯子酒《はしご》だから、もう少し付き合え、もう少し付き合えと言うので、ついついどうも……どこからか使者《つかい》はなかったかな？」

「本所の河田さんからお使者《つかい》がみえました」

「いつ？……きのう？　さあ、しまった。どうしても会わなくちゃあならないことがあって、きのう行くつもりでいたんだが……きょう帰り道にまわってくればよかった。急いだもんだから、つい忘れちまった。うん、すぐ行って来ましょう」

「お召しものは？」

「着物はこれでいいが……」

「お出かけになりますなら、お供をお連れになって」

「いや、べつに供なんぞいらない」

「でもまた、どういうご用がないとも限りませんから、お連れになりましたら？」

「じゃあ、定吉を連れて行きましょう」

「小僧はみんな手がふさがっておりますので……権助をお連れなすって」

「あれかい？　おまえはね、たいそう贔屓役者で、あれをかわいがってやるのはいいが、あんな不作法なやつはないよ。ええ？　供に連れて歩きゃあ、あたしとぴったり並んで歩くんだ。『そんなにそばにくっつくもんじゃあない、供は少し離れて歩くもんだ』って言ったら、こんだ見えなくなっちまやがる。いやにどうも皮肉なやつだ。あたしがぐずぐずしていると、先へ立って歩くから、『供てえものが先へ歩くやつがあるか』と言ったら、『わしが先へ立って歩くんではねえ。おめえさまがのろいからあとになるんだ』と言う。『足が早いったって供が先へ立って歩くやつがあるもんか』と言ったら、ようやくあとから来やがった。そのときはたいへん素直でよかったが、越前堀へ行って提灯を借りてきたとき、あいつは提灯を持ってあとからくるんだ。『なぜあとからくるんだ？』と言ったら『こねえだは、供はあとから来いと言ったのに、そんな無理なことはねえ。提灯は先へ来い。供はあとから来いたって、わしゃそんだに長《なげ》え手は持たねえ』と、こう言うのさ。それはいいけれども、こないだ鎌倉河岸を歩いているときに、風の吹く日だ、冷たいものが顔へかかった。見るとおまえ、痰《たん》だ。振り向いたら、あの野郎がげらげら笑ってるんだ。『おまえか？』と聞くと『へえ、三度目だ』と、こう言いやがる。『三度目とはなんのことだ？』『二度目まではうまく飛び越したが、三度目は風の加減でおめえさまの顔へ吹きつけた。悪いのは風だ。いつもは飛び越すはずだ』と、こうとぼけたことを言いやがる。あんなどうも世の中に、行儀の悪いやつてえのは……」

「それだってあなた、田舎者のほうが正直でようございますよ。いまもわたくしからよく叱言を申しておきましたから、お連れになりますように……」

「まあまあ、おまえがそう言うのなら連れてってもいいが、呼んでごらん。返事もしやあしねえ」

「権助や、権助や」

「はーい」

「おや？　こりゃあめずらしい。あいつが返事をしたよ。雨が降らなきゃあいいが……支度をしなよ。供だよ」

「とうに支度ができて、尻をはしょって待ってるだよ。さあ、行くべえ」

「あの……お履物は？」

「はあ、も履《へ》えてますだ」

「おまえのじゃないよ。お履物といったら旦那さまのじゃあないか」

「ああ、野郎の……えへへ、旦那どんのはまだ出てねえだ」

「そんなことでお供が勤《つと》まるかねえ。気をつけなくっちゃあいけませんよ。いいかい、途中気をつけて、旦那さまにまちがいのないように、どこまでもよォくお供をするんだよ」

「わかってるだ。さあ、履物が出ただ。早く歩《あゆ》め」

「まあ、なんですね、旦那さまをつかまえて早く歩めとは？」

「へえ、すみません」

「じゃあ、行ってくるよ」

「行ってらっしゃいまし……権助頼むよ」

「へえ、よろしゅうがす」

「なんだい、その拳固で胸を叩いてるのは？」

「いや、はは、胸先痛えから、ちょっくら張っくりけえした」

「胸が痛いなら行かなくてもいいよ」

「いや、治った」

「あやしいなあどうも……ああ、きょうはいい天気だなあ」

「ああ、なんでも天気でなきゃあだめでがすなあ」

「これからあたしは少し急いで行こうとおもう」

「ああ、勝手に急げ」

「なんだ、勝手に急げとは？……用はないから、おまえはうちへ帰んなさい」

「いや、ぜひにお供すべえ」

「行かなくってもいいよ」

「いや、行くべえよ」

「うちになにか用があるといけないよ」

「なあに、もう水ゥ汲んで、米もといでしまっただよ。薪も割っちまったし、なんにも用はねえだ」

「だけども、これから本所の河田さんへ行って、それから木場へまわるんだが……。じゃあ、河田さんへ送り込んだらすぐ帰りな」

「だけんどものう」

「また強情張ってるか」

「強情じゃねえ。よく聞かっせえ。うちを出るときにおかみさんはなんと言いやした？　権助頼むよ、とこう言っただ。してみると、おめえさまの身体をきょう一日わしが頼まれているだ。人間ちゅうものは、いま身体が達者でも老少不定、いつ行き倒れにならねえとも限らねえて」

「またはじめやがった。縁起でもねえことを言うな、おまえは、連れて歩いてもいいが、人の気にさわるようなことばっかり言う。ついて歩くてえなら勝手に歩け、その代わり木場からすぐうちへ帰らないよ。京橋から品川へ行って四谷から麴町へ行って、下谷から浅草へ行くぞ」

「それじゃ江戸じゅうあらかた歩くんだ。わしは歩くがおめえさまは歩けめえ」

「駕籠へ乗るから、おまえあとから追っかけてくるか？」

「不人情なことを言うもんじゃねえ、合乗りで行くべえ」

「ばかあ言いなさんな。おまえと駕籠に一緒に乗れるかよ。主人が帰れと言うんだから帰ったらいいだろう。権助、権助？……あれっ、急に見えなくなっちまった。うふふ、生意気なことを言ったって、人混みに来たらはぐれてしまいやがる。ざまあみろ」

「ざまあみろ……だと、ばかげたことを言うもんでねえ。はぐれたではねえ。屋台の下に隠れてるのを知んねえだ。おらあいつでも、この両国の広っけえところへ来るとごまかされるから、きょうはおらのほうで、先へまいてやっただ。この狸野郎……あれっ、見ろ、本所の屋敷へ行くのに橋渡らねえで左へ曲がったな？　野郎あやしいぞ」

旦那は、権助があとからついてくるのを知らずに、大橋の横町を曲がり芸者新道を曲がると、角から二軒目の小粋な家へ入った。

「頭はァ隠して尻隠さずちゅうのはこのこったあ。……この家へ入った。あそこに下駄がある……おらあ、おかみさまへ対して小遣《づけ》えもらった顔が立たねえ、野郎、なにをするだかひとつ見てやるべえ……」

角を曲がると、庭の黒塀に節穴があった。

「おいおい、障子を開けな。ああ、急いで来たせいか、少し暑いから……。ああ、庭の模様がよくなったなあ。うん、手はちょいちょい入れなくちゃあいけませんね。表の塀は塗りかえさしたか？　近所の子供がいたずら書きしたりするから……なに、それにはおよばないが……」

「ばか野郎、天罰だぞこの野郎、おらが眼玉《まなこだま》ァつん出してんのも知んねえで……野郎、高慢げな顔をして布団の上に座りやがって、売れ残りの木魚《もくぎょ》みてえだ……あれっ、きれいな女《あま》っ子《こ》だなまあ、あんてえ色が白っけえだ。あれまあ、おしゃらくに着物を着やがって、踵でふんめえてふんずりけえるな。ありまあ、そうだにぴったり傍《そべ》ぇ寄るな、えへっ、まっと離れろ……この女っ子にだまされてるだ。なんだ？　ゆうべも来るだろうとおもって遅くまで待っていたよ？　久しく来ねえ？　浮気しちゃあだめよ？　ばかァこくなよ。おらあ来てえがかかあがやかましくて手に負えねえ？　嘘言え、なんだ？　ここへ来ておかみさんのこと悪く言ったってうちへ帰れば、本《もと》木《き》にまさる末木《うらき》なしとかでかわいがるだろう？　あれェ、楊枝でほっぺたァ突っつかれていやがる、この狸野郎っ」

「おまえそんなことを言うけど、うちであいつの面ァみてめしを食うのもいやだ」

「へーっ、たいへんなことをこきゃあがる。道理でおらあほうへ冷めしばかりまわるとおもったが、これだもの……」

「きょうはひとりでいらした？」

「なあに、供を連れて来たんだが、はぐれやがった」

「小僧さんですか？」

「いや、小僧なら、連れてきて口止めすればいいんだが、きょうは大人だよ」

「いやねえ、大人？　どんな人？」

「いつかあの深川の不動さまへ行ったとき、永代でおまえに会ったろう？　あのとき供をしていた背の低い色の黒いやつが、包みを背負《しょ》ってた、あいつだあね」

「ああ、そうそう、おっそろしい色の黒い、まるで鍋のお尻《しり》のような人ねえ」

「この女《あま》っ、おらのことを鍋の尻《けつ》だってぬかしやがる。……あれ、なにか小さな声で話してやがる。もっとでっけえ声をしてやれ、……こればがっ、……よせ、昼間だってえのに、ああこりゃ……こりゃたまげだっ、障子を閉めちまった……これじゃ、かみさんがぐずぐず言うのは無理ねえこった。おらァこと鍋の尻《けつ》だとこきゃあがったな。おぼえてろっ……あ、痛《いて》え……おう痛え。釘で目の上、かぎ裂きした……おぼえてろっ」

　権助、烈火のごとく怒って、うちへ帰った……。

「へえ、行ってめえりやした」

「あ、ご苦労だったねえ……こっちへお入り……どうしたんだい？　おまえの鼻の頭と額《ひたい》はまっ黒だよ。それに血が出てるじゃないか」

「いま黒板塀をのぞいていたからだあ」

「のぞいてどうしたんだい？」

「目の上ンところを塀に出ている釘でかぎ裂きをしただあ」

「顔をかぎ裂きするやつがあるもんかね」

「おかみさん、どうにもこうにも、きょうばっかりはおらあ、たまげちまった」

「どうだったの？」

「おかみさん、話ィするがの、肝つぶしちゃいけねえ」

「大丈夫だよ」

「旦那どんの供をして途中まで行くと、権助、本所の屋敷まで送ったら、すぐ帰《けえ》れ、帰れと言うから、おらあ、おかみさまから一日じゅう旦那どんの身体を頼まれているだから、おらあ帰らねえ、いつおめえさまが行き倒れになるかわからねえから帰らねえとがんばった」

「それで？」

「両国まで行って、様子が変だからおらあ屋台の下へ隠れちまった。すると旦那は『人混みにはぐれてしまった、ざまあみろ』なんて生意気なことをぬかして、両国橋のところで橋を渡んねえで、川っ端を左へ曲がっただ……おらあ、旦那どんのうしろへついて行って……なんとか言いやした……でっけえ茶屋、あったね？」

「なに亀清《かめせい》かい？」

「そんな名じゃあねえ。ほら、両国の角にでっけえ茶屋が……」

「大橋《たいきょう》かい？」

「大橋だ。……大橋の横町曲がってまた曲がって、また曲がるところがあるのう？」

「はあ？」

「また曲がると一《ひい》、二《ふう》、三《みっ》つ裏を通って、でっけえ抜け裏の角の家で格子はまってるだ」

「はあ？」

「そこの家へ旦那どんは駆け込んだ。見ると玄関に旦那どんの駒下駄ァ出しっぱなしてあるだ」

「それから？」

「それから裏のほうへまわると、黒板塀に節穴がある、その節穴からのぞくと、おったまげたよ」

「どうしたえ？」

「旦那どんが布団の上に乗っかって、傍《そば》に女《あま》っ子《こ》が行儀悪くななめに座ってるだ。その女っ子のきれいのきれえでねえのって、年ごろは、二十二、三だんべか、色が白くって、それに着る物といい……あんたからくらべりゃあ、なに……向こうがぐわいよくねえ。……なんでもその女っ子がなんかぐずぐず言い出したが、そりゃあいいけんど、終《しめ》えに聞くと気に食わねえ。おらあのこと鍋の尻だってその女《あま》ァ言うんだ」

「なんだかわけがわからないよ」

「おらあにもわからねえだ」

「それからどうしたい？」

「だんだん見ているとたまげたね」

「なにが？」

「なにがって、昼日中みっともねえ。とっついたり、ひっついたりしていたかとおもうと、障子閉めっちまった。あッあッとおったまげるはずみに目の上にかぎ裂きしちまった」

「ふーん、じゃあ、それがお囲い者なんだね？……あたしもそんなことじゃないかとおもったんだ。その女の家というのはどこなんだい？　道はよくおぼえておいでかい？」

「いやあ、おぼえちゃあいるが、そんだに聞かれたってわかんねえね」

「行けばわかるだろう?」

「そりゃあ行けばわかるだあな」

「それじゃ、おまえ、後生だから一緒に行っておくれな」

「どけへ?」

「どこへったって、旦那さまにお目にかかりにさ」

「会ってどうするだい?」

「会ってどうするったって、知れたことじゃあないか。男の働きだからなにをするのもいいけど、旦那さまがどうなさるご了見だか、あたしゃうかがいたいから……」

「こりゃあ、えれえことになった。そりゃあ行くのはよくなかんべえ」

「なぜ?」

「なぜって、へえ、戦《いくさ》でもこっちから向こうへ出張《でば》るのは五分の損があるだってえからな、そうだなことをせずに、旦那どんだって、わが家だから、いつか一度は帰るにちげえねえ。そこで、あんたァ理解《りけえ》解いて話しぶったらよかんべえに、うん? そんで旦那どんが聞かなきゃあ、ええ、わさびおろしで鼻づらでもひっかけてやったらよかんべえ。おらも野郎ぶっぱたいてやるだから……」

「なんだね、旦那を殴ってどうするんだね。じゃあ、どうしても一緒に行くのは嫌《いや》かい?」

「嫌っちゅうこたあねえが、やめたほうがよかんべえに……」

「そうかい、おまえもなんだねえ、旦那と一つ穴の狐だねえ」

「あり？　狐とはひどかんべ」

「そうじゃあないか、連れて行けてえのに、変に邪魔をするからさ」

「邪魔をするわけじゃあねえ」

「だから、旦那と一つ穴の狐だよ」

「やァだァね、狐だなんて言われちゃあ心持ちよくねえだ……そんじゃあ、案内《あんねえ》ぶってもええが、夫婦喧嘩なんちゅうものは、仲ァ直ったあとで、だれが案内ぶった、権助だ、あの野郎とんでもねえやつだ、なんてんでうらまれるのは困るだからね」

「大丈夫だよ、おまえの名前を出すようなことはないからさ。さ、いいからおいで」

こうなったらおかみさんは、言ったって止めたって聞きはしない……そこは女性のことで、髪を直して、着物を着かえて家を出たが、ふだんはちょっと歩くと、鼻緒ずれだとか、足が痛いとか言ってなかなか歩かない人が、きょうは癇癪《かんしゃく》歩きという、魂が頭のてっぺんに上がっているから宙を飛ぶような速さ……。

「ぐずぐずしないで、早くおいで」

「そうだに早く行っちまっちゃあだめだ……そこだそこだ」

「そうかい。じゃあ、おまえ、表で待っといで」

「待っているのはええが、だめだよあんたァ、喧嘩ぶつようなことがあっちゃあ、みっともねえから、それと、おらが名を出しちゃあだめだ、ええけえ」

「よけいなことをお言いでない。……ごめんください。どなたもいないの……」

と格子戸へ手をかけて引くと、ガラガラと開いて女中が出て来て……、

「はい、いらっしゃいまし。どなたさまで?」

「こちらさまに大津屋の半兵衛さんがおいででございますか?」

「はい……いいえ、いらっしゃいませんが……」

「おとぼけなすっちゃあいけません。ここに下駄があるじゃあございませんか?」

「ああ……さようでございますか、あたくしはよそへ参っていま帰ったばかりですから……それじゃあおいでになったかもしれませんが、あなたさまはどなたさまで?」

「ちょっとお目にかかればわかるんでございますから……」

「でございますが、お名前をうかがわないとお取り次ぎができませんから」

「そうですか、名前を言わなくってわからなかったら、わたくしのような……ばばあが参ったと、おっしゃってください」

「はいっ」

女中はおどろいて奥へ……六畳ばかりの座敷で、一間《いっけん》の床の間に一間のちがい棚、下が袋戸棚になっていて、床の掛け物は光琳風の花鳥物がかかっていて、四方縁《くりえん》にして腰高の障子がはまり、きゃしゃな小粋な桐の胴丸の火鉢に利休型の鉄瓶、中に桜炭の上等なのがいけこんである。少し離れて枕もとのところに結構な煙草盆があって、絹布《けんぷ》のふとんの上に旦那はうとうとと仰向けになって寝ている。

「あの、ちょっと、ねえさん」

「なんだねえ……静かにおしよ。旦那がいまおやすみになったばかりじゃあないか」

「ねえさん、ちょっと、ちょっと……ちょっと」

「なんだよ。どうしたの？」

「どうしたって、旦那の浮気にはおどろきましたわ」

「なにがさ？」

「なにがさって、表でごめんなさいって言うから行って見ますとね、いい年増なんですの。みると、ちょっと人柄のところがあっていい服装《なり》をした人がね。息せき切って来ているんですの」

「ぜんたい……なんなの？」

「まあ、お聞きなさいまし。それからなんと言うかとおもっていると、こちらに大津屋の半兵衛さんがおりますかと言うから、あたしはいないと言いましたら、おとぼけなすっちゃあいけませんの。そこに履物がありますと言うんですよ。まあ憎いじゃありませんか。履物まで知っているんですの。あたしも間が悪うございましたからね、いま用足しから帰って来たばかりですが、ことによったら留守においでなすったかしれません、と言ったらね、ちょっとお目にかかりたいと言うから、お名前はなんとおっしゃるんですかと聞いたら、名前を申さなくっていけなかったら、ばばあが参ったとおっしゃってくださいまし、と、こうなんですよ。憎らしいじゃありませんか。それがばばあどころじゃあない、いい年増ですね。なんだか様子が変なんですけど、どうしましょうねえ？　旦那はきっとほかにも浮気をしておいでなさるにちがいないとおもいますわ」

「来ているってそう言っておやりな。なにを言うんだい。笑わせやがる。嫌味なことを言いやがって、生意気だよ」

　囲い者は囲い者でまた嫉妬がある。寝間着姿の上へお召し縮緬の袷《あわせ》をひっかけ、ほつれた鬢《びん》の毛を掻き上げながら、さっき少し飲んだ酒の酔いで、目のふちをほんのり赤くして、ずるずるお引きずりで門口へ出たときの風はえもいわれぬ風情で……。

「おいでなさいまし。あなた、どちらからおいでなさいました？」

「お女中は幾人《いくたり》おいでくだすってもいけません。半兵衛さんをお出しなすってくださいまし」

「そりゃああなた、そうおっしゃいますけれども、取り次ぎに出ましたものが、お名前をおうかがいしましたら、なにか、ばばあとおっしゃったそうでございますが、ばばあなんて言うお名前のお方はありますまい、とおもうんでございますが……旦那はおやすみになっていらっしゃいます。お名前をうかがいまして、ご用によったらお取り次ぎをいたしましょう」

さあ、前に権助からいろんな話を聞いたあげくに、この姿。この女がいままでなにをしていたかとおもうと、そこは、やきもちの虫がキュッ……と上がってくる。これを抑えようとすると……こっちから癇癪《かんしゃく》の虫が……顔を上げてくる。これを無理に抑えると、まん中から屁ッぴり虫が、カァッと持ち上がってくる。さあ、こうなると、胸は早鐘を打つようにじゃんじゃんしてくる。

「名前を言わなくっちゃあならないんですか？　わたしは大津屋半兵衛の家内です」

「はッ」

と、お囲い者があとへさがったとたんに、半兵衛の女房はばたばたばたばたばたッ……と奥へ入って、旦那の寝ている、その枕もとにぴたりと座ってしまう。さてこうなると女は意気地のないもので、なにか言いたいとおもうが、口ごもって、涙をぽろぽろ……やがて気を取り直して、旦那の肩をゆすぶりながら、

「旦那さま、お、お起きあそばせ……もし、あなたっ」

「あーあ、水を一杯くんな。ああどうも、ばたばたしちゃあいけないよ。せっかくいい気持ちに

寝こんでいたのに……あっ、こりゃあ、おまえかッ……いや……その……このご婦人が急に癪《しゃく》がおこったってえもんだから、それを押してあげたりなんかして、あたしも疲れたもんだから……」

「あなたのお力で押してあげたら、さぞ癪もおさまりましょう。けれども、癪を押すのに枕が二つおいりになりますの？」

「え？　いや、その……なにしろお癪が強いもんだから、一つは、その……転がったときのかけ替えの枕……」

「いいかげんになさいまし、なにもそんなにお隠しあそばさないでもいいじゃございませんか……（すすりあげながら）男の働きだからなにをなさっても、けっしてやきもちがましいことは申しません。お隠しなさることはおよしくださいまし、わたくしもご存知の通り兄弟もなし、それほどあなたがかわいいとおぼしめすなら、家へ引き取って、姉妹《きょうだい》になり、あなたがどこへでも連れて遊びにおいでなすって、家内の姉妹ですと言えば、わたしも心持ちがよろしゅうございます。あなたも世間で悪くも言われず、家内は感心だ、仲をよくしている、定めて主人の躾《しつけ》がいいんだろうと、わたしも肩身がひろうございますが、あなたが（泣き声になって）うちをお空けになりまして、わたくしが親戚の者やなにかに……」

「うん、えへん、そのどうも、おい、大きな声をしちゃあいけない……いや、まことにすまない。いや、これはわたしが悪かった。打ち明けて言えばよかったんだが、ついどうもな、きょう言おう、あす言おうと言いそびれてこういうことになったんだが、ここでこうセリフを並べられちゃあ困る。うちへ帰って話をしよう。ねえ、おまえ、そう泣いちゃあ困るから、まあ、ひと足先へお帰り」

「ご一緒に参りましょう」

「一緒に行かなくてもいいじゃあないか、ばつが悪いから先へお帰りと言うんだよ」

「どうせわたくしのようなばばあと一緒に帰るのはお嫌《いや》でございましょう……」

「いや、べつに、ばばあというわけじゃあない。先へお帰りと言うんだよ。じきに帰るから……。そんなわからないことを言わないで、わたしが悪いから謝る。うちへ帰って話をするからお帰りと言うんだよ。わからないなあ」

「どうせわたくしはわかりません」

「そう、おまえ、袂《たもと》を引っぱっちゃあいけない。帰らないとは言わないよ。すぐ帰るよ。おい、そう引っぱっちゃあ袂が切れるよ……ええい、なにをするんだ。いいかげんになさい。おまえもあんまりわからなさすぎる。わたしも悪いとおもったから一目《いちもく》も二目《にもく》もおいて詫びてるんだ。それなのになんです、けしからん。うちへ帰って話をすると言うんだから、それでいいじゃあないか。帰んなさい。先へ……おい、なにをするんだ。また引っぱって、袂が切れるってえのに……おい、いいかげんにしろッ」

「痛いッ、あなた、おぶちなさいましたね。さあ、殺すんなら殺してくださいっ」

と、旦那にむしゃぶりつきました。

「なにをするんだっ」

と、旦那が奥さんの丸髷《まるまげ》をつかんだので、元結がぷっつり切れて散らし髪になって、なおもむしゃぶりつくのを、ぽーんと向こうへ突き飛ばした。奥さんがひょろひょろとよろけて火鉢の上へどすんと尻餅をつく。鉄瓶がとたんにひっくりかえって灰神楽《はいかぐら》があがる。旦那がそばにあった刺身の皿を放りつけると、奥さんがひょいとよけたが、よけきれないで、頭から刺身をあびた。耳のあいだにツマがぶらさがって、鼻の頭へ大根おろしがついている。その騒ぎにおどろいて妾《めかけ》は厠へ逃げこむ。女中は裏口から飛びだすとたんに井戸端ですべって転ぶ。猫が飛びこんできて魚を咬《くわ》え出す。

こうなっては権助も見ちゃあいられないから跳びこんできて、

「それ見たことか……あっ、痛え、おかみさん。なんでおらが手へ食いつくだ？　あぶねえからやめなせえ。だから言わねえこっちゃあねえ。あっ、旦那どん、あぶねえ、怪我でもぶったらどうするだ？　まあまあ待ちなせえ。短気は損気、狸の金玉八畳敷きだ」

「やい、権助、なにしにここへ来た？」

「さあしまった。出るところじゃあなかったな」

「じゃあなんだな？　あとをてめえがつけて来やがったんだな？　どうもおかしいとおもった。権助っ、おまえぐらい悪いやつはない。畜生っ、犬めっ」

「なんだ、犬だ？　おかみさん、ま、泣かねえがいい。少し待ちなせえ……、、、、、あとで話はつくべえ……あんたがた夫婦のこった。すまねえのはおらがほうだ。……野郎っ、ちょっくらここへ出ろっ」

「主人をつかまえて野郎出ろとはなんだ？　てめえ出ろっ」

「野郎と言ったがどうした？　そりゃあ、おまえらのところで奉公ぶって給金もらってるから、めし炊きだ、権助だ。けんど、郷里《くに》へ帰ってみろ。おらの親父は権左衛門と言って、村に事あるときは名主どんから三番目に座る家柄だ。その伜《せがれ》の権助をつかめえて犬とは何《あん》だ。おらがいつ椀の中へ面ァ突っこんでめしを食った」
「なにを言やがるんだ。面を突っこんで食うばかりが犬じゃあねえや。あっちへ行っちゃあいいようなことを言い、こっちへ行っちゃあいいようなことを言うから、それで犬と言ったんだ」
「それじゃあ、夫婦してよってたかっておらのことをけだものにするだな。おめえさんはおらあのことを犬だ犬だって言うし、おかみさんは、はあ、一つ穴の狐だと言った」

《解説》 落語国の、もう一人の大立者、権助の出番である。その言行は、なんと直截《ちよくせつ》的で、分別《ぶんべつ》をわきまえ、先を見通し、一途で、穢《けが》れを知らぬ——愛すべき人世の裏方である。明らかにこの続篇とおもえる「権助提灯」では、夜中、主人の供で本宅と妾宅を行ったり来たりする。与太郎が世の中の柵《しがらみ》の外で自由であるならば、権助は世の中の縁の下を支えている。御幣《ごへい》かつぎの「**かつぎや**」の主人に縁起でもないことを言ってやりこめる叛骨漢として本シリーズでも再登場するが、吉原へ居続けをしている若旦那を迎えに行く「**木乃伊取り**」、素人芝居の代役に狩り出されるのが「権助芝居」(別名「一分茶番」)、主人に「しぶといやつめ」と言わせて、罰金を取り上げるのが「しの字嫌い」、やぶ医者をからかうのが「金玉医者」、ほかに「**和歌三神**」「おもと違い」がある。

この噺、古い江戸落語で、妾《めかけ》を「妹分として家へ迎えたい」など女房が旦那に申し入れる、妾が公認であった当時の模様をうかがわせる。サゲの「一つ穴の狐」は、当時、「一つ穴の貉《むじな》」

より多く使っていた比喩《ひゆ》であったらしい。本妻と妾の対立を扱ったものに「星野屋」「悋気《りんき》の火の玉」「悋気の独楽《こま》」「熊野の牛王」などがあるが、これは名実ともに「古典」である。現在、権助もまたすべて電化された。

こんにゃく問答

　むかしは、宗教問答ということがたいそう盛んに行なわれました。禅宗では禅問答といっていまでも行なわれているが、有名なのが天正元年に信長が安土の城中で行なった安土問答、日蓮上人が佐渡の塚原でやったのが塚原問答、紀州にあったのを山伏問答、品川の東海寺のが沢庵問答、青山にあるのが鈴木主水《もんど》……これは問答（主水）がちがう……。

　むかしの寄席で噺のあとで余興にお客さまから題をいただいて……一枚でもせんべいとはこれいかに――一つをもってまんじゅうというがごとし……なんてえことをいう。これは、駄洒落ですが……なかには、八っつぁん、熊さんという職人のあいだでも問答がたいへん流行《はや》ったことがあるそうで……でも、これは問答だか喧嘩だかわけがわからない……。

「おいおい、どこへ行くんだ、おい」

「え？」

「どこへ行くんだい？」

「湯へ行くんだい」

「湯へ行くのかい、おい、まあ少し待て」

「え？」

「おれはこのごろ、問答をやってるんだ。滅法うめえぞ。どうだ出来るか？」

「問答？　なにを言ってやんで、問答ぐれえ出来ねえやつがあるか、いい若《わけ》えもんじゃねえか、持って来い」

「野郎、しからば一不審《いっぷしん》もて参ろうか」

「なにを言ってやんでえ畜生、高慢なことを言うな、なんでも持ってこい」

「われ、鉄眼《てつがん》の竜《りゅう》となって汝を取り巻くときは、これいかに？　とくらあ、どうだおどろいたか、この土手かぼちゃ」

「土手かぼちゃ？……汝、鉄眼の竜となれば、炎《ほのお》となって汝を熔《と》かす、とくらあ。どうだおたんこなす」

「うーん畜生、なかなかやりやがるんだな。汝、火となるときは、われ、水となってこれを消す、とどうだ」

「水となれば、土手となってこれを防ぐ」

「土手になれば、猪になってこれを崩す」

「猪なら、狩人になって、汝を撃つ」

「汝、狩人になれば、われ、庄屋となる」

　狐《きつね》拳のような問答になったが、二人とも強情だから、おしまいにならない。

「汝、庄屋となるときは、代官となる」

「汝、代官となれば、われ奉行となる」
「奉行となれば、老中となる」
「将軍となる」
「将軍《てんとう》となれば、天子となる」
「太陽となる」
「高えもんになりやがったな、こん畜生……汝、太陽となれば、日蝕となって世界を暗くする」
「日蝕になれば……う…ン…こん畜生、えっへへ変なものになりやがったな」
「どうだ」
「ん…畜生め、日蝕じゃあしょうがねえから、百万懸けの蠟燭《ろうそく》の灯りになって照らす」
「蠟燭になれば、風になってこれを消す」
「風になれば、壁となってこれを防ぐ」
「鼠となって食い破る」
「猫となって、汝をとる」
「おさんどんになって、猫をぶち殺す」
「おさんどんになれば、権助となって、汝を口説《くど》く」

上州の安中在に、禅宗の寺があって、和尚が亡くなって後を継ぐ者がいない。寺男の権助が留守居役、門前のこんにゃく屋六兵衛という男が後見役になっている。そこへ流れ込んできたのが、八五郎という男。道楽のあげく悪い病《やまいしょ》を背負いこんで、頭の毛が脱《ぬ》けてしまい、二本杖《づえ》で往来を桂馬に歩くという始末、友だちが寄ってたかって奉加帳をこしらえ、路銀を集めてくれて、それで草津へでも湯治に行って根こそぎ癒《いや》してこいという、それならばというので江戸をたった……もともと道楽者ですから、湯治場へ行き着かないうちに、路銀を使い果たして、門に立ったのがこんにゃく屋の六兵衛の家。土地の顔利きで、世話好きの六兵衛は八五郎を気の毒におもい、家に置いて世話をしていたが、ある日のこと、

「ここの空寺だが、寺などというものは、まずいものを食って身体をまめにしているから病気のためにはいいだろう。頭のまるいがもっけの幸い、とんだ宗俊じゃあないが、ひとつ和尚になってみねえか？」

「開いた口にぼた餅だ、そんならやってみよう」

ということで、八五郎、にわか和尚になりすました。最初のうちは神妙にしていたが、尻があたたまるとだんだんと地金を出して、もとよりお経が読めるわけでなく、戒名を書くこともできないので、毎日、朝っぱらから、縕袍《どてら》を羽織って大あぐらで茶碗酒をあおっている。

「やい、権助、権助っ」

「でけえ声だなまあ……何《あん》だな？」

「退屈だなあ……」

「退屈だんべえ」

「ちっとは葬いでもねえもんかなあ。寺で葬いがなかったひにゃあ、どうにもこうにもやりくりがつかねえじゃねえか。こんなことしてりゃあ、坊主の干物ができちまうぜ。おめえ、どっかへ村方でも歩いて葬いでも捜して来たらどうだ」

「なあに、捜しに行かなくっても近いうちに葬いが向こうからやってくるだ」

「へーえ、心当たりがあるか？」

「うむ、村はずれの松右衛門のとこのおしの婆さんがこのあいだから患っていて、もう長えことはあんめえてえことだ」

「そうか、そいつはありがてえ。いくらか小遣いになるだろう。前祝いに一杯やるか……酒の五合も取ってきて、泥鰌《どじょう》鍋かなにかでよ」

「しっ、だめだねえ和尚さま、酒だの泥鰌なんて……それは内緒でやるんだよ。檀家の衆でもござったら困るべえに、寺方には寺方の符牒があるってこねえだ教えたではねえか、符牒で言いなせえ」

「ああ、そうか。忘れちゃったな、酒はなんてんだっけな？」

「あれは般若湯《はんにゃとう》だ」

「鮪《まぐろ》は？」

「赤豆腐だ」

「赤え豆腐、ふふん。うめえことつけやがったな、まだあったな？」

「そりゃいくらもあるだ。栄螺《さざえ》が拳骨《げんこつ》、鮑《あわび》が伏鉦《ふせがね》、卵が遠眼鏡《とおめがね》、御所車ともいうが……」

「御所車？」

「中に黄味（君）が入《へえ》っとるからよ」

「なるほど……それから、鰹《かつお》節はなんていったっけ？」

「あれは巻紙だ」

「ああ、削《か》(書)いていると減るから、巻紙か」

「それから泥鰌が踊り子、蛸《たこ》が天蓋《てんげえ》」

「そうそう、天蓋。こないだは、しくじった」

「そうさ、檀家の久兵衛どんがござるのに、あんたでけえ声して『権助っ、台所の天蓋を酢蛸にしろっ』って、わしが目で知らせたら『酢天蓋』ってえ……」

「あははは、こっちも面くらったよ。じゃあ、般若湯を五合に、踊り子鍋でやるか。権助、頼む」

　これから本堂と庫裡《くり》のあいだで酒盛りをはじめると、門前で、

「頼もう、頼もう」

「やあ権助、気のせいだかもしれねえが、頼む頼むって声が聞こえるぞ。ことによったら、松右衛門とこの婆さんがくたばったかな。しめしめ、早く行ってみねえ」

「前祝いしたで、ありがてえまあ、穴掘り賃ももらえりゃ小遣いも入《へえ》るし、ええあんべえだ……ええ、おいでなせえまし……あんだ？　あんた坊さまだね。寺へ坊さま来たってだみだ。共食いだ。何《なに》か用けえ？」

「愚僧は、越前の国永平寺学寮の沙弥《しゃみ》、托善《たくぜん》と申す諸国行脚雲水の僧にござる。ただいまご門前を通行いたすに戒壇石《かいだんせき》に『不許葷酒入山門《くんしゅさんもんにいるをゆるさず》』とござりまする、まさしく同門の道と心得て推参つかまつってござる。大和尚ご在宅なれば一問答つかまつりたく、この儀よろしゅうお伝えを願いとうござる」

「そうかね、ちょっくら待っておくんなせえ……和尚、たいへんだ、たいへんだァ」

「どうした？　葬いが重なって来たのか？」

「ひゃっ、とんでもねえことになったぞ」

「なにが？」

「なにがって、一膳めしを食わせるか、諸国を般若の面をかぶって歩くって……」

「え、般若の面をかぶって？　飴《あめ》屋かい？　おもしれえや、ははは、上げて踊らせろ」

「ばかなことを言わねえもんだ。飴屋でねえ、坊さまだ」

「なに？」

「坊さまが来ただよ」

「なんだ、坊主のとこへ坊主が来りゃあろくなことじゃねえや、花会かなにかするんだろう」

「そんなこんじゃねえ。なんでもはあ、おめえさまのところへ問答ぶちに来ただよ」

「なんだと、問答ぶつたあ？」

「あれっ、和尚さまで問答知んねえかね。しょうのねえ和尚さまだ。おらもよくわかんねえが、向こうでなにか言い出したら、おめえさまが返事ぶつだよ」

「おれがか？」

「で、返事がぶてりゃあ、おめえさまの勝だ。すると向こうじゃあやまって帰るだ。返事が出来ねえちゅうと、あんたが負けだ。鉄の棒で頭《どたま》アぶっ殴《ぱ》りけえされて、傘一本でこの寺追《お》ん出されるだ」

「ばか、そんな割の悪い話があるもんか、勝ってあたりまえで、負けたらおれが放り出されるのかい？　冗談言うない、かまわねえ、断われよ。いま、うちじゃ問答はやりませんから、ほかで聞いてくれ……」

「そりゃあだめだ、あの門の入り口さでけえ石が立っているだ、それ、問答いつでもぶつべっちゅう、看板みてえなもんだ」

「えっ、なんだってそんなことがあるなら早く言うがいいじゃねえか……あの石か？　そう言やあ叩っこわしちゃったんだ、黙ってるから後手を食っちまったじゃねえか。しょうがねえな。じゃ衣《ころも》、貸しな、縕袍《どてら》で出て行きゃあ、かっぽれ屋が休んでるようだ。どけ、どけ……どうせ面ァ知らねえんだから、おれが行って断わっちまう……へえ、こんちは、おまえさん、なんだってね、般若の面をかぶって歩くんだってね？」

「愚僧は、越前の国永平寺学寮の沙弥、托善と申す諸国行脚雲水の僧にござるが……」

「さようですかい、せっかくおいでのところ、ただいま大和尚は留守で、またどうかこちらのほうへお出向きのついでにお立ち寄りを願いとう存じます」

「ご不在で……？　ご不在とあるならば、当ご門前を借用いたして、お帰りまでお待ち受けをいたそう」

「どうしようてえの？　ここで待っている？　冗談言っちゃあいけないよ。ずうずうしいことを言うねえ。大和尚は帰るったって、なにしろ遠くですからね。ことによると二、三日帰らねえかもしれませんよ」

「たとえ、三日が五日でもわれらの修行でござれば差し支えはござらぬ」

「それがね、五日ぐらいで帰ってくりゃいいが、ことによると十日ぐらい……用の都合で、十日が半月……半月がひと月」

「いや、この身の修行でござる。半月がひと月なりとも愚僧、宿場の旅籠に宿泊し、大和尚お帰りまで毎日お待ちいたす。しからばまた明日、ごめん」

「勝手にしやがれ、かんかん坊主っ……やいやい、やいやい権助、権助」

「どうなったね？」

「どうもこうもありゃあしねえや。おっそろしい執念深《ぶけ》え者に見込まれちゃったよ。これから毎日毎日おうかがい申すてえんだ。あんな強情な坊主に毎日来られてたまるもんけえ。そのうちにこっちの化けの皮がばれちまわあ。どのみちこの寺を追《お》ん出されちまうんなら、こっちから追ん出ちまおう、夜逃げをするんだ」

「夜逃げするだら、おらあ郷里《くに》へ来たらよかんべえ。なあに、こうだな空寺ならおめえに世話してやんべえ」

「じゃあ、おれは和尚になれるかい、向こうで？　そりゃありがてえや。じゃ向こうの寺へ坊主が来やがったら、またこっちへ逃げて来りゃいいや。寺のかけ持ちなんか洒落たもんだ。先立つものは路銀だ、かまうこたあねえや、道具屋の吉兵衛を呼んでこい、寺のものをバッタに売っちまえ」

本堂の銅羅《どら》、鐃鈸《にようばち》、阿弥陀さまをひっぱりだしてセリ市がはじまった……そこへ、こんにゃく屋の六兵衛がやってきた。

「なんだ、掃除か？　おい、なにをしてんだ。吉兵衛さんじゃねえか……だめだだめだ。……おい、ふざけたことをしちゃあいけない。寺のものを売ってどうするんだっ、この野郎っ」

「あっ、親方……どうもすみません。いやあ、じつはね、相談に行こうとおもったんだが、急にねえ、問答の坊主てえのがとび込んできやがってさあ。あっしが負けりゃこの寺を追ん出されるってんだ。どうせ負けるにちげえねえし、それからいまいましいから、こっちから追ん出っちまおうかとおもったがね、なにしろ銭が百文《しゃく》もねえんで……しょうがねえから寺のものを少したたき売って、権助と二人で逃げちまおうとおもって……」

「やいやい、そんなことをされてみろ。おめえを世話したおれがあとで村方の者に言いわけができねえじゃねえか。おれがこの寺を預かってるんだ。そんなことがあるんなら、いちおうおれに断わるがいいや……吉兵衛さん、売りゃしないよ、帰んな帰んな、質《たち》の悪い道具屋だ。……で、その坊主てえのはまた来るのか？」

「ええ、来るどころじゃあねえ。毎日、修行でござるってね」

「禅宗の坊さんじゃそのくらいのことは言うかもしれねえ。ま、ま、いい。あしたおれが問答の相手をしてやろう」

「親方、問答、知ってるかい？」

「知らねえや、おれはこんにゃく屋だ……なあに、問答なんてやったことも見たこともねえが、まあ、おれにまかしておけ」

あくる朝になると、六兵衛さん。

「ああ、すまねえ、すまねえ、ちょっと遅くなった……さあ、後手を食っちゃあなんにもならねえ。和尚の扮装《なり》をここへ持って来い、さあ、衣《ころも》を出しな……え？　なんだい、こりゃひどいな、もっといいのはねえかい？」

「ねえんだよ。茶のほうがあったんだが、このあいだ、質においてて飲んじゃった」

「しょうがねえなどうも……袈裟《けさ》だ、あれ？　なんだい、袈裟のここに象牙の輪がついてたろう？」

「ああ、象牙って白い輪っぱでしょ？　あれは値がいいってから、このあいだ屑屋に売っちゃった」

「なんでも売っちまやがる……なんだ、このまっ黒けなのは？」

「なにもねえとかたちが悪いから、蚊帳《かや》の吊手をくっつけた」

「ひでえことをするな、帽子《もうす》を持ってこい」

「なに？」

「帽子《もうす》」

「なんだい？」

「頭へかぶる頭巾だよ」

「ああ、とんがり頭巾」

「これは帽子てんだ……おや？　こりゃ焼けっ焦げだらけじゃあねえか」

「このあいだ、新田《しんでん》に小火《ぼや》があったんでね。そいつをかぶって火がかりをしたんだ」

「坊主が火がかりなんかしなくったっていいやな……あとは払子《ほっす》だ」

「なんだい？　払子てえのは」

「おめえ坊主のくせになんにも知らねえんだな。白い毛のついた棒だよ」

「ああ、だるまのはたきか」

「なんだだるまのはたきてえのは？……なにしてたんだ、厠《はばかり》、開けて……」

「これ厠のはたきに使ってた」

「ばかなことをするな……毛が抜けちまったじゃねえか。ひどいことをしやがる。商売道具はもっと丁寧に扱わなくっちゃあいけねえ……さあ、どうだ、和尚に見えるか？」

「ええ、こりゃあいい。和尚に見えるどころか、いい坊主っぷりだなあ。権助、ふだんてめえなんて言ってる、こんにゃく屋の親方は二三本眉毛《まゆげ》のなかに長いのが出ていておかしいなんて言ってやがったが、こうなって見ると眉毛の長いのがすっかり和尚らしいぜ、鼻があぐらをかいて、目の下にほくろがあって、白い毛が二本とぐろ巻いているところなんざ、たいしたもんだ」

「そうか」

「でも親方、腹掛けがかかってるぜ、おかしいや」

「まあいいや、聞いたらそう言ってやれ、この和尚はもと職人だって……」

「そんな不精しちゃあいけねえよ」

「いいんだ……さて、と、これで問答の坊主が来たら、おれは本堂になにも言わずに黙って座ってるから、その野郎が『どういうわけで返事をしねえ』と聞いたら、『うちの大和尚はつんぼだからだめだ』とこう言え」

「うまいね、なるほど、それなら問答にはなるめえ」

「で、なんか書いて出したら、『眼はそこひで見えません』、なにもおっしゃいませんと言ったら『おしでございます』とこう言いな。わかったか。つんぼでそこひでおし、そう揃ってりゃ先方も閉口して帰っちまうだろう。それで野郎がまだぐずぐず言ってやがったら、おい権助、おめえな、大釜に煮え湯を沸かしといて、大きなひしゃくで野郎の頭から煮え湯ぶっかけろ。それを合図に角塔婆《かくとうば》かなんかで向う脛《ずね》ェかっぱらえ」

「うふっ、こいつはおもしれえやどうも。喧嘩とくりゃあこちとらあ馴れてるからね、じゃまごまごしやがったら、ぶち殺しちゃって、裏に埋めるところはいくらもあるから……」

「頼もう、頼もう」

「来た来た来た来たッ、親方ようござんすか」

「よし、おれは本堂にいるから、すぐ連れてこい、大丈夫だ」

「へえ、こんちは、おいでなさい」

「大和尚はお帰りになりましたか？」

「へえ、ゆうべ帰って参りました。おまえさんが問答に来たということを話したら、そりゃありがてえ。久しく問答をしねえんで、溜飲が起きるなんて言ってるんだ。また問答が滅法好きなんだ。きょうは朝っから支度をしておまえさんの来るのを本堂で待っているんだ」

「それはありがたい幸せで、さっそく、お取り次ぎを願います」

「へえへえ、どうぞ」

「して、当山大和尚のご法名はなんとおおせられますか？」

「ご法名？　なんです？」

「大和尚のお名前は……」

「ああ、名前は六……いや、なに……ほら、高野山弘法大師……」

「これはまたおたわむれで、弘法大師は真言の祖師でござる、当山は禅宗なれば祖師は達磨でござろうに」

「そんなことはどうでもいいよ。なにしろ目の下にほくろがあって、白い毛が二本とぐろを巻いて出てるとこなんざあ、滅法ありがたいぜ、早く問答してみろ」

「しからばごめん」

……案内につれ、竜の髯《ひげ》を踏み分け踏み分け来てみれば、本堂は七間の吹きおろし、幅広の障子を左右に押し開く、寺は古いが曠々《こうこう》としたもので、高麗縁《こうらいべり》の薄畳は雨もりのために茶色と変じ、狩《か》野法眼元信《のうほうげんもとのぶ》の描きしかと怪しまるる格天井《ごうてんじょう》の一匹竜は、鼠の小便のため胡《こ》粉《ふん》地のみと相成り、欄間の天人蜘蛛の巣に綴《と》じられ、金泥の巻柱ははげわたり、幡天蓋《はたてんがい》は裂かれて見るかげもなく朝風のために翩翻《へんぽん》と翻《ひるがえ》り、正面には釈迦《しゃか》牟《む》尼《に》仏《ぶつ》、かたわらには曹洞禅師《そうとうぜんじ》、箔を剝《へ》がし煤《すす》をあび、一段前に法壇を設け、一人《いちにん》の老僧、頭《かしら》に帽子《もうす》をいただき、手には払子をたずさえ、まなこ半眼《はんがん》に閉じ、座《ざ》禅観法寂寞《ぜんかんぽうじゃくまく》として控えしは、当山の大和尚とは、まっ赤な偽り……なんにも知らないこんにゃく屋の六兵衛さん――。

旅僧は答礼をして問答にかかる。

「愚僧は、越前の国永平寺学寮、沙弥、托善と申す諸国行脚雲水の僧にござる。修行のため、一問答願わしゅう存じます……えへん、一不審もてまいる。法華経五字の説法は八遍《はっぺん》に閉じ、松風の二道は松に声ありや松また風を生むや……この儀いかに」

なにを言われてもこんにゃく屋の六兵衛黙っている。

「しからば、有無《うむ》の二道は禅家悟道にして、いずれが是《ぜ》なるやいずれが非《ひ》なるや……お答えいかに」

「(独り言) なにを言ってやんで、ふん、つんぼにおしにそこひの三点ばりだ……」

「いま一不審もてまいる。法海《ほうかい》に魚あり、尾もなく頭《かしら》もなく中の支骨《しこつ》を断つ。この儀いかに、お答えッ…お答えッ……説破《せっぱ》……」

「（独り言）なにが喇叭《らっぱ》だ……煮え湯はいいか……まごまごしていると湯掻《ゆが》いちまうぞ」

六兵衛がなにを言っても黙っている。二言三言問いをかけても答えがない。旅僧は力負けがして、さてはこれは無言の行と心得、

「しからば、無言にて……」

と、旅僧は両方の人差し指と拇指《おや》で自分の胸のあたりにまるい輪をこしらえ、これをうんッとばかりに前へ突き出した。

と、六兵衛は、くわッと目を開き、両手で空に大きな輪を描いてみせた。

と、旅僧は、

「ははッ」

と、平伏して、こんど両手をぱっと開いて十本の指を前に突き出す。

六兵衛は、それに答えて、右手だけを開いて五本の指をぐっと突き出した。

「ははッ」

と、旅僧はまた平伏し、こんどは右手の三本指を立て、またぐっと突き出す。

と、六兵衛は、大きくあかんべえをして見せた。

「はァーッ」

と、旅僧はすっかり恐れ入って平伏し、逃げるようにしてそこを立ち去る……。

「おいおいおい……待った、坊主、なんだかわからねえ、なにをしてんだ。狐拳《きつねけん》みてえなことを

して、どうなったんだ?」

「ははッ、恐れ入ってございます。当山の大和尚は博学多才、なかなかわれわれごとき者の、遠く及ばざるところでござる」

「ど、どうでもいいがよ。問答はどっちが勝ったんだ?」

「愚僧が負けました」

「えっ? おまえさんが負けた……」

「はい、大和尚に二言三言問いかけましたるところ、なんのお答えもなし、これは禅家荒行《あらぎょう》のうちの無言の行中《ぎょうちゅう》と心得、はじめ、『大和尚のご胸中は』……と、おたずねいたしましたるところ、『大海のごとし』とのお答え、まことに恐れ入りましたること。二度目に『十方《じっぽう》世界は』と聞けば、『五戒で保つ』との仰せ。及ばぬながらいま一問答と存じ『三尊の弥陀《みだ》は』と問えば、『目の下にあり』とのお答え。とうてい愚僧ごときの及ぶところでございません。いま両三年修行を成して参上いたします。ご前《ぜん》よろしくおとりなしを……ごめん候え」

「そうかい、ざまあみやがれ。むやみやたらに問答なんぞ持ち込みやがって、ずうずうしい野郎だ。なあ、この近所で坊主に会ったらそう言え、この寺にはえれえ大和尚がいるんだから、だれが来たって勝てやしねえと、よおくことづけてくれッ……、あっ、しっぽ巻いて逃げだしやがった。おっ、早く逃げな、まごまごしてると角塔婆で向う脛をかっぱらって頭から煮え湯をぶっかけるぜ、あっははは……」

　旅僧がまっ青になって逃げて行く後姿を見送って八五郎と権助が本堂へ来てみると、こんにゃく屋の六兵衛は衣を脱いで、腹掛け一つになりまっ赤になって怒っている。

「どうした？　いまの坊主、逃がしちゃあいけねえ、とんでもねえ野郎だッ」

「親方、親方……うまくいったな、問答に勝ったってえじゃねえか？」

「なに、問答に勝った？……なにを言ってやがんだ。あの野郎は永平寺の坊主なんかじゃあねえ。ここらうろついている乞食坊主だ。とっつかまえて、こらしめてやるッ……なに？　逃がした？　ばか野郎っ。あの野郎、おれの前へ来やがって、いろいろぐずぐず言ってやがったが、そのうちにおれの顔をじっと穴のあくほど見てやがって、こんにゃく屋のおやじだってえことがわかったもんだから、てめえンところのこんにゃくは、これっぱかりだと小さなまるをこしらえて、手でけちをつけやがった。いまいましいじゃねえか。だからおれんところのは、こんなに大きいと手をひろげてやったんだ。すると、こんどは十丁でいくらだって値を聞いてやがる。五百文だって言ったら、しみったれな坊主よ。三百文に負けろてえから、あかんべえをしたんだ」


《解説》　つかみどころがなく、しまりのない議論、やりとりを「こんにゃく問答」というくらい有名な噺で、内容は、場所は上州安中の在、湯治場の草津温泉への道すじであり、こんにゃくの産地としても知られているなど、設定もしっかりしている。作者は、二代目林屋正蔵であるといわれていて、托善という実名で問答の挑戦者として登場し、侠気と洒落っ気のあるこんにゃく屋の主人と、それに江戸っ子の八五郎、寺男の権助と、配役《キャスト》も多彩である。問答の行なわれる本堂の描写に、格調のある、一見文学的な表現が用いられ、雰囲気を出すが、問答の問いに「松風の音は松が出すのか風が出すのか」という唄の文句や「魚という字の頭と尾をとると田という字になり、支骨を断つと日という字になる」というなぞなぞめいたいかがわしいものがあったり、無言の行となり大真面目に仕方噺を始めたとおもいきや、それが商売ものの「こんにゃく問答」だったり、題名にたがわない面白さがある、名作である。

他には、江戸を食いつめた二人連れが、片田舎の山寺でおなじように俄《にわ》か坊主になり、和尚の留守中に葬式が持ち込まれ、戒名に薬袋を渡す「万金丹」。与太郎が借りた袈裟《けさ》を褌《ふんどし》にして女郎買いに行く「錦の袈裟」。和尚が寺内に女を囲っていて、旦那の誘導訊問にひっかかる「だいこく」。百姓から馬をだましてまき上げ、市で売りとばしてしまう「仏馬」などがあるが、落語の中に扱われる寺、坊主はいずれも乱暴で、破戒的である、どういうわけか……。

百年目

「おいおいっ、なにをしてるんだ、定吉」

「へーい、番頭さん……いま、こよりをこしらえております」

「観世よりを？　ふうん、何本できた」

「ええ、あと九十二本で百本になります」

「百本のうちの九十二本できたのか？」

「いえ、あと、九十二本こしらえますと、百本になります」

「まるっきりできちゃあいない……なんだ？　そっちにあるのは」

「えへへ……こりゃよろしいんで」

「よろしかあない、見せなさい。こっちへ出しなさい」

「へっ」

「なんだ、こよりで馬なんぞこしらいて、畳の上へのっけてとんとんとたたいて馬が動く、そんなことをして、なにがおもしろい？」

「へえ……これ馬じゃあない、角《つの》がありますから鹿です。へえ……（小声で）鹿と馬とまちがえるなんてえのは馬鹿《ばか》だ」

「こらッ……なんだあたしにむかって馬鹿とは……どうも、役に立たないし、いたずらばかりして……おまえのような小僧は旦那に申しあげて、帰してしまいますよ、暇《ひま》をだします。……なんだ、常吉っ、鼻の穴へ火箸を突っこんで……首を振って……ちんちん音をさして、なにがおもしろい。前を通る方が笑っている。みっともないから、やめなさいっ」

「へえ、あいすいません」

「商売に少し身を入れなさい、言いつけられた用は早くしなさい、どうも困ったもんだ。それから……兼どん、おまえは、なにしてる？」

「へえ、お店《みせ》にご用がございませんから、手習いをいたしております」

「手習い……結構だな、商人《あきんど》は筆が立たなくてはいけません。どれどれ見せなさい」

「へい」

「これが手習いか、なんだこれは？」

「それは高島屋、こっちが音羽屋で、そのとなりが成駒屋……」

「だれが役者の似顔を書けと言った」

「これは首づくしです」

「ばかなことを言ってないで、早く手習いをしなさい。しょうのないやつだ……助どん」

「へえ」

「なにしてる、おまえは」

「ええ、お得意さまへ出す手紙を書いております」

「ああそうか。手紙といえば、あの硯《すずり》の抽出しに手紙が二本、三日ばかり前から入っているが、ありゃおまえの筆蹟《て》だな」

「へ」

「硯箱のなかへしまっておいて、手紙が先方へ届きますか」

「いえ……入れようとおもっておりましたが、つい小僧の手がふさがっておりまして……」

「これこれなにを言うんだ。おまえさん一人前だとおもっているのか。おまえさんの肩上げのとれたのは一人前になったからじゃない。おまえなんぞはなんの役にもたたないが、あまり身体ばかり大きくなって、世間にみっともないから、まだ早いというのを旦那さまに申しあげて、肩上げをおろして若い者にしたんだ。え？　おまえの一人前にできることがありますか、居眠りと、ご飯を食べるくらいじゃあないか。手紙ぐらいは自分で入れに行きなさい。しようがない、それから……佐助。おまえね、こないだから言おうとおもってたんだが、どういうわけで店で、その……本を読むんだ。向こうから見た方が、さもさも閑暇《ひま》なようにおもう。稼業《しょうばい》に身の入ってない証拠だ。本が読みたければ、お店《みせ》が閉まってから読みなさい」

「へ……あいすみません」

「忠七どん」

「へい」

「わたしがこっちへ叱言を言っていたら、おまえ……なんか、いま肩をちょいと、こうゆすって、ふふんと言って笑ったな。おかしいことがあるなら、ふふんと笑わずにははは と笑いなさい。人のことが笑える義理か……おまえは。おまえさんもなにかその、懐中《ふところ》へ本を入れているが、なんだ」

「へ」

「出してみせなさい」

「……えへん、……これでございます」

「なんだこれは……『落人《おちびと》』と書いてあるが、なんだ」

「えへ……『落人《おちびと》』じゃない……『落人《おちうど》』」

「なんだ『落人《おちうど》』てえのは？」

「ええ……『お軽・勘平』の道行でございます、へえ。清元で……」

「清元？……おまえかいあの厠所《はばかり》でときどき、変な声で唄を唄ってるのは……芸事は自分が一軒の主人《あるじ》になって、商売もうこれで、どうやらめどがついて、さてそれから楽しみに、遊芸の一つも稽古しようというのは、まことに結構なことだ。おまえなんぞはなんです、奉公中に。旦那のお目にとまったら叱られますよ。だいいち、おまえのは清元をやる声じゃない。あひるが喘息《ぜんそく》をわずらったような声で、近所迷惑だ。そんなことをするぐらいなら、もう少し商売のほうへ身を入れなさい、どいつもこいつも役に立たない。どうもしようがない。それから……吉兵衛どん」

「そーら、おいでなすった」

「なんだ？」

「え、いいえ……ええ……へえ」

「なんだ、いまおまえ、そらおいでなすったと言ったな？　なにがおいでなすった。……おまえさんにも困ったもんだ。わたしがこんなにほかの者に叱言を言っているんだ、おまえさんいちばん年長《としかさ》じゃないか、なかへはいって謝るくらいなことをするのがあたりまいじゃあないか、朋輩は相身たがいだ、それがなんだ、そらおいでなすったとは……おまえも若い者《もん》と一緒に叱言を言われたいというのか？」

「いえ別にそういうわけじゃあございませんが、しかしお叱言があるというんならば、あたくしもうかがいます。へえ……ええ、うかがいます、さ、うかがいましょう」

「おまえ、開き直ったね……たいそう前へ出てきたね、うかがいましょう？　そうか……ではおまえさんに申しあげることがある。あれは、さき……おとといの晩だったな」

「しまったっ」

「なんだ？」

「いいえ……へえ」

「夜分冷えたから、あたしはどうも……寝つきが悪い。厠《かわや》へ二度目に行ったときに、うちから五、六軒はなれたところで、がやがや女の声がした、『それじゃあ、またお近いうちに』『きっと来てくださいましよ、お近いうちに』という声が……どこの家だろうとおもっていると、うちの戸を雨だれの落ちるように、とんとんとんとんと、叩いた。すると……ここにいる兼吉らしい。そうッと表をあけて『お帰んなさいまし』と言ったら『しィ…ッ』と言った。なにかものをもらったとみえて『ごちそうさまでございます』と言ったら『しィ…ッ』と言う。あれはおまえさんだったな、帰って来たのは」

「……へッ」

「どこへおいでになった？」

「ええ……えへん……お湯へまいりました」

「お湯ゥへ？　ほう……あの時分になんですか、お湯ゥがあるのか？」

「いえ……えへん……ええ、お湯は早くまいりましたんで、あの……紀伊国屋の番頭さんにお目にかかりましたところ、今晩うちの主人が謡曲《うたい》をやるので、まことに迷惑ではあろうが一番だけ聞いてもらえないだろうかと、こう申しますんで、へえ。どうもあまり……むげにお断わりもできませんので、お謡曲をその……えへん……ええ、聞きにまいりましたんで」

「ああ謡曲を……おーお、それは結構ですが、それから帰って来なすったか、たいそう遅かったな」

「いえ……ェ、それからその……あまり固いものを聞かして、まことに迷惑だったろうから、これからまあ……ちょっとこのォ……なにして、ェェ……にぎやかに、ま、わッと……いうようななんで、したら……ェェよかろうかという、へへッ……でございましてな」

「なんだかちっともわかりません。はっきりものを言ったらどうだ。どこへ行ったんだ」

「お茶屋ィ……というなんで、な」

「お、茶、屋？」

「へえ」

「ほほう、お茶屋というと葉茶屋ですか？」

「……いえ……そうではございませんで、この……芸者、幇間《たいこもち》をその……へへ」

「芸者、幇間……？　げいしゃというのは何月に着る紗《しゃ》だ」

「へ？」

「どういう織り方の紗です」

「へえ」

「たいこもちというのは煮て食うのか焼いて食うのか」

「へへへ、どうもそうおっしゃられては恐れ入りますが……。芸者、幇間を……番頭さんもご存知のないことはなかろうかとおもい……」

「お黙んなさい……わたしはね、本年四十三《しじゅうさん》になりますが、料理屋というものはどういうふうにできているか、あたくしは自分にそういう働きがないからとんと存じません。わたしの前でよくそんなことが言えたもんだ……なんです」

「へえ」

「グゥとでも言えるなら言ってみなさい」

「……グゥ」

「なんだ、グゥとは」

「……あいすみませんで、今後は気をつけますでございますから、どうぞご勘弁を願いまして……」

「よし、こんどはわたしも見て見ないふりをしますが、二度とこういうことがあると、わたしから旦那さまに申し上げるよ。いいかい」

「へ……あいすみませんで……」

「じゃ用が済んだら、そちらへおいでなさい」

「へ」

「なにをしている？」

「へえ……ちょっと痺《しび》れがきれました」

「おまえ何歳になる、ええ？　あきれてものが言えない。おまえさん方に商売を任しておいたら、なにをするかわからない。わたしはこれからちょっと、お得意まわりをして来ますから、もし旦那がたずねたら、日暮れまでには帰りますと伝えてくれ。留守のあいだは店にまちがいのないよう……お願いをしますよ、いいかい」

「へえ、よろしゅうございます、行ってらっしゃいまし」

「行ってらっしゃいまし」

「行ってらっしゃいまし」

「行ってらっしゃいまし」

番頭さん苦虫を嚙みつぶしたような顔で、すゥーとお店を出て……半町ばかり来ると、ひょいと横丁から出てきたのは、荒いお召しの着物に紋付の色変わりの羽織、くりくり坊主の、白足袋をはいた男が、扇をぱちぱちさせて……どこからみても、幇間……。

「もしもし、大将……、大将ッ」

「えへん、えへん……おや、これはこれはええ、伊勢六のご隠居さまで、どうも。せんだっては、いや、ええ、ほんのもうこころばかりのお祝いのしるしでございまして、まことにどうも結構なことでございまして、近ごろはとんとお見えになりませんが、宅の主人もお相手を欲しいところでございますから、ちと、またお出かけになりますように。は、それではこれで失礼を、へ、ごめんくださいまして」

「もしもし、もし……もし」

「ばかっ」

「へえ?」

「へえじゃない、ちっ、うちの近所でむやみに口をきくんじゃあない……店の者にでも見られたらどうするっ、うちの近所へ来るなら来るで、そんな扮装《なり》をして来るやつがあるもんか、芸人のくせに気の利かない男だ」

「へへへへ……そうあなたにまで叱言を言われちゃあ、あたしは立つ瀬がない、船へ行きゃ芸者衆に早く呼んでこいこいと言われ、こっちへ来りゃああなたに叱られる。しょうがないからお店の前へ行ったんでげすが……」

「いっぺん通ればわかりますよ。二度も三度も通って……なおわたしが出にくくなる」

「へえ、しかしどうも、あなたも遊んでいらっしゃるときはずいぶん粋な方だが、お店に座ってるときは怖い顔をしていますね、まるで閻魔《えんま》さんが煎じ薬を飲んだような……」

「なにを言うんだ……どうだい、みんな揃ったか?」

「えええ、揃ったかどこじゃあありませんよ。ええ……蔦《つた》の家のおかみに黙っていたでしょ、それが耳に入ったからたまりませんよ。『なぜあたしに言わないんだ、とんでもないことだ、こっちも押しかけるから』ってんで、あのいちまきが、蔦奴《つたやっこ》さん、それから里奴さん、歌奴さん、吉奴さん、冷奴さんやなんかもみんな来て、船はいっぱいでげす」

「そうかい、まあまあ、いいや、船は？」

「日本橋に着けてあります」

「ばかっ、わたしが日本橋から船に乗れるとおもうか」

「あっ、なるほど、じゃあどこへ？」

「柳橋へ着けといてくれ」

「へえ、かしこまりました。どうぞお早く」

番頭は幇間に別れて二、三町くると、路地へすゥーと入って行く……一軒の駄菓子屋がある。

「お婆さん、ごめんなさいよ」

狭い梯子《はしご》をぎしぎし上がって行く。三畳の座敷に簞笥が預けてある。ここで着ていた木綿《もめん》物をすっかり着替えた。織目《め》の詰《つ》んだ天竺《てんじく》木綿の下襦袢、その上へ長襦袢……鼠色へちょっと藤色がかかっている。これへ京都の西陣で別染めにした大津絵の『釣鐘弁慶』『座頭』『藤娘』『鬼の念仏』などが染め抜いてある。結城縮《ちぢみ》の対《つい》服に、帯は綴《つづれ》織の結構なもので、紙入れ……雪踏《せった》などは香取屋へ別誂《こしらえ》えという……上から見ても下から見ても一分の隙のない大家《たいけ》の旦那という服装で、柳橋へ来る。船の中では芸者衆が待ちかねている。

「あら、清《せい》さん」

「まあ、清さん」

「ちょいとォ、早くお乗んなさいよ、こっちですよ」

「大きな声を出しちゃいけないよ。静かに静かに。船頭さん、ちょっと手を貸しとくれ……はい、ありがとう、じゃね、すぐに船を出しておくれ」

「へいッ」

舫《もや》いを解いて柳橋から漕ぎ出す。

「さ、障子を閉めておくれ、ぴったり閉めて……酒の支度はできてるか？　じゃあ、こっちへ持って来ておくれ」

「障子を閉めろったって暑いじゃあありませんか、あんまり閉めきっちゃあ」

「いいんだよ。岡のほうから見えなくとも、すれちがう船で、もし知ったお方に顔でも見られたひにゃあ困るから……」

「そんなことを言ったたって……向こうへ行ってどうなるんです。向島でお花見をなさるんでしょ？」

「花なんざ、どうだっていいよ。花の匂いかいでりゃいい。去年咲いた花と今年とかたちがちがうわけじゃあないんだから」

「だってお花見に来たのに、花も見ないってえのは、つまらないじゃありませんか」

「どうしても花が見たけりゃ、障子へ穴をあけて、そこからのぞけばいいじゃあないか」

「そんな……花見なんてあるもんですか」

「うるさいな、おまえたちは花見がしたかったら、勝手に上がって、あたしは船ン中で飲んでいる……さあ、酌いどくれ」

番頭は一人、ぐびぐび飲んでいる。船は上手へ……吾妻橋を越え……枕橋のあたりへくる時分には、すっかりいい心持ちになってくる。

「ああ、暑いっ、暑い……」

「そうですか……じゃあ、障子を開けますよ」

土堤は、いまが満開。一面にうす紅《くれない》のかすみがかかったように……天気はよし風はなし。桜の木の下では緋毛氈を敷いて、重箱を囲んで静かに酒宴をしている品のいい花見もあれば、そのとなりでは、空《から》になったひょうたんをふりまわして、わけのわからない唄を唄っている人、こちらでは丼鉢《どんぶりばち》を叩いてかっぽれを踊っている人、その向こうでは、女の子が鬼ごっこをして、きゃっきゃと騒いでいる……土堤の上はたいへんなにぎわい。

「船をつけて土堤を散歩しましょうよ」

「あたしは奉公人だから顔を見られるといけない、だめだよ」

「一緒にお花見をしたいじゃありませんか……ちょいと、一八《いっぱち》っつぁん、なんとかしてよ」

「じゃ、大将、こうしましょう。顔さえ見られないようにすればいいでがしょ……あのう……小しん姐《ねえ》さんの腰紐をちょっとほどいて貸してください……へ、へ、へ、で、この扇をひろげて、逆さまにこう……顔にあてて、ぐるぐるっと巻いて……うしろで、結《い》わきます。どうです、骨のあいだから表がちょいと見えるでしょ？　ね？　それで鬼ごっこでもしていたら、だれも気がつきゃあしません、どうでげす？」

「うーん、なるほど……うーん、いいだろ、じゃあ土堤へ上がろう……お、船頭さん、船をつけてくれ」

河岸へ船がつく。一座がわあわあ言いながら土堤へ上がる。

「じゃ、これから鬼ごっこしましょう」

「よーし、じゃおれが鬼ンなる。さ、つかまえたやつは大きなもんで飲ませるぞ、いいか、そらっ行くぞ」

「あらいやだわ」

「うわァ……」

という騒ぎ。いままで殺していた酒がいっぺんに出た……番頭は片肌脱ぐと長襦袢、芸者の三味線に合わせ、土堤をあっちふらふら、こっちふらふら……。

こちらは旦那、玄伯というお幇間《たいこ》医者を一人連れて、これも向島へお花見に来た。

「きょうはいいお日和で、ほんとうに。ああ、桜の花は満開。もう花もきょうで、これからは散るんだろうが……あーあいい時に来ましたな。いや、やっぱりお花見てえものは人が大勢出て騒いでないと、なにか花見に来たような心持ちがしないいてえな、妙なものだね。そろそろ帰ろうかね。ええ？　ああ、みんなおもいおもいの扮装《いでたち》で……おっ、玄伯さんごらん、向こうから……ああ、たいそう派手な花見だなあ……ええ？　どこの旦那か知らないが大勢の芸者、幇間にとり巻かれて踊ってるが……。あれを見るとあたしの若い時分を思い出しますよ。傍《はた》から見てると、ばかげて見えるが、さてやって見るとおもしろくってね、本人は夢中ですね……あたしもおもしろくって、おやじに勘当されそこなってね。ははははは、いやあどうも楽しそうだなあ」

「旦那」

「ええ？」

「あの、あれはお宅の番…頭さんによく似てらっしゃるが、清吉さんとちがいますか？」

「どれ、あれがかい？　いやいや、いや、そりゃあね似ていたって人ちがいですよ。うちの番頭はああいうことはけしてやりません。商人《あきんど》は少しはああいうこともやってくれないと困るが、うちの番頭は堅すぎますよ。きょうなんぞも店の者に叱言を言うのを聞いていましたが、うちの番頭にこんなところを見せたら目をまわす。おお、こっち……ああ、来る、ああ、あぶないあぶない、酔っぱらいになにするとあぶないから、玄伯さん、もっと端《はし》のほうを通ろう」

旦那のほうは端《はじ》のほうへ寄って歩く……。

向こうが酔っているから、よけたほうへひょろひょろひょろひょろ、よろけてくる。こりゃいけないとおもうから、右へよけると、向こうが右へくる、左へよければ左、そのうち小砂利の上へ乗って、つるッとすべって、とんとんとんとん……のめってきた。旦那といきなり番頭とぽーんとぶつかった。

「さあ……つかまいた、さあ……つかまいたぞ」

「いや、これこれ人ちがいで、もし人ちがい……」

「なあに卑怯なこと言うな、貴様、善六だろう、ええ？　人ちがいもなにもあるか、さ、一杯飲ませるぞいいか、なにを、糞でも食らえ、貴様ァそんな卑怯な……さ、顔を見てやる、さあ、どうだ」

扇をとって……ひょいっと見る。ぴたっと顔があった。

「わーッ」

そこへ、ぺたぺたぺたッと座りこむ。

「こ、これは旦那さまでございますか、ご機嫌よろしゅうございます。いつもお変りなく……どうもお久しぶりでございます。ご無沙汰を申しておりまして、なんとも申しわけがございません」

「おいこれこれこれ、番頭さん、なにを言いなさる。そんなところへ座ったら着物が汚《よご》れる。困ったなあどうも。あの……たいそう酔っているようだから、みなの衆、どうか怪我をさせないようにおもしろく遊ばせてやってくださいよ。あまり遅くならないうちに帰してくださいよ。いいかい。玄伯さん行こう」

「……どうなすったんですよ。そんなところへ座って、お立ちなさいよ、ちょいと」

「うるさいっ……。はあ……とんでもないことをした……」

「どうなすったの」

「どうなすった……じゃないっ」

「どなたです、いまあの……話をしていらした方は？」

「あれがうちの旦那だ」

「あらッ、まあ、そうですか……粋な方だわねえ……まだそこいらにいらっしゃるでしょうから、ちょっと呼んで来ましょうよ」

「ばか言うな……これだからあたしは……船から上がるのは嫌だと言ったんだ。うーん、もうこんなことしちゃあいられない。ここに紙入れがあるから、これで後始末をつけておくれ、頼むよ、いいか？」

「あらもうお帰り」

急いでもとの駄菓子屋へ来て、着物を着替えて、表へ出た。

「ああ……きょうはなんたる悪い日だ……えらいことをしたなあ……しかし他人の空似《そらに》ということもある。ああ……さっきのが旦那でなく人ちがいだったら……いや、ま、とにかく、うちへ帰ってみて……ただいま、いま帰った」

「お帰んなさいまし」

「お帰んなさいまし」

「お帰んなさいまし」

「あの……旦那はおいでになるだろうな」

「あの、玄伯さんをお連れになりまして、向島へお花見にいらっしゃいました」

「え？……やっぱりそうか……」

「なんでございます？」

「い、いや、いい……ええ、あたしゃ風邪を引いたのかどうも頭が痛む、心持ちが悪いから二階へ上がって寝るから、あの、薬を買って来ておくれ。旦那がお帰りになったら、わたしは、『少し気分が悪うございますから、すみませんが勝手にやすませていただきます』とこう言っておくれ」

「へい」

番頭は二階へ上がると布団をかぶって寝てしまう。そこへ旦那が帰ってきた。

「ああ、ご苦労さん、玄伯さんきょうはすみませんでしたねえ。この包みのほうは奥さんに持って行ってくださいよ。まだ手がついていませんからね、ご面倒でしょうけど。あしたでもまた来てくださいよ。じゃあご苦労さま、はいはいごめんよ……いま帰りました」

「お帰んなさいまし」

「お帰んなさいまし」

「お帰んなさいまし」

「お帰んなさいまし」

「あの、番頭さんは？」

「あのう、さきほどお帰りになりました」

「ああそうか……、さきほどお帰りか……」

「あの、風邪を引いて……少し気分が悪いから先へやすましていただきたいと申しました。ただいまあの……寝ております」

「風邪を引いた、そうか……お医者さまは？……そりゃいけない。店の大事な番頭さんだ、買い薬ではいけません……お医者さまにでも診《み》せたほうがよかろう」

二階で聞いている番頭の耳の痛いこと。

「旦那も皮肉だなあ……もっともなんと言われてもしかたがない。こっちが悪いんだ。(大きく溜息) いよいよ首になる……ああ、あんなところを見られて無事で済むわけがない。いま迎いがくるだろう……なんとおっしゃるかしら『おまえも長いあいだご苦労だったが……さて、うちの都合でこんど暇を出しますから、どう……』そうは言わないかなあ。『清吉ッ、そこへ座れ……貴様と言うやつは、なんたる……、これだけ面倒を見たのをなんたること……』そうは言うまいかなあ、とにかく……無事じゃあ済まない、もうくるかしらッ」

コトッと音がしても、ビクッととび上がるよう、まんじりともしない。そのうちに、迎いにくるだろうとおもったが音沙汰なし。

がらがらがら、がらがらがらと、戸を閉める音で。そのうち家の者は寝静まったとみえて、シーンとした。

「ああ、あしたの朝までこれは寿命がのびた。しかし……どっちみちあしたになれば暇を出されるにきまっている、嫌なことを聞いて暇を出されるよりは……出て行っちまったほうがいい。ああ嫌なことを聞くだけつまらない。もう二度とこの店へは帰ってこられないから、着るだけのものは着て出よう」

これから起きあがって襦袢を二枚着て……その上へ着物を六枚……羽織を三枚……帯を二本締め、煙草入れをさして、

「こら、たいへんだなこりゃ。こんなに着ちまったら動けない……。しかし……これでおれが出てしまって……あした請人《うけにん》を呼んで『さてこんどは初めてのことだから大目にみるが、この後こういうことのないように』というような話になって、わたしのところへ迎いにくる。姿が見えない……それじゃあ前々から、もう店にはいないこころだったのかと、なお憎しみがかかる……逃げちゃあやっぱり損かしら、よそう……落ち着いていたほうがいい。じゃそうしよう」

着物をたたんで、

「……そうはいうようなもんの……あれだけのことをしたのを見られたんだから、しょせん首のつながるわけもない。やっぱり逃げたほうがいいかしら」

着物を着てみたが、

「……逃げたところでしょうがない……この商売はもうできないし、小《こ》商人《あきんど》になろうか、子供相手の芋屋、これは色気がないな……それよりやっぱり叱言を言われてもいいから……ここにいよ

うかしら……逃げようかしらン」

着物を着たり脱いだり、しまいにはもうくたびれて、

「うーんうん、なるようにしきゃならない、しょうがない……寝よう」

枕についたが寝られません。あっちへごろり、こっちへごろり、どうしても寝つかれない、そのうちに疲れがでてとろとろっとする。きのうまでは鼻の先で叱言を言っていた若い者や小僧が立派な主人になって商売をやっている。そこへ乞食のような姿で自分がたずねて行く、

「番頭さんじゃあありませんか、むかしにひきかえて、まあたいそうあなたも落ちぶれたもんですねえ」

わッと笑われる。はッとするとたんに目が覚める、

「ああ……夢でよかった、早く寝よう」

またとろっとする。高い山の上からドォーんと、突き落とされてぐゥーッと下へ落ちてくる、はッとおもうと目が覚める。こんどは追いはぎに出逢って、刀で腹をえぐられるなんてえ……いや、ろくな夢は見ない。一晩じゅう七顛八倒の苦しみ……。

かあ、かあ……。

夜が明けたんで、もう意地にも我慢にも寝ていられないからとび起きる。がらがらがらがら戸をあける。箒《ほうき》を持って表へ出て、せっせと掃きはじめたんで……小僧がおどろいてとび出した。

「番頭さんどうもあいすみませんで……あたくしが掃きますから」

「あーあ、いいいい、いいんだ、あたしがここいらを掃除をするから、おまえは帳場へ座って帳面をつけておくれ」

って、なんだか言うことがわけがわからない。朝のお膳へ向かったが、一膳のご飯が、咽喉へ通りません。やっと流しこんだが、出るのは溜息ばかり帳場へ座って帳面を開いたが字がかすんで、ぼう……ッと、大きくなったり小さくなったり……。

そのうち、奥でもお目ざめになった様子で、うがい手水《ちょうず》をして神仏へお詣りを済まして、食事も済み、離れの居間の縁側の障子を開けて煙草をのんでいる。吸がらを灰吹きでコツーン、コツーンと叩く音が、番頭の胸へ、カチーン！

「えへん……これこれ、だれかいないか……これ」

「へーい、お呼びでございますか」

「あ、兼どん、おまえな、番頭さんがお店においでだったら、ちょっとお話があるから、お手間はとらせませんがと言って、ここへ来るように……。もし、あんまりお忙しいようならば、のちほどでもよろしゅうございます、と言って、ちょっとうかがってきなさい」

「へい……番頭さーん」

「あっ……とうとう……」

「番頭さん」

「……しょせん助からない」

「番頭さんッ」

「ああびっくりした、なんだ大きな声を出して」

「いえ、さっきから呼んでいるんで……あのう、旦那がちょっとお話がありますんで、奥へおいでが願えませんでしょうかって」

「……そら……来たッ」

「……？　なにが来たんで」

「……いよいよ来た」

「で、もしお忙しいようなら、あの……のちほどでもよろしいそうですが、どうします……？」

「うるさい」

「へ？」

「……うるさいッ」

「いえ……あの……どういたします……？」

「ちッ……いま行くと、そいっとけ」

「へえい……行ってまいりました」

「はい。ご苦労さま、番頭さんはおいでになるか？」

「ええ……『いま行くと、そいっとけ』ってました」

「だれがそんなことを言った？」

「番頭さんがそう言ったんで」

「嘘をつきなさい……そんなことを番頭さんが言うわけがない」

「いえ、わけがないったって、そう言ったんです」

「これ、たとえそう言ったにもしろ、貴様はここへちゃんと手をついて『ただいま申しあげましたら、番頭さんはおいででございます』と、なぜ言わない……そら叱言を言えば、またふくれっ面をした。少しかわいがってやれば増長をする。米の飯が、てっぺんへ上がったてえのは貴様のことだっ」

　うしろで聞いている番頭のつらいこと。

「そっち へ行きなさい……しょうのない……だれだそこに……ああ番頭さんか、さあさ、こっちへお入り」

「へえ」

「入っておくれ、ええ……まあまあその敷居越しじゃあなんだから、こっちへ入って、どうぞ布団を敷いておくれ」

「いいえ」

「いいえったっておまえ、あたしも敷いているんだからどうか敷いておくんなさい、え？　いいえかまわないから、遠慮をすることはない……遠慮は外でするもんだ」

「へえ」

「いま……お茶を入れようとおもったが、あいにく水をさしたばかりで、もうちょっと……待っておくれ。……ああどうも、いまも小僧に叱言を言ったんだが困ったものだ、ああいう行儀作法を知らないものを、おまえが育てて行くのはなかなか、なみたいていのことじゃあない、ええ……さぞ骨の折れることだろうとお察しをしますよ。いまなにかい、お店のほうは少しぐらいはかまいませんか、いいかい？」

「へっ」

「もし差し支えがあるなら遠慮なく言っておくれ、かまわないから……？　そうか。話というのは……ま、妙なことを言うようだが、よく一軒のうちの主人《あるじ》を旦那と言うな？　ありゃどういうわけで旦那と言うか知ってなさるか？」

「存じません」

「そうだろう、わたしもじつは知らなかったが、このあいだ物識りの人からうかがった。ほんとうか嘘かは知らないが、天竺《てんじく》、天竺といっても五天竺《ごてんじく》あるそうだ。そのなかの南天竺《なんてんじく》に梅檀《せんだん》という大木があって、その根のところに難延草《なんえんそう》という汚い草が生えていた。人がこれを見て、難延草を刈っちまったら、もっと梅檀に美しい花が咲くだろうとおもって、難延草を刈りとると、一晩のうちに梅檀が枯れてしまったという。それというのは、この難延草の汚い根が梅檀にとってなによりの肥料《こやし》になり、で、また難延草は梅檀から露《つゆ》をもらって生きていた。と、したがってこの……梅檀の木が栄えていくという、こりゃお互いにもちつ、もたれつというわけだ。それで梅檀のだんと難延草のなんをとって、だんなん……だんなとなったという。こりゃま少しこじつけでおかしいが……ま、そんなことはどうでもいいが、あたしゃたいへんいい話だとおもう」

「へえへえ」

「そこで、この家でいうのはおこがましいが、わたしが梅檀で、おまえさんは難延草だ。わたしの梅檀という木が大きくなっていく、それはおまえという難延草が店でどんどん稼いでくれる。ま、おまえさんの気にもいるまいが、わたしもずいぶんできるだけの露をおまえさんにおろしているつもりだ。これが、店へ出れば、こんどはおまえさんが梅檀で、店の若い者、小僧はさしずめみんな難延草だ。これが梅檀ばかり威張って繁っていちゃいけない。これはね、あたしのおもいちがいかもしれないが、近ごろ、店の難延草がちょっとしおれているんじゃあないかと……まあ、これを枯らしてしまえば、おまえさんという梅檀も枯れる、したがってあたしも枯れなくってはならない。だから店の者も少しは大目に見てやらなくてはね、どうかおまえからもできるだけ露をおろしてやってもらいたい」

「まことにどうも……行き届きませんで申しわけがございませんで……」

「いーやいや、とんでもないこと、行き届かないなんてえことはない。おまえさんのしていることは、じつにどうも、隅々までよーく、行き届いている。しかしねえ、世の中というものは、これでむずかしいものだ。よく無駄をしちゃいけないてえことをいう。なるほど無駄はいけないには相違ない。しかし、あれも無駄これも無駄といって、無駄のなくなった世の中がよくなるかというと、そう一概にも言えないとおもう。ま、かりにお膳へ鯛という魚をつける、頭と尻尾はこりゃいらないものだ、なにも頭を食べる人はなし、尻尾を嚙じるものはない、しかしまん中の切り身だけで、それじゃあよさそうなもんだが、やはり頭と尾がない鯛というものは値打ちがない。これは無駄のようだが、けっして無駄でないというわけだ。店にいる者も、こんな者は役に立たないとおもうこともあるだろうが、やっぱりそれも育てようで、なにかの役に立たないとも限らない。ううん、話はちがうが、おまえがうちへ奉公に来たときは、たしか十一だった、あの時分のことはおまえも覚えているだろう？　葛西《かさい》からうちへ来る惣兵衛という掃除屋の世話で来たんだが、そのとき来た、おまえ……色のまっ黒な、やせっこけた、目ばかりぎょろぎょろさして、汚い子だった……ま、どうも困ったのは……下性《げしよう》が悪い、寝小便というやつだ。いくら叱言を言ってもなかなか直らない。死んだお婆さんてえ人が癇症《かんしよう》だ、いろいろ薬を飲ましてみたがいけない、こりゃお灸《きゆう》をすえたらよかろうというので……腰へ灸をすえるんだが、墨でしるしをつけたが色が黒いんでわからない、しかたがないからお白粉でしるしをつけて、お灸をすえたことがある。使いにやれば、まあ三つ用を言いつけると必ず一つは忘れて帰ってくる。金を落として泣いて帰る。二桁のそろばんをふた月かかってまだおぼえない。こんな者は置いたとこで、役に立たないから暇を出したらと言うのを、わたしが、いやいや見どころがあるからと言って丹精をした……それが今日《こんにち》のおまえさんだ。立派になってくだすって、あたしは自分の年の老いるのも忘れてよろこんでいます。だから役に立たないとおもう者でも、育てておけばまた、なにかの役に立たないとも限らない。さぞおまえさんも骨の折れることだろうが、一つ店の難延草を、よろしく頼みますよ、お願いしますよ」

「……まことに恐れ入りました」

「いやどうもとんだつまらん話をして……あ、いま湯ゥがよくなりました。お茶を入れるからちょっと待っとくれ……こんなつまらないお菓子だが、つまんでおくれ……ううん、話はちがうが……きのうはまた、たいそうお楽しみだったね」

「へえ……あれはこの、なんでございます……ええ、お得意さまの……お供をいたしまして……」

「いいやいや……そんな言いわけをしなくてもいい、おまえが金を出して遊んでいるか、他人《ひと》のお供か見てわからないことはないが……しかしまあ、きのうは、おまえがお供で遊んでいたんでしょう。どうかね、他人《ひと》さまと付き合って遊ぶときには、じゅうぶんに金は使っておくれ、いいか？　向こうで二百両出して遊んだときはおまえは三百両お出し、五百両使ったら千両お使い。どうかそうしてくれないと、いざというときに商売の切ッ先が鈍《なま》っていけない。……そんなことでつぶす身代なら、あたしはなんとも言わない」

と、言いながら、旦那は敷いていた布団をとって番頭の前へ両手をつかえ、

「番頭さん、しかしこのとおりお礼を言います。よく勤めてくださった。おまえさん、ゆうべ寝られましたか、え？　あたしはね、ゆうべは一睡もしなかった。いままで、ふだんおまえさんが店で忙しくしている、のぞいてみて、ああ気の毒だ、さぞ忙しかろう、わたしが手伝おうとおもって店へ出かけたが、いやこりゃいけない、いったん任したものをわたしが出しゃばっていくようじゃあ、おまえがさぞ商売もやりにくいだろうとおもうから、どんなに忙しくしていようと、わたしは店へ顔は出しません。『お閑暇《しま》なときにお調べを願いたい』と言っておまえの持ってくる帳面も、ただの一度もわたしは見たことがなかった。しかし、ゆうべは見せてもらいましたよ。あんなことをしてどんな欠損《あな》をあけているかと、さぞ気の小さい主人だとおもって、おまえ笑うかもしれないが、わたしも自分の身上《しんしょう》は大事だ。調べて見たところ、これっぱかりの欠損《あな》もない、わたしァね……ほんとうにうれし涙がこぼれた（と、涙ぐみ）、番頭さん（と、手をついて）おまえさんに改めてあたしは……お礼を言いますよ。わたしは、いい家来を持った。よくたとえにいう……『沈香《じんこ》も焚《た》かず、屁《へ》も垂《た》れず』なんという、人間そんなことじゃあいけない。人のおどろくような金を使うような人は、またびっくりするような儲けもする。おまえは自分の力で儲けて、その金で遊ぶ。だいたいおまえにいままで店を持たさなかったのは、あたしが悪い、しかし後《あと》を任す者がないので、ついついのびのびになってしまった。ほんとうにすまないことをしました。来年は約束どおり、おまえを分家させて、ちゃんと店を持たす。どうかそれまで、もう少しの辛抱……お店のほうはいままで通り、おまえさんにやってもらいますから、辛抱しておくれ、いいかい？」

「へえ……へへへへへ（と、すすり泣き）あ、ありがとう存じます」

「……ふふふ、ふふふ、いやあどうも、とんだ、話が理《り》に詰《つ》んだ。お忙しいところを、すまなかった、さあさ、店へ行っとくれ。あたしゃおまえさんは、世にも不器用な人だとおもっていたが、きのうの踊りを見たときはおどろいたな。どこでいつ稽古をしたかしれないが、あのとんとんとんと、こう……前へ出てくる足どりなぞはどうも、なかなかどうして素人《しろうと》ばなれがしているが、え？　ここに孫の太鼓がある。これを叩くから、おまえちょいと、ここで踊って見せてくれないか？……はっははは、嘘だ嘘だ、うろたえることはない。……これは冗談だが、あ、ちょっとお待ち。きのうわたしに逢ったとき、おまえ、変な挨拶をしたね、『お久しぶりでございます、ご無沙汰を申しあげて……』と、まるで何年も会わなかったようだが、毎日毎日、鳥の鳴かない日はあっても、おまえさんの顔を見ない日はないはず、ありゃおまえ、いったいどういうつもりだったんだ？」

「へえ、いつもは堅いとおもわれているわたくしが、こんなところを見られて、しまった、ああもう、これが百年目とおもいました」

《解説》江戸時代の商家の主従関係、奉公の実態をあますことなく伝える人情味豊かな噺。当時の奉公制度について、飯島友治氏の考証によれば、「十歳ごろ年季奉公に入り、普通、年季は十年となっていて、一応二十歳まで。十二、三歳で入った者は二十一、二歳まで勤め、さらに礼奉公として一カ年。入店当時は小僧、稀《まれ》に丁稚《でっち》と呼ぶが、十六、七歳になって半元服して前髪を剃《そ》り、俗に顔に角《すみ》を入れる、と言って、この時に幼名を改め大体は本名の頭字をとって、これに吉または松などをつけて呼ぶ。十八、九歳にて本元服し、外出する時に羽織を着ることができる。その後二十一―三歳で手代《てだい》に昇格、年季の明けた後も続いてながく勤めていて、店によってちがいはあるが、三十歳前後で番頭になる。が、よほどの出来物《できぶつ》でもない限りは、番頭にはなれなかった」と言う。

　こうした凝縮された商家の屋内と向島のはなやかな花見の解放感が対照的に、映画の場面《カット》・転換《バック》のように展開する。現場を見つかった番頭が、ひと晩じゅう身に迫った危機と破滅に狼狽する心理がオーバー・ラップの手法で急転し、一《ひと》テンポ落として、旦那が栴檀と難延草のひき言をマクラに、番頭の入店時を回想しつつ、歳月を経て、番頭の成長をしみじみとよろこび、愛情と他人としての遠慮の気持ちが交錯した、語らいが感慨深い。そして旦那が、敷いていた布団をとって、番頭に手をついて礼を言う、度量の深さには涙するほどの感動がある。そのあと、でんでん太鼓で囃すから踊ってごらん、というやさしさを見せて、サゲになる。印象的だ。

あたま山

ごく吝《けち》んぼうな人が、さくらんぼを食べていて、種《たね》ももったいないというので、いっしょに呑みこんだ。この種が腹の中で、体内の暖かみで、芽を出し、これがだんだんに育って、ついに頭を突き抜けて、立派な木の幹になって、枝をひろげて、春になると、見事な桜の花が咲きはじめた。

「旦那さま、いかがでございます。あたま山の評判をお聞きになりましたか？　一本の桜の木でございますが、それはそれは見事でございますよ。ええ、とんと祇園の夜桜もおんなしで……。ええ？　どうです、出かけようじゃございませんか。芸者衆も大勢、揃っております。花奴《はなやっこ》に冷《ひや》奴《やっこ》なんで、みんな勢ぞろいをしておりますから……」

こういう連中がくりこんできて、朝からどんちゃん騒ぎ。なかには酔っぱらいでくだ巻きながら、

「なにをッ、おれの言うことが聞かれねえ？　さあッ、矢でも鉄砲でも持ってこい」

これから喧嘩になる。うるさくってしょうがない。頭をひとつ振ると、みんな、

ができた。

「こんな木があるからいけないんだ」

と、これに手をかけて、えいッと引き抜いた。すると、根が抜けて、頭《あたま》のまん中へ大きな窪《くぼ》みができた。

この人が用足しに行くと、夕立にあって、これにすっかり水が溜まった。ところが、この人はしみったれだから、この水を捨てない。そのままにしておくと、そのうち魚が棲みつき、鮒《ふな》だの鯉だのだぼはぜだの泥鰌《どじょう》だ海老だの、いろんなものが泳いで、朝から晩まで子供が釣りに来て、わめいたりよろこんだり泣いたり、もう、うるさい。これが帰って、やれやれとおもうと、夜になって、舟を漕いでくるのがある。

「兄い、どうだい、ここらでひとつ、いれてみねえかなあ」

「そうだな、じゃ、ひとつここいらで、やるとしようか。舟をうまく、操《あやつ》ってくんなよ。よいしょっと……」

と、投網を打つ。

「おう、もう少しとり舵《かじ》にしてくんなよ。さあ、ここでもっていれっ……と、おやおや、またこの舟、回すね。おい、そう回しちゃあいけないよ、いいかげんにしろよ、しっかり舵をとんなよ、しょうがねえじゃねえか。いいかい？　いよ……とッ」

と、投網を打つ。

「え、なにが釣れたい？」

げた。

夜までこのありさま……こううるさくっちゃあ、とてもたまらないと、頭の池へ自分で身を投

「冗談じゃねえぜ、はは、はっはっはっはっはッ、そいつは大笑いだ、あっはっはっはッ……」

「草鞋《わらじ》が釣れた」

《解説》 落語の始祖、安楽庵策伝の『醒睡笑《せいすいしょう》』に源を発する奇想天外、ナンセンス、落《お》ちの奇抜さ、面白さを身上とした、落語以前の「落とし噺」である。こうした人間の肉体《からだ》を素材にした、SF的な感覚、着想に富む噺が落語には多く、**「首提灯」**「胴取り」「蕎麦《そば》の羽織」（別名「そば清」）**「疝気の虫」**「蛇含草《じゃがんそう》」など、話芸の特異性を生かした噺といえよう。

安永二年刊の『坐笑産《ざしょうみやげ》』に「梅の木」という噺が載っていて、主人公が身を投げようと、家主の内儀《おかみ》に相談すると、「おまえは気でもちがいはせぬか。てまえの頭へ、どう身が投げられるものか」、曰く「いや、その儀も工夫いたしおいた。お世話ながら、煙草筒（煙管《キセル》入れ）を仕立てるように足からひっくり返してくだされ」。つまり、足のほうからめくっていって、自分の池へ飛び込む、というこの噺のサゲの解説がある。いずれにしても落語国の唯一の自殺者。今日の新聞記事的に言えば、「公害による最初の犠牲者」である。

この作品は、三省堂より一九七五年十二月五日、また社会思想社より
一九七九年十二月十五日、『現代教養文庫』の一冊として刊行され、
一九九九年一月にちくま文庫として刊行されたもののワイド版です。

麻生芳伸 あそう・よしのぶ

一九三八年、東京・葛飾生まれ。京華高校卒。映画、ジャズ、落語、本が大好きな芸能プロデューサー。林家正蔵、岡本文弥、高橋竹山、山田千里、エルビン・ジョーンズらのステージ、衣笠貞之助の映画の上映、津軽三味線や瞽女《ごぜ》唄などのレコードをプロデュース。著書に『林家正蔵随談』『噺の運び』『こころやさしく一所懸命な人びとの国』『林檎の實』『往復書簡・冷蔵庫』（共著）などがある。二〇〇五年没。

ワイド版
落語《らくご》百選《ひゃくせん》 春《はる》

二〇一七年三月二五日 初版第一刷発行

著者 麻生《あそう》芳伸《よしのぶ》
発行者 山野浩一
発行所 株式会社筑摩書房
東京都台東区蔵前二-五-三 郵便番号 一一一-八七五五
振替 〇〇一六〇-八-四一二三
装幀者 神田昇和
印刷 製本 三松堂印刷株式会社

乱丁・落丁本の場合は左記宛にご送付ください。送料小社負担でお取り替えいたします。
ご注文、お問い合わせも左記へお願いいたします。
筑摩書房サービスセンター
さいたま市北区櫛引町二-六〇四 〒三三一-八五〇七 電話 〇四八-六五一-〇〇五三
 ISBN978-4-480-01703-1 C0076